SUPERASTREA

Elizabeth Gaskell

Storie di bimbe, di donne, di streghe

Traduzione di Marisa Sestito

GIUNTI

Titoli originali:
Lois the Witch
The Old Nurse's Story
The Poor Clare
Half a Life-Time Ago

Traduzione dall'inglese:
Marisa Sestito

ISBN 88-09-21794-2

Prima edizione: marzo 1988

Ristampa	Anno
11 10	2004 2003 2002

Stampato presso Giunti Industrie Grafiche S.p.A. – Stabilimento di Prato

Storie di bimbe, di donne, di streghe

La strega Lois

I

Nell'anno 1691, Lois Barclay stava ritta sul piccolo molo di legno, cercando l'equilibrio sulla terra ferma esattamente come, otto o nove settimane prima, aveva tentato di fare sul ponte rollante della nave, che la portava dalla Vecchia alla Nuova Inghilterra. Trovarsi ora sulla terra era ugualmente strano che, poco tempo prima, esser cullati dalle onde del mare, giorno e notte; e ugualmente strano era il paesaggio. Tutt'intorno le foreste lontane, ma non poi così distanti dalle case di legno della città di Boston, avevano sfumature di un verde diverso e anche contorni diversi, da quelle che Lois Barclay conosceva bene a casa sua, nel Warwickshire. Si sentì mancare, mentre se ne stava lì sola ad aspettare il capitano della bella *Redenzione*, il vecchio marinaio burbero e buono, che era il suo unico amico conosciuto in quel continente sconosciuto. Ma il capitano Holdernesse, come si era resa conto, aveva da fare e ci sarebbe probabilmente voluto del tempo prima che potesse occuparsi di lei; sicché Lois si sedette su uno dei barili che erano lì intorno, si avvolse ben stretto il pesante mantello grigio, e si riparò alla meglio sotto il cappuccio dal vento penetrante, che sembrava inseguire ostinatamente chi aveva maltrattato in mare, per continuare a tormentarlo sulla terra ferma. Pazientemente Lois sedeva lì, anche se era esausta e gelata; infatti, per esser maggio, la giornata era rigida, e la *Redenzione,* carica di generi di necessità e di ristoro per i coloni puritani della Nuova Inghilterra, era la prima nave ad essersi avventurata attraverso i mari.

Come poteva Lois non ripensare al passato e meditare sul

futuro, mentre sedeva sul molo di Boston, in quella pausa della sua vita? Nella pallida foschia che fissava con occhi doloranti (involontariamente, di tanto in tanto, le si riempivano di lacrime), si ergeva la chiesetta di Barford (a meno di tre miglia da Warwick – la potete vedere ancor oggi), dove suo padre era stato pastore sin dal 1661, molto prima che lei nascesse. Lui e sua madre erano sepolti nel cimitero di Barford; e non appena le si presentava l'immagine della bassa vecchia chiesa grigia, anche la vecchia canonica appariva ai suoi occhi, la casetta coperta di rose austriache e di gelsomino giallo dov'era nata, figlia unica di genitori già da tempo al di là della giovinezza. Rivedeva il sentiero, meno di cento iarde, dalla canonica alla porta della sagrestia: quel sentiero che suo padre percorreva tutti i giorni; perché per lui la sagrestia era studio e tempio, dove meditare sui voluminosi tomi dei Padri e compararne gli insegnamenti con i precetti delle autorità anglicane del giorno – al tempo degli ultimi Stuart; infatti allora la canonica di Barford superava di poco in grandezza e decoro le casette circostanti: aveva appena due piani e tre sole stanze su ognuno. Al pianterreno c'era il salotto, la cucina e il lavatoio; al primo piano, la stanza dei coniugi Barclay, la stanza di Lois e quella della domestica. Se c'era un ospite, Lois cedeva la sua camera, e divideva il letto con la vecchia Clemence. Ma quei giorni eran passati. Mai più Lois avrebbe visto suo padre e sua madre sulla terra; dormivano, quieti e sereni, nel cimitero di Barford, indifferenti, rispetto a manifestazioni terrene di protezione o amore, alla sorte della loro orfana. E anche Clemence giaceva lì, legata al suo letto erboso dai rami della rosa canina, che Lois aveva guidato su quelle tre tombe preziose prima di lasciare l'Inghilterra per sempre.

Vi era chi l'avrebbe volentieri trattenuta lì; uno che in cuor suo aveva giurato solennemente a Dio che prima o poi l'avrebbe cercata, se era ancora in vita. Ma era figlio unico ed erede del ricco mugnaio Lucy, il cui mulino era in riva all'Avon, sui prati verdi di Barford, e suo padre si aspettava di meglio, per lui, della figlia del povero Reverendo Barclay (in così poco conto erano tenuti i sacerdoti allora!); e il mero sospetto sull'attaccamento di Hugh Lucy a Lois Barclay fece sì che i suoi genitori ritenessero più prudente non offrire una casa all'orfana, sebbene nessun altro parrocchiano avesse i mezzi per farlo, pur avendone il desiderio.

Così Lois ingoiò le lacrime sinché fosse giunto il tempo di piangere, e agì secondo le parole di sua madre.

«Lois, tuo padre è morto di questa febbre tremenda, e io sto morendo. Sì, è così, anche se in queste ultime ore, grazie a Dio, sento meno dolore! La crudeltà dei Repubblicani ti ha lasciata sola e senza amici. L'unico fratello di tuo padre è stato ucciso a Edgehill. Io pure ho un fratello, anche se non me ne hai mai sentito parlare, perché era un eretico; ebbe un alterco con tuo padre e se ne andò nel nuovo mondo, al di là del mare, senza neppure dirci addio. Ma Ralph era un ragazzo gentile, prima di passare a queste nuove credenze, e in ricordo dei vecchi tempi ti riceverà e ti amerà come una figlia, e ti accoglierà tra i suoi figli. Il sangue è più denso dell'acqua. Scrivigli appena muoio – perché, Lois, io sto morendo – e benedico il Signore che mi fa raggiungere così presto mio marito». Era questo l'egoismo dell'amore nuziale; poco pensava alla desolazione di Lois in confronto alla gioia di un rapido ricongiungimento col marito morto! «Scrivi a tuo zio, Ralph Hickson, Salem, Nuova Inghilterra (annotalo, bambina mia), e digli che io, Henrietta Barclay, per tutto ciò che lui ama in cielo e in terra – per la salvezza della sua anima, per il ricordo della vecchia casa a Lester-bridge, per il padre e la madre che ci diedero vita, e per quei sei fratellini morti tra lui e me – chiedo che ti accolga in casa come sangue e carne sua, come tu sei per davvero. Ha moglie e figli, e non c'è bisogno che nessuno abbia paura di aver te, Lois mia, tesoro mio, bambina mia, nella propria casa. Oh Lois, come vorrei che tu morissi con me! Con questo pensiero la morte fa male!» Promettendo di ubbidire in tutto ai suoi desideri in punto di morte, e dimostrandosi fiduciosa nella gentilezza di suo zio più di quanto non osasse sentire, Lois confortò sua madre più di se stessa, povera piccola.

«Promettimi» il respiro della donna morente diveniva sempre più affannoso «che ti metterai subito in viaggio. Ti procurerai il denaro vendendo quello che abbiamo... la lettera che tuo padre ha scritto al capitano Holdernesse, il suo vecchio compagno di scuola... sai tutto quello che vorrei dire... Lois mia, Dio ti benedica!»

Solennemente Lois promise; e scrupolosamente mantenne la sua parola. Le riuscì anche più facile perché Hugh Lucy la incontrò e, in un impeto d'amore, le disse del suo attaccamento appassionato, delle liti furiose col padre, dell'impotenza nel presente, delle speranze e risoluzioni per il futuro. E tutto questo si intrecciava a minacce talmente oltraggiose ed espressioni così sfrenate e violente, che Lois sentì di non dover indugiare a Barford e divenire la causa della lotta disperata tra padre e figlio, mentre la sua assenza poteva migliorare la situazione e far sì che il vecchio ricco mugnaio si intenerisse, oppure – e il suo cuore doleva pensando all'altra possibilità – che l'amore di Hugh si raffreddasse e il caro compagno di giochi dell'infanzia imparasse a dimenticare. Altrimenti – se un decimo soltanto di quanto Hugh professava era degno di fede – Dio poteva concedergli di attuare la sua risoluzione e di venirla a cercare prima che molti anni fossero passati. Era tutto nelle mani di Dio, ed era bene così, Lois Barclay pensò.

La risvegliò dal rapimento della memoria il capitano Holdernesse che, avendo dato le disposizioni e gli ordini necessari al suo secondo, andò da lei e, lodandola per il suo quieto pazientare, le disse che l'avrebbe accompagnata dalla vedova Smith, che aveva una dignitosa locanda dove lui e parecchi altri marinai di grado superiore alloggiavano solitamente, durante la loro permanenza sulle coste della Nuova Inghilterra. La vedova Smith, disse, aveva un salotto per sé e per le figlie, dove Lois poteva intrattenersi, mentre lui si occupava dei suoi affari che, disse, l'avrebbero trattenuto a Boston per uno o due giorni, prima di poterla accompagnare a Salem, da suo zio. Su questo si erano più o meno accordati a bordo; ma il capitano Holdernesse, non sapendo di cos'altro parlare, ricapitolò tutto quanto mentre camminava insieme a Lois. Era il suo modo di dimostrare simpatia per l'emozione che le aveva riempito gli occhi grigi di lacrime, quando si era alzata di scatto dal molo al suono della sua voce. In cuor suo si era detto, «Povera ragazza! povera ragazza! È in terra straniera, tra gente straniera e penso che si sentirà sola. Voglio cercare di metterla di buon umore». Così s'era messo a parlare di cose pratiche, legate alla vita che l'aspettava, sinché giunsero dalla vedova Smith; e forse, lo stile di questa conversazione e le nuove idee che proponeva, rianimarono Lois più di quanto avrebbe potuto fare la comprensione della donna più amorevole.

«Son tipi strani, questi della Nuova Inghilterra», disse il capitano Holdernesse. «A pregare, non li batte nessuno; sempre in ginocchio, a ogni occasione. Non ha proprio un granché da fare, questa gente del nuovo mondo, altrimenti direbbe le preghiere come faccio io, un 'Issa' prima e dopo, e una corda che mi taglia la mano come fuoco. Quel timoniere laggiù voleva riunirci tutti a ringraziar Dio per la buona traversata e lo scampato pericolo dei pirati; ma io gli ho detto che ringrazio Dio sulla terra ferma, quando la mia nave è salva in porto. E adesso ci sono anche i coloni francesi che giurano di vendicarsi per la spedizione contro il Canada, e qui son furiosi come pagani – perlomeno come ci riesce la gente pia – per la perdita dei loro privilegi. Queste sono le novità che mi ha raccontato il timoniere; infatti, anche se voleva farci pregare invece di gettare lo scandaglio, era proprio abbattuto per la situazione del paese. Ma eccoci dalla vedova Smith! Su, allegra, e mostra ai bigotti com'è fatta una bella ragazza sorridente del Warwickshire!»

Chiunque avrebbe sorriso al saluto della vedova Smith. Era una donna gentile e materna, vestita austeramente, in conformità alle usanze della sua classe, vent'anni prima, in Inghilterra. Ma in certo modo il viso simpatico smentiva l'abito; marrone e discreto quanto si voglia, la gente lo ricordava vivido e allegro perché era una parte integrante di lei.

Baciò Lois sulle guance, prima ancora di capir bene chi fosse quella ragazza straniera, solo perché era straniera e aveva un'aria triste e sperduta; e poi la baciò di nuovo perché il capitano Holdernesse la raccomandava alla sua cortesia. E così, tenendo Lois per mano, la condusse nella sua casa rudimentale e solida, con una gran frasca appesa sopra la porta, il segnale di ristoro per uomini e cavalli. Ma non tutti gli uomini erano ospitati dalla vedova Smith. Con alcuni si mostrava fredda e riservata quanto occorreva, sorda a qualsiasi richiesta tranne una – in che altro luogo potevano alloggiare? A questa domanda rispondeva subito, e spediva l'ospite sgradito per la sua strada. L'istinto la guidava in queste faccende: un'occhiata alla faccia di un uomo le rivelava se era disposta o no ad accoglierlo in casa insieme alle figlie; e in quei casi, la prontezza della decisione dava ai suoi modi una sorta di autorità, che a nessuno andava di contrariare, soprattutto perché a portata di voce c'erano dei vicini robusti pronti a spalleggiarla, qualora né la pretesa sordità iniziale e neanche il tono e i gesti successivi bastassero ad allontanare l'aspirante ospite. La vedova Smith sceglieva i suoi avventori basandosi semplicemente sul loro aspetto fisico, senza la benché minima considerazione sulle loro circostanze esteriori. Quelli che avevano già alloggiato in casa sua, ritornavano sempre, poiché aveva il dono di mettere ognuno a proprio agio e di farlo sentir bene sotto il suo tetto. Le figlie, Prudence e Hester, avevano ereditato le qualità materne, ma solo in parte. Si soffermavano a considerare l'aspetto di uno straniero invece di sapere all'istante se lo gradivano o no; tenevano conto delle indicazioni dell'abito – la qualità, il taglio – come segni del suo stato sociale; erano più riservate, più esitanti della madre; non avevano la sua prontezza nel decidere e neanche la sua abilità. Il pane che facevan loro non era così soffice, la panna a volte restava liquida invece di diventare burro, i prosciutti non sempre erano «proprio come i prosciutti della vecchia Inghilterra», che era l'invariabile giudizio su quelli della madre; comunque, erano brave ragazze, metodiche e gentili e si alzarono per salutare Lois con un'amichevole stretta di mano, quando la madre, cingendole la vita col braccio, condusse la straniera nella stanza privata che chiamava il suo salotto. Agli occhi della ragazza inglese l'aspetto della stanza era strano.

Qua e là tra l'intonaco di fango, si intravedevano i tronchi con cui la casa era costruita, sebbene sopra l'uno e gli altri fossero appese molte pelli di animali curiosi – pelli regalate alla vedova da numerosi mercanti di sua conoscenza, proprio come i marinai suoi ospiti le portavano doni di altro genere: conchiglie, collane di chiocciole, uova di uccelli marini e regali dalla vecchia patria. La stanza sembrava un piccolo museo di storia naturale dei nostri giorni, più che un salotto; e vi si respirava un odore strano, particolare, ma non sgradevole, neutralizzato in parte dell'enorme ceppo di abete che si consumava nel camino.

Quando la madre disse loro che il capitano Holdernesse era nell'altra stanza, le ragazze si misero subito a riporre filatoi e ferri da calza, e cominciarono a preparare un qualche pasto; quale, Lois seduta lì ignara a guardare, non avrebbe saputo dire. Innanzitutto fu messa a lievitare la pasta per i biscotti; poi da una credenza d'angolo – un dono dall'Inghilterra – sbucò un'enorme bottiglia quadrata di cordiale chiamato Golden Wasser; e ancora, un macinino per tritare la cioccolata, una delizia rara e inconsueta dovunque a quel tempo; e infine, una grossa forma di Cheshire. Furon tagliate tre bistecche di selvaggina da arrostire, del grasso maiale freddo fu affettato e condito con melassa, fu preparato un enorme pasticcio simile a quello di carne, ma che le figlie chiamavano orgogliosamente «pasticcio di zucca», fu grigliato del pesce fresco e sotto sale, ostriche furon cucinate in vari modi. Lois si chiese quando sarebbero finiti i preparativi per accogliere ospitalmente gli stranieri del vecchio mondo. Infine ogni cosa fu messa in tavola e il cibo caldo fumava; ma tutto era tiepido, per non dire freddo, quando il Consigliere Hawkins (un vecchio vicino molto conosciuto e stimato, che era stato invitato dalla vedova Smith per sentire le novità) ebbe concluso la sua preghiera, che comprendeva il rendimento di grazie per il passato e la supplica per il futuro di tutti i presenti, in relazione a ogni singolo caso, a seconda di quanto poteva intuire dal loro aspetto. Forse la preghiera sarebbe continuata ancora se il capitano Holdernesse non avesse accompagnato la seconda metà del ringraziamento tamburellando alquanto impazientemente col manico del coltello sul tavolo.

Quando si misero a mangiare, tutti erano dapprincipio troppo affamati per parlare granché; ma via via che l'appetito diminuiva, si accresceva la curiosità e da entrambe le parti vi era molto da dire e da ascoltare. Lois naturalmente conosceva molto bene le notizie dall'Inghilterra; ma ascoltava con palese attenzione tutto ciò che si diceva sul paese sconosciuto e sulla gente sconosciuta tra cui era venuta a vivere. Suo padre era stato giacobita[1] – era così che a quel tempo iniziavano a chiamare i seguaci degli Stuart – e il padre di suo padre era stato un fautore dell'Arcivescovo Laud[2]; dimodoché Lois aveva finora sentito poco della conversazione dei Puritani e visto poco dei loro modi. Il Consigliere Hawkins era uno dei più rigidi tra gli osservanti, e la sua presenza metteva evidentemente in grande soggezione le due figlie. Ma la vedova era una persona privilegiata; la sua nota bontà di cuore (i cui effetti erano stati sperimentati da più d'uno) le concedeva una libertà di parola tacitamente negata a molti, pena la taccia di empietà, qualora certi limiti convenzionali fossero trasgrediti. Il capitano Holdernesse e il suo secondo, poi, esprimevano le loro opinioni alla presenza di chiunque. Sicché al suo approdo in Nuova Inghilterra, Lois fu per così dire calata gentilmente nel bel mezzo delle peculiarità puritane, eppure furono sufficienti a farla sentire molto sola ed estranea.

Il primo argomento di conversazione fu lo stato delle colo-

---

[1] Partigiani del re esiliato Giacomo II Stuart e dei suoi discendenti, dopo la rivoluzione inglese del 1688-89 che costrinse il sovrano alla fuga in Francia (v. anche nota di pag. 131) (N.d.r.).

[2] William Laud (1573-1645), teologo anglicano e personalità eminente alla corte di Carlo I Stuart, arcivescovo di Canterbury dal 1633. Oppositore del calvinismo e del puritanesimo, riteneva che l'essenza della fede anglicana stesse nei sacramenti e non riconosceva differenze fondamentali fra la dottrina anglicana e la cattolica. Con l'appoggio di Carlo I instaurò un ritualismo rigido contro puritani e calvinisti e apparve come una potenza ecclesiastica che faceva causa comune con l'assolutismo monarchico. Arrestato per ordine del Parlamento inglese, processato nel 1644, fu decapitato nel 1645 (N.d.r.).

nie – Lois se ne rese conto presto, sebbene dapprincipio fosse non poco sconcertata dal continuo riferimento a nomi di luoghi che le veniva naturale associare con la vecchia patria. Stava parlando la vedova Smith:

«Nella contea di Essex la gente ha l'ordine di tenere quattro squadre di ricognitori, cioè compagnie armate; sei uomini per compagnia continuamente all'erta contro i selvaggi, quelle belve di Indiani sempre in agguato nelle foreste! Potete star sicuri che mi son presa una bella paura al tempo del primo raccolto dopo il mio arrivo in Nuova Inghilterra; tanto che, anche se son passati vent'anni dalla faccenda di Lothrop, continuo a sognare gli Indiani appiattati dietro gli alberi, con facce dipinte e teste rasate e strisce di guerra, che si avvicinano sempre più, senza far rumore».

«Sì», intervenne una figlia; «e non ricordi, mamma, Hannah Benson ci ha raccontato che suo marito aveva tagliato tutti gli alberi intorno alla casa a Deerbrook, perché nessuno si potesse avvicinare senza esser visto; e una sera al crepuscolo se ne stava seduta lì fuori, mentre tutti erano già a letto e suo marito era a Plymouth per affari, quando per terra, nell'ombra, vide un ceppo, proprio come il tronco di un albero abbattuto, e non ci badò, sinché, guardando di nuovo dopo un po' di tempo, le parve che si fosse leggermente avvicinato, e si sentì mancare dalla paura, e dapprincipio non osò muoversi, ma chiuse gli occhi e contò fino a cento e poi guardò di nuovo, e anche se l'ombra era più cupa, riuscì a vedere che il ceppo s'era avvicinato ancora di più; allora corse dentro e sprangò la porta, e andò nella stanza dove dormiva il figlio maggiore. Era Elijah, e aveva solo sedici anni; ma alle parole di sua madre si alzò e prese il lungo fucile da caccia di suo padre, ne controllò la carica, e solo allora parlò per invocare Dio di guidare la sua mira, e si avvicinò alla finestra che guardava dalla parte dove si trovava il ceppo, e fece fuoco, e nessuno osò andare a vedere cos'era successo, ma tutti insieme lessero le Scritture e pregarono per tutta la notte, sinché fu mattina e apparve un lungo rivo di sangue sull'erba vicino al ceppo che, come rivelò la luce del sole, non era affatto un ceppo, ma un

Pellerossa coperto di corteccia, tutto dipinto, col coltello da guerra al suo fianco».

Tutti ascoltavano col fiato sospeso, sebbene alla maggior parte di loro quella storia, o altre simili, fossero familiari. Poi un altro continuò il racconto dell'orrore:

«E i pirati sono comparsi a Marblehead, da quando siete stato qui l'ultima volta, capitano Holdernesse. È stato solo l'inverno scorso che sono approdati – papisti francesi – e tutti se ne stavano rintanati in casa, perché non sapevano cosa sarebbe accaduto; e hanno portato della gente a riva. C'era anche una donna, tra loro – sicuramente prigionieri di qualche nave – e i pirati li hanno trascinati verso l'interno, nella palude; e la gente di Marblehead se ne stava quieta e zitta, con i fucili carichi e le orecchie tese, perché chi poteva sapere se i feroci predoni del mare non intendevano fare un'incursione anche a terra; e nel cuore della notte sentirono provenire dalla palude l'urlo acuto e pietoso di una donna: «Signore Gesù! abbi pietà di me! Salvami dalle mani dell'uomo, o Signore Gesù!» E il sangue di quelli che sentirono il grido si gelò dal terrore, sinché la vecchia Nance Hickson, che da anni era completamente sorda e immobilizzata a letto, si alzò tra la gente raccolta in casa di suo nipote, e disse che poiché loro, gli abitanti di Marblehead, non avevano avuto cuori intrepidi o fede sufficiente per uscire a soccorrere gli inermi, il grido della donna morente sarebbe rimasto nelle loro orecchie, e nelle orecchie dei loro figli, sino alla fine del mondo. E Nance cadde a terra morta appena finì di parlare, e all'alba i pirati fecero vela da Marblehead; ma la gente sente ancora quel grido, acuto e pietoso, venire dalla palude desolata: «Signore Gesù! abbi pietà di me! Salvami dalle mani dell'uomo, o Signore Gesù!»

«E per questa ragione», disse la profonda voce di basso del Consigliere Hawkins, con il forte suono nasale tipico dei Puritani – che, dice Butler[3] 'Col naso maledicevano la dolce cre-

[3] Samuel Butler (1612-80), poeta inglese, autore del poema *Hudibras*, satira dei Puritani (N.d.r.).

ma' – «il pio signor Noyes indisse un digiuno a Marblehead, e predicò un sermone infervorante sulle parole 'Ciò che non avete fatto all'ultimo di questi, fratelli miei, non avete fatto a me'. Ma a volte mi sono venuto chiedendo se l'intera visione dei pirati e l'urlo della donna, non siano stati espedienti di Satana per sondare la gente di Marblehead, e vedere quali frutti produceva la loro fede, in modo da condannarli agli occhi del Signore. Se così fosse, il nemico ne riportò un gran trionfo, perché di certo non fu da Cristiani abbandonare una donna inerme, senza aiuto nel suo atroce affanno».

«Ma Consigliere», disse la vedova Smith, «non si trattava di una visione; erano uomini in carne e ossa che sono approdati, uomini che hanno spezzato rami e lasciato impronte sul terreno».

«Se è per questo, Satana ha molti poteri, e nel giorno in cui gli sarà permesso di aggirarsi come un leone selvaggio, non si fermerà alle inezie, ma compirà interamente la sua opera. Vi dico, molti uomini sono in realtà nemici incorporei che assumono forme visibili, e che hanno la facoltà di vagare nei luoghi desolati della terra. Da parte mia, sono fermamente convinto che questi Pellerossa siano davvero le creature maligne di cui leggiamo nelle Sacre Scritture; e non vi è dubbio che siano alleati degli abominevoli papisti, i Francesi del Canada. Ho sentito dire che i Francesi pagano agli Indiani una certa somma in oro ogni dodici scalpi di teste inglesi».

«Un bel discorso allegro», disse il capitano Holdernesse a Lois, accorgendosi del suo pallore e della sua aria terrorizzata. «Stai pensando che era meglio restarsene a Barford, ragazza mia, ci scommetto. Ma il diavolo non è così nero come si dipinge».

«Ecco! appunto!», disse il Consigliere Hawkins. «Il diavolo è dipinto, si dice così sin dai tempi antichi; e non son forse dipinti questi Indiani, proprio come il padre loro?»

«Ma è vero tutto questo?», chiese Lois in disparte al capitano Holdernesse, lasciando che il Consigliere continuasse a dissertare senza badargli, anche se le due figlie lo ascoltavano con la massima riverenza.

«Ragazza mia», disse il vecchio marinaio, «sei venuta in un paese esposto a molti pericoli, dalla terra e dal mare. Gli Indiani odiano i bianchi. Se poi altri bianchi (mi riferisco ai Francesi, su al nord) hanno braccato i selvaggi, o se gli Inglesi gli han preso la terra e i territori di caccia senza il compenso dovuto, suscitando così la vendetta crudele di queste creature selvagge – chi può dirlo? È comunque vero che non è prudente addentrarsi nelle foreste, per il pericolo di selvaggi in agguato con le facce dipinte; e non è stato prudente costruire abitazioni lontane da insediamenti; e ci vuole un gran coraggio per viaggiare da una città all'altra, e la gente dice che le creature indiane sbucano dalla terra per tendere imboscate agli Inglesi; altri, poi, dicono che si alleano a Satana per far scappare i Cristiani da questo paese pagano, su cui ha regnato così a lungo. E le coste sono infestate dai pirati, feccia delle nazioni: approdano e saccheggiano e devastano e bruciano e distruggono. La gente è terrorizzata da pericoli reali, e per lo spavento immagina forse pericoli inesistenti. Chi può dirlo? La Sacra Scrittura parla di streghe e maghi, del potere del Maligno nei luoghi deserti; e persino nel vecchio mondo abbiamo sentito raccontare di quelli che han venduto l'anima per sempre, in cambio di un po' di potere terreno per qualche anno».

A questo punto, tutta la tavola ascoltava in silenzio il capitano; era soltanto uno di quei silenzi occasionali che capitano a volte, senza ragione, e spesso senza conseguenze. Ma tutti i presenti ebbero motivo di ricordare, prima che molti mesi fossero passati, le parole che Lois disse in risposta, anche se parlava a bassa voce e pensava, presa com'era dall'argomento, che solo il suo vecchio amico capitano la sentisse.

«Sono creature paurose, le streghe! Eppure sento pena per quelle povere vecchie, anche se le temo. Ne avevamo una a Barford, quand'ero piccola. Nessuno sapeva da dove venisse, ma si stabilì in una capanna di fango vicino ai campi comuni; e viveva lì, col suo gatto». (Alla menzione del gatto il Consigliere Hawkins scosse la testa a lungo, cupamente.) «Nessuno sapeva di cosa vivesse, a parte ortiche e avanzi di farina d'avena e cibo simile che le davano più per paura che per pietà. Era tutta ingobbita, parlava da sola e borbottava in continuazione. La gente diceva che nella boscaglia che scendeva fino alla sua baracca, metteva trappole per uccelli e conigli. Non so come accadde, ma molti si ammalarono, al villaggio, e una primavera ci fu una moria di bestiame, quando avevo quasi quattro anni. Non ne seppi mai molto, perché mio padre diceva che era male parlare di queste cose; so solo che un pomeriggio la domestica mi aveva portata con sé a prendere il latte e mi spaventai a morte, passando per un prato dove un'ansa dell'Avon forma una pozza circolare e profonda, e dove una gran folla stava in silenzio – e una folla silenziosa, col fiato sospeso, fa battere il cuore più in fretta del frastuono e delle urla. Tutti guardavano verso l'acqua, e la domestica mi sollevò in alto, per farmi vedere oltre le teste della gente; nell'acqua vidi Hannah, con i capelli grigi sciolti sulle spalle, la faccia sporca e sanguinante per le pietre e il fango che le avevano gettato, e il gatto legato intorno al collo. So di essermi coperta la faccia vedendo quello spettacolo orrendo, poiché i suoi occhi, luccicanti di furia, incontrarono i miei – povera creatura tormentata e inerme! – e mi riconobbe e gridò: 'Figlia del parroco, figlia del parroco laggiù tra le braccia della balia, tuo padre non ha mai fatto niente per salvarmi, e nessuno salverà te, quando sarai esposta come strega'. Oh! per anni e anni quelle parole mi risuonarono nelle orecchie, prima di addormentarmi. Continuavo a sognare di essere nello stagno, e gli occhi degli uomini erano pieni d'odio perché ero una strega; e a volte il suo gatto nero era di nuovo vivo, e ripeteva quelle parole tremende».

Lois tacque: le due figlie la guardarono, così eccitata, ritraendosi con una sorta di stupore, perché c'erano lacrime nei suoi occhi. Il Consigliere Hawkins scosse il capo e mormorò parole delle Scritture; ma la gioviale vedova Smith, maldisposta verso la cupa svolta della conversazione, cercò di darle un'impronta più leggera dicendo: «E son sicura che la bella figlia del parroco ne ha stregati parecchi, da allora, con le sue fossette e i suoi modi gradevoli, vero, capitano Holdernesse? Siete voi che ci dovete raccontare le storie inglesi di questa ragazza».

«Sì, sì», disse il capitano, «ha fatto la malia a uno nel Warwickshire, che non riuscirà mai a liberarsene, penso».

Il Consigliere Hawkins si alzò in piedi per parlare; si appoggiava alle mani posate sul tavolo: «Fratelli», disse, «se parlate con leggerezza vi devo riprendere; la stregoneria e gli incantesimi sono cose maligne. Sono convinto che questa giovane non vi abbia avuto nulla a che fare, neppure col pensiero. Ma alla sua storia la mia mente si carica di presagi. La strega diabolica potrebbe aver avuto da Satana il potere di infettarle l'anima col peccato mortale, pur essendo solo una bambina. Invece di parlare vanamente, vi esorto a unirvi a me in preghiera affinché il cuore di questa straniera nella nostra terra si purifichi di ogni empietà. Preghiamo».

«Su, non c'è niente di male», disse il capitano; «comunque, Consigliere, se vi mettete a pregare, allora fatelo per tutti noi, perché temo proprio che ce ne sia qualcuno qui che ha ben più bisogno di Lois Barclay di purificarsi dall'empietà, e una preghiera non fa mai male a nessuno».

Il capitano Holdernesse aveva degli affari da sbrigare a Boston, dove si trattenne per un paio di giorni; nel frattempo Lois rimase dalla vedova Smith, a vedere quanto poteva del paese sconosciuto in cui si trovava la sua nuova casa. Intanto, la lettera della madre in punto di morte fu mandata a Salem, per mezzo di un ragazzo che vi si recava, per preparare Ralph Hickson alla venuta di sua nipote, non appena il capitano Holdernesse avesse avuto il tempo di accompagnarla; la considerava infatti affidata alla sua personale responsabilità, sinché non l'avesse messa sotto la protezione dello zio. Quando giunse il tempo di andare a Salem, Lois si sentì molto triste nel lasciare la donna gentile che l'aveva ospitata sotto il suo tetto, e continuò a voltarsi finché vide la casa. Fu sistemata su una specie di scomodo carro, dove c'era appena posto per lei e il capitano Holdernesse, oltre al conducente. Sotto i piedi avevano un cesto di provviste e dietro alla schiena era appeso un sacco di biada per il cavallo; il viaggio a

Salem prendeva infatti un'intera giornata, e la strada aveva fama di essere talmente infida, che era pericoloso perdere anche un solo minuto più del necessario per ristorarsi. Neanche le strade inglesi erano sicure allora, né lo furono per molto tempo in seguito, ma in America i sentieri erano semplicemente suolo disboscato; i ceppi degli alberi abbattuti restavano in mezzo alla via, costituendo ostacoli che solo la guida più cauta riusciva ad evitare; negli avvallamenti, si ovviava alla natura paludosa del terreno mettendo dei tronchi di traverso sugli acquitrini. La foresta di un verde cupo, nel cui intrico di rami l'ombra si infittiva già in quella stagione dell'anno, avanzava sin quasi a ridosso della strada su tutto il percorso, incurante degli sforzi assidui che gli abitanti degli insediamenti vicini facevano, per mantenere uno spazio libero su entrambi i lati, nel timore che altrimenti gli Indiani in agguato potessero attaccarli di sorpresa. Gli stridi di uccelli strani, i loro colori inconsueti, suggerivano al viaggiatore, ricco di immaginazione o privo di esperienza, l'idea di grida di guerra e corpi dipinti di nemici mortali. Ma infine giunsero nei pressi di Salem, che in quei giorni rivaleggiava in grandezza con Boston, ed esibiva il nome di una o due vie, che però a occhi inglesi sembravano piuttosto un agglomerato irregolare di case, raggruppate intorno ai luoghi di ritrovo, o meglio al solo luogo di ritrovo, poiché un secondo era ancora in costruzione. Tutt'intorno vi erano due palizzate; tra l'una e l'altra si trovavano giardini e campi per chi non osava far pascolare il bestiame nei boschi, esponendosi così al pericolo di andarlo a riprendere.

Il carrettiere, mentre attraversavano Salem verso la casa di Ralph Hickson, mise al trotto il cavallo esausto, frustandolo. Era sera, l'ora in cui gli abitanti riposavano e i bambini giocavano davanti alle case. Lois fu colpita dalla bellezza di un bimbetto barcollante e si girò a guardarlo; il bimbo inciampò in un ceppo e cadde con un urlo, che fece accorrere la madre spaventata. Precipitandosi fuori, colse lo sguardo ansioso di Lois, sebbene il rumore delle pesanti ruote spegnesse il suono delle sue parole, volte a conoscere la gravità del danno subìto dal bambino. E Lois non ebbe tempo di meditare sull'accaduto, poiché subito dopo il cavallo si fermò alla porta di una solida casa di legno, quadrata e massiccia, intonacata di un bianco latte; una bella casa, probabilmente come tutte le altre a Salem. E il carrettiere le disse che lì viveva suo zio, Ralph Hickson. Nell'agitazione del momento non notò – ma se ne accorse il capitano Holdernesse – che all'insolito rumore di ruote nessuno era uscito a darle il benvenuto. Fu fatta scendere dal vecchio marinaio, e portata in una grande stanza, ampia quasi quanto l'entrata di una signorile dimora inglese. Un uomo giovane e magro di ventitré o ventiquattro anni era seduto su una panca accanto a una finestra e leggeva un grosso infolio alla luce morente del giorno. Non si alzò quando entrarono, ma li guardò sorpreso, senza che alcun cenno di riconoscimento gli illuminasse il viso severo e cupo. Non c'erano donne. Il capitano Holdernesse aspettò un momento, e poi disse:

«È questa la casa di Ralph Hickson?»

«Sì, è questa», disse il giovane con voce lenta e bassa. Ma non aggiunse parola.

«Questa è sua nipote, Lois Barclay», disse il capitano, prendendo la ragazza per il braccio, e spingendola avanti. Il giovane la fissò gravemente per un attimo; poi si alzò e, segnando accuratamente la pagina dell'infolio che era rimasto aperto sulle sue ginocchia, disse, nello stesso modo cupo e indifferente: «Vado a chiamare mia madre, lei ne saprà qualcosa».

Aprì una porta che si affacciava su una cucina calda, illuminata dalla luce rossa del fuoco, intorno a cui si vedevano tre donne intente a cucinare, mentre una quarta, una vecchia Indiana con la pelle di un color bruno verdastro, raggrinzita e curva per l'età visibilmente molto avanzata, andava avanti e indietro, a quanto pareva portando alle altre gli ingredienti di cui avevano bisogno.

«Madre», disse il giovane; attirata l'attenzione della donna, indicò sopra la spalla i nuovi arrivati, e ritornò allo studio del suo libro, pur continuando di tanto in tanto a scrutare Lois furtivamente, di sotto le sopracciglia scure e folte.

Una donna alta e massiccia, oltre la mezza età, venne dalla cucina, e rimase lì a esaminare gli stranieri.

Fu il capitano Holdernesse a parlare.

«Questa è Lois Barclay, la nipote di mastro Hickson».

«Non ne so niente», disse la padrona di casa con voce profonda e quasi maschile quanto quella del figlio.

«Ma mastro Hickson ha ricevuto la lettera di sua sorella, no? L'ho mandata io stesso per mezzo di un ragazzo di nome Elias Wellcome, che è partito da Boston per venir qui ieri mattina».

«Ralph Hickson non ha ricevuto nessuna lettera del genere. È a letto malato nell'altra stanza. Qualsiasi lettera indirizzata a lui deve passare per le mie mani; perciò posso affermare con sicurezza che qui non è stato portato niente del genere. Sua sorella Barclay, che da nubile si chiamava Henrietta Hickson, e il cui marito prestò giuramento di conformismo a Carlo Stuart, e si tenne ben stretto il suo pane, mentre tutti gli uomini devoti lasciarono il loro...»

Lois, che un attimo prima aveva pensato di avere il cuore insensibile e freddo per la scortese accoglienza ricevuta, di fronte all'esplicito insulto rivolto a suo padre, sentì parole venirle alle labbra e, nello stupore suo e del capitano, le disse:

«Può anche darsi che fossero devoti gli uomini che lasciarono le loro chiese nel giorno di cui parlate, signora; ma non furono i soli ad esserlo e nessuno ha il diritto di mettere un limite alla fede sincera, sulla base di un semplice pregiudizio».

«Ben detto, ragazza», esclamò il capitano, girandosi a guardarla con una sorta di ammirazione stupita, e dandole dei colpetti sulla schiena.

In silenzio, Lois e sua zia si guardarono negli occhi, senza abbassarli per uno o due minuti; ma la ragazza sentiva che il suo colore andava e veniva, mentre quello della donna anziana non cambiava; e gli occhi della giovinetta furono presto pieni di lacrime, mentre quelli di Grace Hickson continuavano a fissarla, asciutti e immobili.

«Madre!», disse il giovane alzandosi di scatto – e un movimento così rapido non s'era ancora visto, in quella casa – «è male parlare di queste cose, quando mia cugina viene tra noi per la prima volta. Il Signore le potrà dare la grazia in futuro, ma oggi ha fatto tutto il viaggio da Boston, e sicuramente sia lei che il marinaio hanno bisogno di cibo e riposo».

Non si curò di vedere l'effetto delle sue parole, ma si risedette e parve immediatamente riassorto nel libro. Probabilmente sapeva che la sua parola era legge per la madre arcigna, e infatti non aveva quasi finito di parlare, che lei già indicava una panca di legno; e spianando le rughe del viso, disse: «È vero ciò che dice Manasseh. Sedetevi qui, mentre dico a Faith e Nattee di preparar da mangiare; intanto, avvertirò mio marito che una che si dice figlia di sua sorella è venuta a trovarlo».

Andò alla porta che si apriva sulla cucina, e diede alcune disposizioni alla ragazza più grande; Lois allora si rese conto che era la figlia. Mentre sua madre parlava, Faith se ne stava lì impassibile, non curandosi quasi di guardare gli stranieri arrivati da poco. Aveva la carnagione del fratello Manasseh, ma i tratti erano più aggraziati, e gli occhi erano grandi e arcani, come Lois vide quando in un'occasione li alzò e fu come se, con uno sguardo rapido e indagatore, si impossessasse dell'aspetto del capitano e di sua cugina. Vicino alla madre rigida, alta e angolosa e alla figura appena più morbida della figlia, una bambina di circa dodici anni faceva ogni sorta di diavolerie, senza che nessuno vi badasse, come se fosse sua abitudine sbirciare da sotto le loro braccia, da dietro la schiena, ora da una parte, ora dall'altra, continuando a fare smorfie a Lois e al capitano Holdernesse, che sedevano di faccia alla porta, stanchi e piuttosto scoraggiati per l'accoglienza ricevuta. Per consolarsi, il capitano tirò fuori del tabacco e cominciò a masticarlo; ma ben presto la sua consueta duttilità gli venne in aiuto, e disse a Lois, a bassa voce:

«Quel mascalzone di Elias dovrà fare i conti con me! Se solo la lettera fosse stata recapitata, avresti avuto ben altra accoglienza; ma appena avrò mangiato qualcosa, andrò a cercare quel ragazzo e porterò qui la lettera, così ogni cosa si metterà a posto, ragazza mia. Su, non ti abbattere, non riesco a sopportare una donna che piange. È che sei sfinita dagli scossoni e dalla fame».

Lois si asciugò le lacrime, e guardandosi intorno per tentare di mutare il corso dei suoi pensieri fissandoli sugli oggetti circostanti, sorprese gli occhi infossati di suo cugino Manasseh che la osservavano di soppiatto. Non era uno sguardo ostile, eppure Lois si sentì a disagio, soprattutto perché aveva continuato a fissarla, pur dovendo aver visto che lei lo guardava. Fu contenta quando sua zia la chiamò da una stanza interna perché andasse dallo zio, e sfuggì allo sguardo fermo del suo cupo e silenzioso cugino.

Ralph Hickson era molto più vecchio di sua moglie, e la malattia lo faceva sembrare ancora più vecchio. Non aveva mai avuto la forza di carattere che possedeva Grace, sua moglie, e ora l'età e il male lo riducevano talvolta a una condizione quasi infantile. Ma la sua natura era affettuosa, e tendendo le braccia tremanti dal letto in cui giaceva, diede il benvenuto a Lois senza esitare o aspettare conferme dalla lettera perduta per riconoscerla come nipote.

«Oh! come sei gentile a venire a conoscere tuo zio, attraversando tutto questo mare; com'è gentile mia sorella Barclay a privarsi di te!»

Lois dovette dirgli che non vi era nessuno in vita ad aspettarla, a casa, in Inghilterra; che in effetti non aveva più una casa in Inghilterra, e neppure un padre e una madre in terra; e che era stata sua madre morente a dirle di cercar lui perché le desse una casa. Le parole le salirono soffocate dal cuore pesante, e il loro significato non riuscì a penetrare nella lenta percezione di lui, prima che Lois le ripetesse parecchie volte; e allora pianse come un bambino, più per la perdita di sua sorella che non aveva visto da vent'anni, che per quella dell'orfana che stava lì in piedi davanti a lui, trattenendo a fatica le lacrime per cominciar bene la sua vita in quella casa sconosciuta. Ciò che più di ogni altra cosa aiutò Lois a frenarsi, fu lo sguardo ostile di sua zia. Nata e cresciuta in Nuova Inghilterra, Grace Hickson aveva una sorta di gelosa avversione per i parenti inglesi di suo marito, che si era accresciuta negli ultimi anni, quando la sua mente vacillante aveva cominciato a struggersi per loro dimenticando il buon motivo che l'aveva spinto ad esiliarsi, e versava lacrime su quella decisione come fosse stato il grande errore della sua vita. «Senti», gli disse, «mi colpisce che tutto questo gran piangere per la perdita di una che è morta in età avanzata, ti faccia dimenticare nelle mani di Chi sono la vita e la morte!»

Parole giuste, ma dette in un momento inopportuno. Lois alzò su di lei uno sguardo di malcelata indignazione, che si intensificò al tono sprezzante di sua zia che, continuando a parlare a Ralph Hickson, gli accomodava il letto perché stesse più comodo.

«Si direbbe che tu sia un uomo empio, con questo pianto continuo sul latte versato; la verità è che da vecchio sei come un bambino. Quando fummo uniti in matrimonio, lasciasti ogni cosa nelle mani di Dio; altrimenti non ti avrei mai sposato. Eh no, ragazza», disse, cogliendo l'espressione del viso di Lois, «non permetterti mai di fissarmi addosso quegli occhi furiosi. Faccio il mio dovere come è scritto, e non c'è nessuno a Salem che osi dire una sola parola sulle opere o sulla fede di Grace Hickson. Persino il pio signor Cotton Mather[4] ha detto che potrebbe imparare qualcosa da me; e ti consiglio piuttosto di mostrarti umile, e sperare che il Signore ti faccia ravvedere, visto che ti ha mandata qui, a vivere, per così dire, a Sion, dove la preziosa rugiada cade ogni giorno sulla barba di Aronne».

Lois provò vergogna e pena, accorgendosi che la zia aveva interpretato con tale esattezza la momentanea espressione del suo viso; provò anche del rimorso per l'emozione che aveva provocato quello sguardo e sperando che il ricordo del lieve malinteso sarebbe presto scomparso, si sforzò di convin-

[4] Cotton Mather (1663-1728), pastore puritano e scrittore americano, fra il 1686 e il 1692 si guadagnò grande popolarità come predicatore; dal 1692 fu uno dei responsabili morali della caccia alle streghe, della cui esistenza era fermamente convinto (N.d.r.).

cersi che sua zia poteva esser preoccupata di qualcosa, prima dell'irruzione inaspettata degli stranieri. Tentava così di farsi coraggio, di non lasciarsi andare alla tenera tremante pressione della mano di lui sulla sua quando, ubbidendo alla zia, gli augurò la buonanotte e ritornò nella stanza esterna, o sala, dove tutta la famiglia era riunita in attesa della cena di focacce e selvaggina che Nattee, la serva indiana, stava portando dalla cucina. Apparentemente, durante l'assenza di Lois nessuno aveva rivolto la parola al capitano Holdernesse. Manasseh sedeva quieto e silenzioso al suo posto di prima, col libro aperto sulle ginocchia, gli occhi pensosi fissi nel vuoto, come se avesse una visione o inseguisse una fantasticheria. Faith era accanto al tavolo, e pigramente sovrintendeva ai preparativi di Nattee; e Prudence ciondolava nel vano della porta tra la cucina e la sala, molestando la vecchia Indiana mentre passava avanti e indietro, sinché Nattee fu palesemente in uno stato di forte irritazione che invano cercava di reprimere, poiché appena ne lasciava trapelare segno, Prudence sembrava ancor più eccitata a tormentarla. Quando tutto fu pronto, Manasseh alzò la mano destra e disse quello che chiamavano «il benedicite»; ma il ringraziamento divenne una lunga supplica astratta su benedizioni spirituali, forza per combattere Satana e spegnere i suoi dardi infuocati, e assunse infine, come sembrò a Lois, un carattere del tutto personale, come se il giovane avesse dimenticato l'occasione contingente e persino le persone presenti, e indagasse invece sulla natura dei mali che infettavano la sua anima inferma e li dispiegasse dinanzi al Signore. Fu ricondotto indietro da Prudence, con uno strattone alla giacca; aprì gli occhi chiusi, gettò uno sguardo irato alla bambina che in risposta gli fece una smorfia, e poi si sedette, e tutti cominciarono a mangiare. Grace Hickson avrebbe considerato la sua ospitalità gravemente in difetto, se avesse permesso al capitano Holdernesse di andare in cerca di un posto dove dormire. Delle pelli furono stese sul pavimento della sala; sul tavolo furono messe una Bibbia e una bottiglia quadrata di una bevanda alcolica, per soddisfare sue eventuali esigenze durante la notte; e nonostante preoccupazioni e ansie, tentazioni e peccati di chi viveva in casa, dormivano tutti prima che l'orologio della città battesse le dieci.

La mattina seguente, il primo pensiero del capitano fu di andare a cercare il ragazzo Elias e la lettera perduta. Lo incontrò mentre la stava portando lì a cuor leggero perché, pensava Elias, qualche ora in più o in meno non faceva differenza; la sera prima o la mattina dopo erano la stessa cosa. Ma gli chiarì il suo errore un sonoro ceffone sull'orecchio, proprio da parte dell'uomo che gli aveva ordinato di consegnarla rapidamente e che lui credeva si trovasse ancora a Boston.

Dopo aver consegnato la lettera e aver fornito tutte le prove possibili del diritto di Lois a pretendere una casa dai suoi parenti più prossimi, il capitano Holdernesse pensò che la cosa migliore fosse di accomiatarsi.

«Può darsi che ti trovi bene con loro, ragazza mia, quando non ci sarà nessuno a ricordarti il tuo vecchio mondo. Su, su! separarsi è sempre un compito difficile, e la cosa migliore è sbrigarlo in fretta. Non perderti d'animo, ragazza mia, tornerò a trovarti in primavera, se tutti noi saremo ancora in vita allora; e chissà che un giovane ricco mugnaio non venga con me. E intanto non sposarti con uno di questi puritani tutti preghiere. Su, su... vado! Dio ti benedica!»

E Lois fu lasciata sola in Nuova Inghilterra.

II

Lois fece non poca fatica a conquistarsi un posto in quella famiglia. Sua zia era donna di pochi, intensi affetti. L'amore per il marito, se pure ne aveva provato, si era consumato e spento tanto tempo prima. Ciò che faceva per lui, lo faceva per dovere; ma il senso del dovere non era abbastanza forte da frenare quel piccolo organo, la lingua; e spesso il cuore di Lois doleva, al continuo flusso di rimproveri sprezzanti che Grace rivolgeva senza posa al marito, anche se contemporaneamente non si risparmiava fatiche o fastidi per contribuire al suo benessere fisico. Parlava così più per un suo sollievo personale, che per il desiderio di ferirlo con i suoi discorsi; e lui era troppo intorpidito dal male per sentirsene vulnerato; o forse, quella continua ripetizione di sarcasmi l'aveva reso indifferente; ad ogni modo, se era stato provveduto al suo cibo e al suo benessere, molto raramente sembrava curarsi d'altro. Perfino l'iniziale trasporto per Lois si esaurì presto; teneva a lei perché era premurosa e abile nell'aggiustargli i cuscini, e sapeva preparare leccornie sconosciute e stuzzicanti per la sua nausea, ma non più perché era la figlia della sorella morta. Ma in un modo o nell'altro teneva a lei, e Lois era troppo felice di quel mucchietto di tenerezza per indagare sul perché o sul percome venisse accordata. A lui riusciva a dar piacere, ma apparentemente a nessun altro, in casa. Sua zia la guardava con sospetto per molte ragioni: l'arrivo di Lois a Salem era stato inopportuno, e quella sua espressione della prima sera ancora bruciava nella memoria di Grace; pregiudizi, predisposizioni e sentimenti radicati dall'infanzia, portavano la ragazza inglese verso ciò che oggi si chiamerebbe Chiesa e Stato, e che lì allora era considerata osservanza superstiziosa di regole papiste e devozione servile alla famiglia di un re oppressore ed empio. Non si creda che in tutti coloro con cui era andata a vivere, Lois non sentisse, e acutamente, la mancanza di simpatia per l'antico retaggio di lealtà (religiosa e politica) in cui era stata educata. In sua zia e Manasseh era più che mancanza di simpatia; era un'avversione decisa e vitale per tutte le idee che a Lois erano più care. La semplice allusione, anche se del tutto casuale, alla piccola vecchia chiesa grigia di Barford, dove suo padre aveva predicato così a lungo, il riferimento occasionale ai conflitti che avevano lacerato il suo paese quand'era partita, e l'adesione all'idea, con cui era cresciuta, che il re non avesse colpe, sembravano irritare Manasseh oltre ogni limite. Se Lois diceva qualcosa in tal senso, interrompeva incollerito la lettura, sua occupazione costante quand'era in casa, e si metteva a camminare avanti e indietro per la stanza, borbottando tra sé; e una volta si era persino fermato davanti a lei e le aveva intimato con veemenza di non parlare come una stupida. In realtà quel comportamento era molto diverso dal modo sarcastico e sprezzante con cui sua madre trattava tutte le piccole professioni di lealtà della povera ragazza. Grace soleva incoraggiarla – perlomeno all'inizio, prima che l'esperienza rendesse Lois più saggia – a esprimere le sue idee su quegli argomenti, sinché, proprio quando il cuore della ragazza si stava aprendo, la zia le si rivoltava contro ferendola con acredine beffarda, e suscitando così tutti gli istinti più malevoli dell'indole di Lois. A dire il vero, Manasseh, con tutta la sua ira, sembrava così profondamente addolorato per quello che considerava un errore, che quasi riuscì a convincerla che esistesse anche un'altra faccia del problema. Solo che, facendo proprio questo modo di pensare, le pareva di tradire la memoria del padre morto.

In certo qual modo, Lois sentiva istintivamente che Manasseh era bendisposto verso di lei. Passava poco tempo in casa; in quanto capofamiglia effettivo, doveva occuparsi del lavoro agricolo e di una qualche attività mercantile; con l'avanzare della stagione, andava a caccia nelle foreste circostanti con un'audacia che spingeva sua madre a rimproveri e avvertimenti quand'era con lui, anche se poi con i vicini continuava a vantarsi del coraggio e della temerarietà di suo figlio. Lois non usciva spesso per il semplice gusto di uscire: di solito era per sbrigare qualche commissione domestica, quando le altre donne di casa erano fuori; ma una o due volte aveva guardato di sfuggita la tetra, cupa foresta, che cingeva tutt'intorno il terreno disboscato – l'immensa foresta con rami e fronde in movimento perenne, con il sospiro grave che penetrava fin nelle vie di Salem, se soffiavano certi venti che portavano il suono degli abeti all'orecchio di chi aveva tempo di ascoltare. E in tutti i racconti, la vecchia foresta che avvolgeva la città era piena di belve terrificanti e misteriose e di Indiani ancor più terrificanti, che strisciavano nell'ombra meditando piani sanguinari contro il popolo cristiano; Indiani rasati, striati come pantere, complici, per loro esplicita confessione e per credenza popolare, dei poteri del male.

Nattee, la vecchia serva indiana, faceva a volte gelare il sangue a Lois, quando insieme a Faith e Prudence ascoltava le storie feroci sugli stregoni della sua razza. Spesso era in cucina, al calar del buio, mentre un qualche lavoro era in corso – forse mentre s'aspettava che lievitasse la pasta per il pane di casa – che la vecchia Indiana grinzosa raccontava le sue storie di magia, accoccolata in terra accanto al rosso vivo della brace, da cui non salivano fiamme, ma una luce spettrale che stravolgeva le ombre sui loro visi. Questi racconti erano sempre percorsi da un'insinuazione spaventosa e inespressa a sacrifici umani, indispensabili alla buona riuscita di un incantesimo consacrato al Maligno; e la povera vecchia creatura, prestando fede e provando lei stessa terrore mentre narrava quelle storie in un inglese stentato, sentiva uno strano inconsapevole piacere nell'esercitare il suo potere sulle ascoltatrici – giovinette della razza degli oppressori, che l'avevano ridotta a poco più che una schiava, e avevano scacciato la sua gente dai territori di caccia che erano appartenuti ai padri.

Dopo questi racconti, Lois doveva fare uno sforzo notevole per ubbidire a sua zia e andare la sera nei campi comuni che circondavano la città, per riportare il bestiame a casa. Chi poteva assicurarla che da dietro i rovi non si rizzasse il serpente a due teste – quell'essere infernale maligno e astuto, al servizio degli stregoni indiani, talmente potente che, se una vergine bianca lo guardava negli occhi posti alle due estremità del corpo lungo, sinuoso e strisciante, non importa quanto le ripugnasse lui e la razza indiana, era obbligata ad addentrarsi nella foresta a cercare un uomo che la prendesse nella sua tenda, abiurando per sempre fede e razza.

E poi vi erano fatture – aveva detto Nattee – nascoste dagli stregoni nei boschi, che trasformavano la natura di chi le trovava; sicché, per quanto gentile e amorevole potesse esser stato prima, di lì in poi traeva il suo unico piacere dai tormenti crudeli che infliggeva agli altri, e che poteva provocare a suo piacimento per lo strano potere di cui veniva in possesso. Una volta Nattee, parlando sottovoce a Lois che era sola con lei in cucina, sussurrò terrorizzata la sua convinzione che Prudence avesse trovato una di quelle fatture. E quando l'Indiana si scoprì le braccia coperte di lividi, dove la bambina maligna l'aveva pizzicata, la ragazza inglese cominciò ad aver paura di sua cugina, convinta che fosse invasata. Ma non era solo Nattee, o ragazze piene di immaginazione, a credere a queste storie. Oggi possono farci sorridere, tuttavia i nostri antenati inglesi aderivano in quello stesso periodo a superstizioni in gran parte identiche, ma con meno giustificazioni poiché la realtà circostante era più conosciuta e perciò più comprensibile al senso comune, delle impenetrabili inesplorate foreste della Nuova Inghilterra davvero avvolte nel mistero. I teologi più austeri non solo prestavan fede a storie simili a quella del serpente a due teste e ad altri racconti di stregoneria, ma ne facevano argomento di prediche e di preghiere; e poiché la codardia rende crudeli, vi furono uomini in quel tempo, irreprensibili sotto molti aspetti della vita, e persino lodevoli sotto alcuni, che, in preda alla superstizione, divennero persecutori crudeli e spietati di chi ritenevano complice del Maligno.

Nella casa di suo zio, Faith era la persona a cui Lois era più intimamente legata. Avevano circa la stessa età e si alternavano in alcuni lavori domestici. A turno riportavano nella stalla le mucche, e dividevano in pani il burro che si occupava di fare Hosea, una vecchia serva scontrosa che non viveva in casa, e in cui Grace Hickson riponeva grande fiducia; e prima che fosse passato un mese dall'arrivo di Lois, tutt'e due le ragazzette ebbero un filatoio grande da lana e uno piccolo da lino. Faith era una persona seria e silenziosa, mai allegra, talora molto triste, sebbene Lois a lungo non riuscisse neppure a intuire il perché. Con la dolcezza e la semplicità che le eran proprie, cercava di mettere di buonumore sua cugina quand'era depressa, raccontandole vecchie storie sulla vita e le consuetudini inglesi. A volte Faith sembrava interessata, altre non badava a una sola parola e continuava a fantasticare. Sul passato o sul futuro, chissà?

Severi, vecchi ministri del culto si recavan da loro per le visite pastorali. In quelle occasioni Grace Hickson si cambiava grembiule e cuffia e, dando un benvenuto più caloroso di quanto l'avessero vista fare con chiunque altro, tirava fuori dalla dispensa le provviste migliori e ne offriva con generosità. Si portava fuori anche la grande Bibbia, e Hosea e Nattee venivano convocate dal lavoro, perché sentissero il pastore leggerne un capitolo, e interpretarlo minuziosamente durante la lettura. Quando aveva finito, tutti si inginocchiavano mentre in piedi alzava la mano destra e pregava per tutte le possibili comunità di Cristiani, e per tutte le possibili esigenze di tipo spirituale; infine, riferendosi ai presenti, innalzava una supplica molto personale per ognuno, sulla base delle sue supposizioni sulle carenze altrui. Dapprincipio Lois si stupì della precisione con cui una o due di queste preghiere si adattavano alle circostanze esteriori di ogni caso; ma quando notò che di solito sua zia e il pastore conversavano a lungo e confidenzialmente nella prima parte della visita, si rese conto che il tramite di impressioni e notizie era «quella donna pia, Grace Hickson», e temo che da allora tenesse in minor considerazione la preghiera «per la giovane di un'altra terra, che da quella terra attraverso il grande oceano ha portato con sé l'errore, quasi fosse una semenza, e che anche ora fa sì che il piccolo seme germogli e divenga un albero maligno, alla cui ombra tutte le creature immonde possan trovare riparo».

«Preferisco le preghiere della nostra Chiesa», disse Lois un giorno a Faith. «Nessun sacerdote in Inghilterra può usare le proprie parole per pregare e così non può esprimere giudizi sugli altri e adattare le preghiere alle sue supposizioni, come ha fatto il signor Tappau stamattina».

«Odio Tappau!», disse Faith bruscamente, e una passione veemente lampeggiò nei suoi occhi scuri e seri.

«Perché, cugina? Mi sembra un buon uomo, anche se non mi piacciono le sue preghiere».

Faith si limitò a ripetere «lo odio».

Lois provò dispiacere per quell'intenso sentimento malevolo; un dispiacere istintivo, avendo lei una natura desiderosa di dare e ricevere amore, su cui strideva ogni segno di mancanza d'amore negli altri. Ma quella volta non sapeva che dire, e così rimase in silenzio. Faith continuò a far girare la ruota con foga, senza parlare, sinché il filo si spezzò, e allora spinse via in fretta il filatoio e lasciò la stanza. Allora Prudence pian piano si avvicinò a Lois. La strana bambina sembrava agitata da umori mutevoli: un giorno era dolce ed espansiva, il giorno dopo poteva esser falsa, beffarda e talmente indifferente alla pena o al dolore altrui, da divenire quasi disumana.

«Sicché non ti piacciono le preghiere del pastore Tappau?», sussurrò.

A Lois dispiacque che avesse sorpreso le sue parole, ma non poteva né voleva ritirarle.

«Mi piacciono meno di quelle che sentivo a casa».

«Mia madre dice che la tua casa era tra gli empi. No, non guardarmi così, non sono stata io a dirlo. Io pure non ci tengo poi tanto a pregare, e neanche al pastore Tappau, se è per questo. Ma Faïth non lo sopporta proprio, e io so perché. Vuoi che te lo dica, cugina Lois?»

«No, non me l'ha detto Faith, che è l'unica a poter dire le sue ragioni».

«Chiedile dov'è andato il giovane signor Nolan e sentirai. Per lui l'ho vista piangere per ore».

«Zitta, bambina, zitta!», disse Lois, sentendo il passo di Faith che si avvicinava, e temendo che potesse sorprenderle a parlare di quell'argomento.

Il fatto è che uno o due anni prima vi era stato un gran conflitto nel paese di Salem, una profonda scissione nella comunità religiosa, e il pastore Tappau aveva capeggiato la fazione più violenta e infine vittoriosa. In seguito a ciò, il meno popolare pastore Nolan aveva dovuto abbandonare la città. E Faith Hickson lo amava con tutta la forza del suo cuore appassionato, sebbene lui fosse del tutto inconsapevole dell'affezione che aveva provocato e sebbene la famiglia di lei fosse troppo indifferente a manifestazioni di puro sentimento, per accorgersi dei segni di una sua qualsiasi emozione. Ma se ne accorgeva Nattee, la vecchia serva indiana, e li vedeva tutti. Sapeva, come se gliene avessero detta la ragione, perché Faith non si curava più di padre e madre, fratello e sorella, di lavori domestici e occupazioni quotidiane, e neppure dei suoi doveri religiosi. Nattee leggeva il vero significato della profonda avversione covata da Faith contro il pastore Tappau; la donna indiana capiva perché la ragazza (l'unica tra i bianchi da lei amata) evitava il vecchio ministro e preferiva rintanarsi tra le cataste di legna, piuttosto che entrar dentro a sentire esortazioni e preghiere. Tra i selvaggi e gli incolti non si dice «se ami me, ama anche il mio cane», perché son spesso gelosi della creatura amata; si dice invece «odierò colui che tu odi»; e il sentimento di Nattee per il pastore Tappau era ancor più intenso dell'odio muto e inespresso di Faith.

Per Lois fu a lungo un mistero perché sua cugina detestasse ed evitasse il pastore; ma il nome di Nolan restò, volente o nolente, nella memoria, e fu per l'attrazione esercitata sul suo animo di ragazza da un possibile affare di cuore, più che per una curiosità insensibile e indifferente, che cercando indizi chiarificatori, non poté fare a meno di connettere brevi frasi e piccoli gesti all'interesse di Faith per il pastore esiliato e lontano, sinché nella sua mente non rimase alcun dubbio. Tutto si chiarì senza ulteriori informazioni da parte di Prudence, poiché Lois rifiutò di sentire altro da lei sull'argomento, arrecandole in tal modo grave offesa.

Mentre avanzava l'autunno, Faith si fece più triste e più cupa. Perse l'appetito, la carnagione bruna divenne pallida e terrea, gli occhi scuri, infossati e selvaggi. Si avvicinava il primo giorno di novembre. Lois, nei suoi sforzi istintivi e ben intenzionati di portare un po' di vita e di allegria nella casa monotona, si era messa a raccontare a Faith di molte usanze inglesi, tutte piuttosto insignificanti, e incapaci di suscitare un minimo fremito d'interesse nella mente della ragazza americana. Le due cugine erano a letto sveglie nella grande camera senza intonaco, in parte magazzino e in parte stanza da letto. Lois era piena d'affetto per Faith, quella notte. A lungo ne aveva ascoltato in silenzio i sospiri profondi e irreprimibili. Sospirava perché la sua pena era troppo antica per emozioni violente o lacrime. A lungo, molto a lungo Lois ascoltò senza parlare, nelle quiete buie ore della notte. Non si muoveva, pensando che questo sfogo del dolore potesse alleviare il cuore pesante di sua cugina. Ma quando infine, invece di giacere immobile, Faith sembrò divenire sempre più irrequieta sino ad avere moti convulsi agli arti, Lois cominciò a parlare, a raccontare dell'Inghilterra, delle vecchie care abitudini di casa sua, senza che Faith prestasse molta attenzione, sinché alla fine si trovò a parlare della vigilia di Ognissanti, e narrò di usanze praticate in Inghilterra allora e per molto tempo in seguito, e che ancor oggi sopravvivono in Scozia. Quando raccontò dei giochi del passato, della mela mangiata davanti allo specchio, delle lenzuola gocciolanti, dei catini d'acqua, delle noci che bruciavano appaiate, e di tanti altri innocenti modi di profetare, attraverso cui ridenti e tremanti vergini inglesi tentavano di vedere l'immagine dei loro futuri mariti, sempreché fossero destinate ad aver marito, a quel punto Faith si mise ad ascoltare col fiato sospeso, ponendo brevi, ansiose domande, come se un raggio di speranza fosse penetrato nel suo cuore triste. Lois, in parte convinta e in parte incredula, ma comunque desiderosa di rallegrare la povera Faith, continuò a parlare, narrandole storie che provavano la verità della seconda visione concessa a chi la cercava secondo i metodi consueti.

Improvvisamente Prudence si alzò dalla brandina nell'angolo buio della stanza. Non credevano che fosse sveglia, e invece era stata ad ascoltare a lungo.

«La cugina Lois può andar fuori a incontrare Satana sulla riva del fiume, se vuole, ma se ci vai tu, Faith, lo dico a nostra madre – sì, e lo dico anche al pastore Tappau. Tienti per te le tue storie, cugina Lois, ho paura perfino di respirare. Preferisco non sposarmi per niente, che sentirmi toccare dall'essere che mi prende la mela dalla mano, mentre la tengo sopra la spalla sinistra». La bambina eccitata lanciò un urlo di terrore di fronte all'immagine che la sua fantasia aveva evocato. Faith e Lois si precipitarono fuori dal letto verso di lei, attraverso la stanza illuminata dalla luna, nelle bianche camicie da notte. In quello stesso istante, richiamata dallo stesso grido, Grace Hickson accorse dalla sua bambina.

«Zitta! zitta!», disse Faith in modo perentorio.

«Che c'è, ragazza mia?», chiese Grace. E intanto Lois, sentendosi come se fosse stata lei la causa di tutto, stava in silenzio.

«Portala via, portala via!», urlava Prudence. «Guarda sopra la sua spalla – la spalla sinistra – il Maligno adesso è lì, lo vedo sporgersi verso la mela già morsa».

«Ma cosa sta dicendo?», chiese severamente Grace.

«Sta sognando», disse Faith; «Prudence, tieni la bocca chiusa».

E con violenza pizzicò la bambina, mentre Lois con maggior tenerezza cercava di acquietare l'agitazione che aveva suscitato.

«Calmati, Prudence», disse, «e va' a letto. Starò accanto a te finché non ti addormenti».

«No, no! vattene», singhiozzò Prudence, che dapprincipio era davvero terrorizzata, ma che a quel punto si mostrava più spaventata di quanto in realtà non fosse, per il piacere di sentirsi al centro dell'attenzione. «Faith starà vicino a me, non tu, maligna strega inglese!»

E così Faith si sedette accanto a sua sorella; e Grace, scontenta e perplessa, se ne tornò a letto proponendosi di indagare più a fondo sulla faccenda la mattina seguente. Lois sperò soltanto che per allora tutto fosse già dimenticato e prese la risoluzione di non toccare mai più argomenti simili. Ma un evento accaduto nelle ore seguenti della notte modificò il corso delle cose. Mentre Grace era assente dalla stanza, suo marito era stato colpito da un altro attacco di paralisi: nessuno seppe mai se lo strano grido avesse sconvolto anche lui. Alla luce fioca della candela di midollo di giunco che ardeva accanto al letto, sua moglie comprese al ritorno che un grande cambiamento era avvenuto in lui: respirava irregolarmente, quasi sbuffando, e si stava avviando alla fine. Tutta la famiglia era in piedi, a dare l'aiuto che il medico o l'esperienza suggeriva. Ma prima che sorgesse la tarda luce della mattina di novembre, tutto era finito per Ralph Hickson.

L'intera giornata seguente se ne stettero seduti o si aggirarono per stanze oscurate, parlando poco e anche quel poco, sottovoce. Manasseh non uscì di casa, e sicuramente rimpiangeva suo padre, anche se l'emozione manifestata era minima. Faith fu la figlia che più amaramente si crucciò per quella perdita; aveva un cuore tenero, nascosto da qualche parte sotto l'aspetto ombroso, e suo padre le aveva dimostrato una quieta dolcezza, come non aveva mai fatto la madre, che prediligeva Manasseh, l'unico maschio, e Prudence, la più piccola. Lois era infelice quasi quanto loro, perché si era sentita molto legata allo zio, il più gentile di tutti, e il senso di quella perdita aveva rinnovato l'antico dolore provato alla morte dei genitori. Ma non ebbe tempo per piangere, né un luogo dove poterlo fare. Su di lei ricaddero molte incombenze, l'adempimento delle quali, da parte dei parenti più prossimi, sarebbe stato considerato indecoroso: l'indispensabile adeguamento degli abiti, i preparativi domestici per la triste celebrazione del funerale – di tutto si dovette occupare Lois, sotto la guida severa di sua zia.

Ma uno o due giorni dopo – l'ultimo, prima del funerale – era andata in cortile a prendere delle fascine per il forno; era una sera magnifica e solenne, piena di stelle, e un improvviso senso di abbandono nell'immensità dell'universo che si rivelava, toccò il cuore di Lois, che si sedette dietro la catasta di legna e pianse dirottamente.

Trasalì all'improvvisa comparsa di Manasseh, che aveva girato l'angolo ed era in piedi davanti a lei.

«Lois che piange!»

«Solo un po'», disse alzandosi e raccogliendo il mucchio di fascine, poiché aveva timore di essere interrogata da quel suo torvo e impassibile cugino. Con sua grande sorpresa, le mise la mano sul braccio e disse:

«Fermati un attimo. Perché piangi, cugina?»

«Non lo so», disse, e sembrava che fosse una bambina a rispondere; stava per rimettersi a piangere.

«Mio padre era molto gentile con te, Lois; non mi meraviglio che tu sia addolorata per la sua morte. Ma il Signore può restituire decuplicato ciò che ha tolto. Sarò gentile con te come lo è stato mio padre, più gentile ancora. Non è ora il momento di parlare di matrimoni e nozze. Ma parlerò con te, dopo aver seppellito il nostro morto».

Lois a quel punto non pianse, ma trasalì di paura. Cosa

voleva dire suo cugino? Avrebbe preferito di gran lunga che si fosse adirato con lei, rimproverandola per la sua sofferenza irragionevole, per la sua follia.

Per alcuni giorni lo evitò accuratamente – il più accuratamente che poté, senza dare a vedere che lo temeva. A volte pensava che doveva essersi trattato di un brutto sogno; infatti, anche se nella sua vicenda non vi fosse stato un innamorato inglese, anche se non vi fosse stato altro uomo al mondo, non avrebbe mai potuto pensare a Manasseh come a un marito; a dire il vero, sino ad allora non vi era stato segno nelle sue parole o nelle sue azioni, che potesse suggerire una simile eventualità. Ma ora che era stata suggerita, la repulsione che sentiva per lui era indicibile. Poteva anche esser buono, pio – e senza dubbio lo era – ma quegli occhi scuri e fermi, lo sguardo lento e grave, i capelli neri e lisci, la pelle ruvida e spenta, tutto, a quel punto, le provocava avversione; tutto, nella persona brutta e sgraziata di lui strideva sui suoi sensi, dopo quelle poche parole dietro la catasta di legna.

Sapeva che prima o poi sarebbe venuto il momento di riprendere l'argomento; ma vigliaccamente tentava di rinviarlo, tenendosi stretta alla sottana di sua zia, poiché era sicura che Grace Hickson avesse in mente ben altre prospettive per il suo unico figlio. E difatti le aveva, dato che era una donna ambiziosa, oltreché pia; e grazie a un tempestivo acquisto di terreni nel paese di Salem, senza grandi sforzi gli Hickson eran diventati gente ricca; in parte lo eran diventati anche grazie a un inavvertito processo di accumulazione, poiché non si erano mai curati di cambiare il loro tenore di vita, dal tempo in cui si confaceva a entrate di molto inferiori a quelle di cui usufruivano allora. Questo, rispetto alla prosperità di cui godevano. Quanto a reputazione, ne godevano altrettanta. Nessuno poteva fare obiezioni al loro modo di vivere o di agire. Rettitudine e religiosità erano manifeste agli occhi di tutti. Dimodoché Grace Hickson si riteneva autorizzata a far la pignola con le ragazze da marito, prima di trovarne una che andasse bene per Manasseh. Nessuna a Salem si adeguava al suo modello ideale. Persino allora – così poco tempo dopo la morte del marito – aveva in mente di andare a Boston a consigliarsi con i pastori più autorevoli – primo fra tutti l'illustre Cotton Mather – per vedere se tra i loro fedeli potevano indicarle una giovane bella e pia, degna di divenire la moglie di suo figlio. Ma oltre all'aspetto piacevole e alla religiosità, la ragazza doveva esser ricca e venire da una buona famiglia, altrimenti Grace Hickson l'avrebbe scartata con disprezzo. E una volta che quest'esemplare si fosse trovato, e i ministri avessero dato la loro approvazione, Grace Hickson era sicura che non vi sarebbero state opposizioni da parte del figlio. Sicché Lois aveva ragione nell'intuire che a sua zia sarebbe risultato sgradevole qualsiasi discorso di matrimonio tra lei e Manasseh. Ma un giorno la ragazza fu messa alle strette nel modo seguente. Manasseh era uscito a cavallo per sbrigare delle faccende che secondo il parere di tutti l'avrebbero impegnato per l'intera giornata; ma avendo incontrato l'uomo con cui doveva trattare i suoi affari, ritornò prima di quel che si aspettavano. Quasi immediatamente notò l'assenza di Lois dalla sala, dove le sorelle stavano filando. Sua madre era seduta lì accanto a lavorare a maglia; attraverso la porta aperta poteva vedere che Nattee era in cucina. Era troppo riservato per chiedere dove fosse Lois, ma silenziosamente si mise a cercarla finché la trovò nell'ampio solaio, dove già si ammucchiavano le provviste di frutta e ortaggi per l'inverno. Sua zia l'aveva mandata a controllare le mele una per una, e a fare la cernita di quelle imperfette da consumare subito. Stava china, intenta al lavoro, e non si accorse della sua venuta finché, alzando la testa, lo vide in piedi davanti a sé. Lasciò cadere la mela che aveva in mano, impallidì lievemente, e rimase di fronte a lui in silenzio.

«Lois», esclamò «ricordi le parole che dissi quando ancora piangevamo la morte di mio padre. Ora, in qualità di capofamiglia, ritengo di esser chiamato a sposarmi. E ai miei occhi non vi è ragazza che dia più piacere di te, Lois!» Cercò di prenderle la mano. Ma lei la nascose dietro la schiena e scuotendo la testa come una bambina, quasi piangendo, disse:

«Per favore, cugino Manasseh, non dirmi queste cose. Sembra anche a me che dovresti sposarti, dato che ora sei il capofamiglia; ma io non voglio sposarmi. Proprio non vorrei».

«È bello quello che dici», rispose, pur accigliandosi lievemente. «Non gradirei prendere in moglie una ragazza troppo sfrontata, ansiosa di gettarsi nel vincolo matrimoniale. E inoltre, la congregazione potrebbe parlar male di noi se ci sposassimo troppo in fretta dopo la morte di mio padre. E forse anche adesso abbiamo detto troppo. Ma desideravo rasserenarti sulle tue prospettive future. Avrai tempo di pensarci e di abituarti all'idea». Di nuovo tese la mano. Stavolta lei la prese con un gesto spontaneo e aperto.

«Ti sono in debito perché sei stato gentile con me sin da quando sono arrivata, cugino Manasseh; e non ho modo di ripagarti, se non dicendoti sinceramente che ti posso amare come un'amica affezionata, se me lo consenti, ma mai come una moglie».

Respinse violentemente la mano di lei, ma non le distolse gli occhi dal viso, sebbene lo sguardo si fosse fatto arcigno e tetro. Mormorò qualcosa che lei non capì, e allora si fece coraggio e proseguì, pur continuando a tremare leggermente e sforzandosi di non piangere.

«Per favore, lascia che ti dica tutto. C'era un giovane a Barford – no, Manasseh, non riesco a parlare se ti arrabbi così; faccio una gran fatica a parlare comunque – disse che voleva sposarmi; ma io ero povera e suo padre non volle sentirne parlare, e io non voglio sposare nessuno; ma se lo volessi, sarebbe..». La voce si spense e il rossore disse il resto. Manasseh rimase a guardarla con i suoi cupi occhi infossati, in cui gradualmente s'adunava un che di selvaggio; poi disse:

«È impressa in me la certezza – in verità la vedo come in una visione – che tu debba essere mia sposa, mia e di nessun altro. Non puoi sfuggire a quanto è predestinato. Mesi fa, mettendomi a leggere i vecchi libri devoti in cui la mia mente trovava diletto prima che venissi tu, non vidi lettere stampate sulla pagina dall'inchiostro dei tipografi, vidi invece caratteri dorati e purpurei di una lingua sconosciuta, il cui significato mi fu sussurrato nell'anima; era 'sposa Lois! sposa Lois!' E quando mio padre morì, seppi che quel fine stava cominciando a compiersi. È la volontà del Signore, Lois, e tu non puoi sfuggirle». E di nuovo avrebbe voluto prenderle la mano e tirarla a sé. Ma stavolta lei lo evitò con un movimento rapido.

«Non riconosco in questo la volontà del Signore, Manasseh», disse. «Non è 'impressa in me la certezza', come dite voi Puritani, che io debba diventare tua moglie. Non sono determinata a sposarmi a tal punto da prender te, anche se fosse la mia unica possibilità. Perché non tengo a te come dovrei tenere a mio marito. Ma avrei potuto tenere a te, e tanto, come a un cugino – un cugino gentile».

Smise di parlare; non riusciva a scegliere le parole giuste per esprimere gratitudine e amicizia, che tuttavia mai sarebbero potute divenire un sentimento più intimo e prezioso, proprio come due linee parallele non si potranno mai incontrare.

Ma era talmente convinto, da quello che considerava lo spirito della profezia, che Lois dovesse divenire sua moglie, da sentirsi indignato per ciò che in lei sembrava resistenza a un decreto preordinato, piuttosto che realmente inquieto sull'esito. Di nuovo tentò di persuaderla che nessuno di loro due era libero di scegliere, dicendo:

«La voce mi disse 'sposa Lois' e io dissi 'lo farò Signore'».

Ma la voce, come la chiami tu», disse Lois, «a me non ha mai detto niente di simile».

Lois», le rispose solennemente, «ti parlerà. Ubbidirai, allora, come fece Samuele?»

«No; davvero non posso!», rispose vivacemente. «Posso convincermi che un sogno sia la verità e che le mie fantasie mi parlino, se ci penso troppo a lungo. Ma non posso sposare nessuno perché mi viene ordinato».

«Lois, Lois, ancora non sei redenta; ma in una visione ti ho vista tra gli eletti, vestita di bianco. La tua fede è ancora troppo debole perché tu ubbidisca docilmente, ma non sarà sempre così. Pregherò perché tu veda il corso predestinato della tua vita. E intanto appianerò gli ostacoli terreni».

«Cugino Manasseh! cugino Manasseh!», gli gridò dietro Lois mentre si allontanava, «torna qui. Non riesco ad esprimermi con parole abbastanza efficaci. Manasseh, non c'è potere in cielo o in terra che possa farmi amare te al punto di sposarti, o sposare te senza amarti in quel modo. E lo dico solennemente, perché è meglio che questo finisca una volta per tutte».

Rimase sconcertato per un attimo; poi alzò le braccia e disse:

«Dio ti perdoni la bestemmia! Ricordati di Azaele[5] che disse 'È forse un cane il tuo servo, perché debba compiere questa cosa mostruosa?' e andò e la fece, poiché il corso malvagio della sua vita era stabilito e designato prima ancora che si ponessero le fondamenta del mondo. E credi forse che la tua via non sarà tracciata tra i devoti, come mi è stato rivelato?»

Se ne andò; e per uno o due minuti a Lois sembrò quasi che le sue parole si dovessero avverare, e che lei, nonostante tutti gli sforzi, nonostante l'avversione per quella sorte, dovesse comunque sposarlo; e, date le circostanze, più di una ragazza si sarebbe piegata al suo apparente destino. Isolata da tutte le relazioni di un tempo, senza notizie dall'Inghilterra, nella vita monotona e greve di una famiglia con un uomo a capo, un uomo considerato un eroe da quasi tutti coloro che gli erano vicini per il semplice fatto di essere l'unico maschio della famiglia – per la maggior parte delle ragazze sarebbero bastati questi fatti a configurare argomentazioni convincenti per piegarsi alla proposta di uno così. Inoltre, l'immaginazione aveva allora un gran peso, soprattutto in quel luogo e a quel tempo. Era credenza comune che nel corso della vita umana fossero costantemente percepibili manifestazioni di influenze spirituali – influenze dirette di spiriti benigni e malvagi. Si gettavano le sorti, interpretandole come indicazioni divine; si spalancava la Bibbia, lasciando che le pagine si aprissero a caso

[5] Re di Damasco (vissuto nella seconda metà del IX secolo a.C.), viene menzionato nel Secondo Libro dei Re (8, 7-15) per un incontro con il profeta Eliseo nel quale gli venne predetto che sarebbe diventato re di Aram dopo aver attaccato e trucidato gli Israeliti. La profezia di Eliseo afferma l'inevitabile realizzazione dei disegni di Dio (N.d.r.).

e il primo testo su cui si posava lo sguardo era considerato un segno designato dall'alto sulla direzione da seguire. Si sentivano suoni che rimanevano inspiegabili; a provocarli, erano spiriti maligni non ancora esiliati dai luoghi deserti, di cui così a lungo eran stati signori. Apparizioni, oscure e misteriose, erano percepite indistintamente – parvenze di Satana alla ricerca di qualcuno da poter divorare. E all'inizio della lunga stagione invernale i racconti sussurrati, le tentazioni e gli incubi di lunga data, i terrori infernali, sembravano particolarmente diffusi. Era come se Salem, sotto la neve, divenisse preda di se stessa. Le lunghe sere buie, le luci fioche nelle stanze, i corridoi scricchiolanti dove si ammucchiavano oggetti difformi al riparo dal gelo pungente, e dove a volte nel cuore della notte risuonava un rumore come di un corpo pesante che cade, e poi la mattina successiva ogni cosa era al suo posto – a tal punto siamo abituati a misurare i suoni raffrontandoli a noi, e non all'assoluto silenzio del tempo della notte – la nebbia bianca che ogni sera si avvicinava sempre più alle finestre in strane forme, come fantasmi; tutto questo, e inoltre altre cose ancora, come la caduta distante di alberi possenti nella misteriosa foresta che cingeva il paese, i tenui richiami di qualche Indiano alla ricerca dell'accampamento e a sua insaputa molto più vicino all'insediamento dei bianchi di quanto lui o loro avrebbero voluto se avessero potuto scegliere, gli urli famelici di animali selvaggi nelle vicinanze dei recinti del bestiame, a Salem tutto questo, in quel memorabile inverno 1691-92, rese a molti la vita strana, misteriosa e terrificante: la rese particolarmente arcana e spaventosa alla ragazza inglese, nel suo primo anno di permanenza in America.

E ora immaginate Lois, perennemente sottoposta alla certezza di Manasseh sul suo matrimonio predestinato e vedrete che non fu senza coraggio e audacia che gli si oppose in quel modo, con determinazione ferma, ma anche con dolcezza. Prendete un esempio tra molti, l'occasione in cui subì una violenta emozione, di poca entità a raccontarla, è vero, ma ricordate che per tutto quel giorno, e per molti giorni precedenti era rimasta chiusa in casa, nella luce fosca, che una lunga tempesta di neve rendeva quasi buia a mezzogiorno. Si stava facendo sera, e il fuoco di legna era più allegro delle creature che lo circondavano; i piccoli filatoi avevano ronzato monotonamente per l'intera giornata, e al pianterreno la scorta di lino era quasi esaurita, quando Grace Hickson disse a Lois di andare nel solaio a prenderne dell'altro prima che la luce si spegnesse del tutto e non si potesse fare a meno di una candela per trovarlo, il che avrebbe costituito un pericolo in quell'ambiente pieno di materiali combustibili, soprattutto allora che il gelo intenso incatenava e rinchiudeva in una dura morsa di ghiaccio ogni goccia d'acqua. E così Lois andò, attraversando impaurita il lungo corridoio che portava alla scala del solaio, poiché era di lì che venivano gli strani suoni notturni di cui ormai tutti si erano accorti, e di cui parlavano sottovoce. Tuttavia si mise a cantare per farsi coraggio, a cantare, ma a bassa voce, l'inno della sera che così spesso aveva cantato nella chiesa di Barford, «Gloria a te, o Signore, in questa notte», e fu per questo, suppongo, che non sentì il respiro o il movimento di un essere accanto a sé, sinché, proprio mentre si stava caricando di lino da portar giù, sentì qualcuno – era Manasseh – dirle all'orecchio:

«Ti ha parlato la voce? Dimmi Lois! Ti ha parlato la voce che giorno e notte mi dice 'Sposa Lois'?»

Trasalì e sentì una leggera nausea, ma parlò quasi subito, con chiarezza e coraggio:

«No, cugino Manasseh! E non lo farà mai».

«Allora devo aspettare ancora», rispose rauco come se parlasse a se stesso. «Ma tanta sottomissione... tanta sottomissione».

Infine un cambiamento sopravvenne nella monotonia del lungo inverno cupo. I parrocchiani ricominciarono a chiedersi se – data l'estensione della parrocchia – non fosse indispensabile per il pastore Tappau avere un aiuto. Questa questione era già stata sollevata una volta; e a quel tempo il pastore aveva dovuto accettare l'evidenza, e dopo la nomina del suo assistente tutto era andato bene per alcuni mesi, finché nel ministro più anziano era nato un sentimento, che si sarebbe potuto forse chiamare gelosia del più giovane, se un uomo pio come il pastore Tappau fosse stato ritenuto capace di nutrire una passione così empia. Comunque fosse, si erano formati due partiti, i più giovani e impetuosi in favore del signor Nolan, i più anziani e ostinati – e a quel tempo, i più numerosi – tenacemente attaccati al vecchio grigio dogmatico signor Tappau, che li aveva uniti in matrimonio, ne aveva battezzati i figli e per loro rappresentava letteralmente una 'colonna della chiesa'. Così il signor Nolan aveva lasciato Salem, forse portandosi dietro altri cuori, oltre a quello di Faith Hickson; lei comunque, da allora, non era più stata la stessa.

Ma in quel Natale del 1691 – morti uno o due dei membri più anziani della congregazione, sistematisi a Salem alcuni dei più giovani e divenuto più vecchio (e certi caritatevolmente supponevano, più saggio) anche il signor Tappau – era stato effettuato un altro tentativo, e il signor Nolan stava per tornare al lavoro su un terreno apparentemente spianato. Lois si era interessata vivamente a tutta la vicenda per amore di Faith – molto più di quanto lei stessa faceva, avrebbe detto chiunque fosse stato a guardare. Mentre tutti discutevano sul ritorno del signor Nolan, la ruota di Faith non girava più in fretta o più piano, il filo non si spezzava, il colorito non cambiava, gli occhi non si sollevavano per un interesse improvviso. Ma per Lois, dopo l'allusione di Prudence, si erano chiariti sospiri e sguardi di dolorosa disperazione, anche senza l'aiuto dei canti improvvisati di Nattee che in strane allegorie dicevano l'amore infelice della sua prediletta a orecchie incuranti di coglervi un senso; tutte, tranne quelle della tenera e affettuosa Lois. A volte sentiva una strana nenia cantilenata dalla vecchia Indiana – un po' nella sua lingua, un po' in un inglese spezzato – china su un tegame fumante da cui veniva un odore che, a dir poco, non era di questa terra. Un giorno Grace Hickson, sentendo quell'odore nella sala, improvvisamente disse:

«Nattee è di nuovo all'opera con le sue pratiche pagane; accadrà un malanno, se non la si ferma».

Ma Faith, muovendosi più in fretta del solito, disse qualcosa sul farla smettere, e così anticipò l'evidente intenzione di sua madre di andare in cucina. Chiuse la porta tra le due stanze e si mise a rimproverare Nattee; ma nessuno riuscì a sentirne le parole. In casa, tra quelle persone chiuse in sé, non ve n'erano due così legate da amore e interessi comuni come Faith e Nattee. Lois sentiva a volte che la sua presenza interrompeva una qualche conversazione confidenziale tra sua cugina e la vecchia serva. Eppure teneva a lei, e quasi pensava che Faith le volesse più bene che non alla madre al fratello o alla sorella; i primi due infatti erano indifferenti a qualsiasi sentimento inespresso, e Prudence godeva a scoprirlo solo per farne un motivo di divertimento.

Un giorno Lois stava seduta da sola al tavolo da cucito, mentre Faith e Nattee tenevano uno dei loro conciliaboli, da cui Lois si sentiva tacitamente esclusa, quando la porta di casa si aprì ed entrò un uomo giovane, alto e pallido, nel severo abito ufficiale del pastore. Lois scattò in piedi, per amore di Faith, con un sorriso e uno sguardo di benvenuto, poiché doveva trattarsi del signor Nolan, il cui nome era stato a lungo sulla bocca di tutti, e il cui arrivo era atteso per il giorno precedente.

Sembrò lievemente sorpreso dell'accoglienza sollecita e cordiale di quella straniera: probabilmente non aveva sentito parlare della ragazza inglese, che era entrata a far parte della casa in cui precedentemente era ricevuto con rigida formalità e vedeva solo facce gravi, solenni, severe, o cupe, molto diverse dal sorridente viso a fossette che arrossiva dandogli un innocente benvenuto, quasi con l'espansività di una conoscenza di lunga data. Lois, dopo averlo invitato a sedersi, andò in fretta a chiamare Faith, senza dubitare per un attimo che il sentimento di sua cugina per il giovane pastore fosse reciproco, sebbene non riconosciuto forse da entrambi nella sua intensità.

«Faith!», disse, allegra e senza fiato. «Indovina... No», contenendosi e assumendo un'aria inconsapevole di qualsiasi significato particolare annesso alle sue parole, «il signor

Nolan, il nuovo pastore, è nella sala. Ha chiesto della zia e di Manasseh. La zia è andata alla riunione di preghiera del pastore Tappau e Manasseh è fuori». Lois continuò a parlare per dar tempo a Faith, che alla notizia si era fatta mortalmente pallida, mentre i suoi occhi incontravano con uno sguardo di timore stupito gli occhi penetranti e astuti della vecchia Indiana, ricolmi di un soddisfatto senso di trionfo.

«Vai», disse Lois, lisciando i capelli di Faith e baciandole la guancia bianca e fredda, «se no si chiederà perché nessuno vada ad accoglierlo e può darsi che pensi di non essere il benvenuto». Faith senza una parola andò nella sala e chiuse la porta. Nattee e Lois rimasero insieme. Lois era felice come se un evento fortunato fosse capitato a lei. In quel momento, la paura crescente dell'ostinazione selvaggia e minacciosa con cui Manasseh persisteva nella sua richiesta, la freddezza della zia, la sua solitudine, tutto fu dimenticato, e quasi si sarebbe messa a ballare dalla gioia. Nattee rideva a voce alta, borbottando e ghignando tra sé: «Vecchia donna indiana grande mistero. Vecchia donna indiana mandata qua e là; andare dove dicono, dove sente con sue orecchie. Ma vecchia donna indiana» e qui si drizzò e l'espressione del suo viso si trasformò, «sa come chiamare, e poi uomo bianco deve venire; e vecchia Indiana mai detto parole, e uomo bianco mai sentito con sue orecchie». Così mormorava la vecchia grinzosa.

Nel frattempo, nella sala le cose non stavano procedendo come Lois immaginava. Faith sedeva persino più quieta del solito; occhi bassi, poche parole. Un osservatore attento avrebbe potuto notare un lieve tremito delle mani e contrazioni sporadiche di tutta la figura. Ma in quell'occasione il pastore Nolan non era un osservatore attento; era assorto nei suoi piccoli stupori, nelle sue vaghe perplessità. Era lo stupore dell'uomo sensuale che si chiedeva chi potesse essere la bella straniera che al suo arrivo era sembrata così felice di vederlo, ma che era scomparsa subito, evidentemente per non ricomparire. E in realtà tendo quasi a credere che anche la sua perplessità fosse quella dell'uomo sensuale piuttosto che del pio ministro di culto, visto il dilemma in cui si trovava. Era in uso a Salem (come abbiamo già visto) che il pastore che si recava in una casa – per quella che in altri tempi e tra altra gente si sarebbe chiamata «visita pomeridiana» – innalzasse una preghiera per l'eterna prosperità della famiglia. Ebbene, ci si aspettava che la preghiera si adattasse al carattere, alle gioie, ai dolori, alle necessità e alle debolezze dei presenti; ed ecco che lui, un giovane pastore, si trovava lì solo con una giovane donna e pensava – pensieri vani, forse, ma comunque molto naturali – che le congetture sul carattere di lei, inevitabilmente sottintese nella supplica particolareggiata appena descritta, sarebbero state estremamente imbarazzanti in una preghiera *tête-a-tête*; non saprei dunque se dipendesse da stupore o da perplessità, ma ad ogni modo non diede un gran contributo alla conversazione per qualche tempo, e infine, con un repentino e improvviso impeto di coraggio, tagliò il nodo gordiano, facendo la consueta proposta di pregare, e aggiungendovi la richiesta di riunire chi si trovava in casa. Entrò Lois, quieta e dignitosa; entrò Nattee, impassibile e rigida come un pezzo di legno – senza cenni d'intesa o traccia di sogghigni. Solennemente richiamando i suoi pensieri vaganti, il pastore Nolan si inginocchiò in mezzo a loro tre per pregare. Era un uomo buono, di fede sincera – e qui, l'unica cosa contraffatta è il suo nome – che in seguito seppe interpretare coraggiosamente la sua parte nell'orrenda prova a cui fu sottoposto; e se allora, prima di attraversare il fuoco della persecuzione, le fantasie che assediano i cuori giovani penetrarono anche nel suo, noi oggi sappiamo che non sono peccato. Ma ora prega devotamente, prega con tale fervore per se stesso, con tale senso delle necessità e delle debolezze della sua anima, che le ascoltatrici hanno la sensazione che una preghiera e una supplica siano salite in cielo per ognuna di loro. Persino Nattee mormorò le poche parole che conosceva della preghiera del Signore; nomi e verbi, pur sconnessi e disarticolati, che la povera creatura diceva, spinta da un senso di riverenza sconosciuta. Lois, da parte sua, si alzò consolata e rafforzata, come mai le preghiere particolari del pastore Tappau l'avevan fatta sentire. Ma Faith singhiozzava, singhiozzava ad alta voce, quasi istericamente, e non faceva alcuno sforzo per alzarsi, ma rimaneva prostrata sulle braccia tese, abbandonate sulla panca. Lois e il pastore Nolan si guardarono per un istante. Poi Lois disse:

«Signore, dovete andare. Mia cugina non è stata bene negli ultimi tempi, e certamente ha bisogno di star calma più di quanto non abbia fatto oggi».

Il pastore Nolan fece un inchino e lasciò la casa, ma ritornò subito dopo. Socchiudendo la porta, ma senza entrare, disse:

«Sono tornato a chiedere se caso mai posso passare stasera per sapere come sta la giovane padrona Hickson».

Ma Faith non lo sentì; stava singhiozzando più forte che mai.

«Perché l'hai mandato via, Lois? Mi sarei sentita subito meglio, e poi è passato tanto tempo da quando l'ho visto l'ultima volta».

Aveva il viso coperto mentre diceva queste parole, e Lois non riuscì a sentirle distintamente. Avvicinò il viso alla testa di sua cugina appoggiata alla panca, per chiederle di ripetere ciò che aveva detto. Ma nell'irritazione del momento e forse eccitata dalla gelosia nascente, Faith respinse Lois con tale violenza, da farla battere contro lo spigolo duro e aguzzo. Gli occhi le si riempirono di lacrime; non tanto per la contusione alla guancia, quanto per lo stupore doloroso provato vedendosi respingere dalla cugina, proprio mentre sentiva per lei tanta simpatia e affetto. Per un attimo Lois si arrabbiò proprio come una bambina; ma alcune parole della preghiera del pastore Nolan ancora le risuonavano all'orecchio, e pensò che sarebbe stato un peccato non lasciarle sprofondare nel suo cuore. Non osò comunque chinarsi di nuovo ad accarezzare Faith, ma rimase quieta accanto a lei, in dolorosa attesa sinché, sentendo un rumore di passi alla porta di casa, Faith si alzò in fretta e corse in cucina, lasciando Lois a parare l'urto del nuovo venuto. Era Manasseh, tornato dalla caccia. Era stato via due giorni, con degli altri giovani di Salem. Si trattava quasi dell'unica occupazione che riusciva a sottrarlo al suo isolamento consueto. Vedendo Lois, e sola, si fermò di colpo sulla porta, poiché di recente lei lo aveva evitato in tutti i modi possibili.

«Dov'è mia madre?»

«A una riunione di preghiera dal pastore Tappau. Ha portato Prudence con sé. Faith era qui un attimo fa. La chiamo». E Lois si stava avviando alla cucina, quando lui si mise tra lei e la porta.

«Lois», disse, «il tempo sta passando e non posso aspettare più a lungo. Le visioni vengono a me sempre più fitte, e la mia vista si fa sempre più chiara. Solo la notte scorsa, accampato nella foresta ho visto nell'anima, tra la veglia e il sonno, lo spirito venire e offrirti in sorte due vesti; una, bianca come l'abito di una sposa, l'altra rossa e nera che, interpretata, significa morte violenta. E quando hai scelto la seconda, lo spirito mi ha detto, 'Vieni!' e io sono venuto e ho fatto come mi ha detto di fare. L'ho messa su di te con le mie mani, com'è prestabilito se non vuoi ascoltare la voce e divenire mia moglie. E quando la veste nera e rossa è caduta a terra, eri come un cadavere di tre giorni. Sta' attenta, Lois, finché sei in tempo. Lois, cugina mia, ho visto tutto in una visione, e l'anima mia è avvinghiata a te... come vorrei salvarti».

Era profondamente convinto, appassionatamente convinto; qualunque cosa fossero le sue visioni, come lui le chiamava, vi prestava fede, e la sua fede infondeva un senso di altruismo all'amore per Lois. Lei lo sentì in quell'attimo, anche se prima non le era mai accaduto, e le parve che si contrapponesse alla ripulsa appena subita da parte della sorella. Le si era avvicinato e le afferrò la mano, ripetendo nel suo modo selvaggio, patetico e sognante:

«E la voce mi ha detto 'Sposa Lois!'!» E Lois era più incline a calmarlo e a ragionare con lui di quanto non fosse mai stata da quella prima volta in cui gliene aveva parlato, quando Grace Hickson e Prudence entrarono nella sala dal corridoio. Al ritorno dalla riunione di preghiera erano passate dalla porta posteriore, il che aveva impedito di sentirne i passi.

Ma Manasseh non si mosse né si girò; tenne gli occhi fissi su Lois, come per vedere l'effetto delle sue parole. Grace venne avanti in fretta, e alzando il forte braccio destro, colpì le loro mani unite e, nonostante l'appassionata stretta di Manasseh, le divise.

«Che significa?», disse, rivolgendosi più a Lois che a suo figlio, gli occhi infossati fiammeggianti d'ira.

Lois aspettava che fosse Manasseh a parlare. Solo pochi attimi prima le era sembrato più mansueto e meno minaccioso sull'argomento di quanto non fosse stato negli ultimi tempi, e non voleva irritarlo. Ma lui non parlava e sua zia, piena d'ira, era in attesa di una risposta.

«Ad ogni modo», pensò Lois, «se sua madre si pronuncia, l'idea che ha in mente verrà a cadere».

«Mio cugino mi vuole sposare», disse Lois.

«Te!» e Grace indicò sua nipote con un gesto di disprezzo estremo. Ma allora Manasseh parlò:

«Sì! è predestinato. La voce l'ha detto, e lo spirito l'ha portata a me come mia sposa».

«Lo spirito! uno spirito maligno, allora. Uno spirito del bene avrebbe scelto per te una giovane pia tra la tua gente, non una ragazza come lei, papista e straniera. Una bella ricompensa, signorina Lois, per tutte le gentilezze ricevute».

«Davvero, zia Hickson, ho fatto quanto era in me – mio cugino lo sa – per dimostrargli che non posso esser sua. Gli ho detto», disse arrossendo, ma determinata a dire tutto, «che sono quasi promessa a un giovane del nostro villaggio, a casa; e anche non tenendone conto, per il momento non desidero il matrimonio».

«Desidera piuttosto di convertirti e di ravvederti. La parola matrimonio non si addice alla bocca di una vergine. Per quanto riguarda Manasseh, gli parlerò quando saremo soli; e tu intanto, se hai detto la verità, non buttarti sulla sua strada, come ti ho visto fare sin troppo spesso negli ultimi tempi».

Il cuore di Lois bruciò all'ingiusta accusa, poiché sapeva quanto aveva temuto ed evitato il cugino, e quasi si aspettava che lui smentisse le parole di sua zia. Tornò invece su quell'unica idea fissa:

«Madre, ascolta! Se non sposo Lois, io e lei moriremo entro

l'anno. Non mi importa della vita; prima d'ora, e tu lo sai, ho cercato la morte» (Grace rabbrividì, e per un attimo fu soggiogata da ricordi di antico orrore); «ma se Lois fosse mia sposa, vivrei, e a lei sarebbe risparmiata quell'altra sorte. L'intera visione si fa più chiara di giorno in giorno. Eppure, quando cerco di capire se sono tra gli eletti, tutto è buio. È stato Satana, non Dio, a inventare il mistero del libero arbitrio e della predestinazione».

«Ahimè, figlio mio! Anche in questo momento Satana si aggira tra i devoti; ma lascia stare le vecchie dispute. Purché non ti agiti di nuovo, avrai Lois in moglie, anche se il mio cuore voleva ben altro per te».

«No, Manasseh», disse Lois, «ti voglio bene come a un cugino, ma non potrò mai esser tua moglie. Zia Hickson, non è giusto ingannarlo così. Se mai mi sposo, lo ripeto, sono promessa a uno in Inghilterra».

«Zitta, ragazza! Sono io la tua tutrice, ora che mio marito è morto. Hai un'opinione talmente alta di te stessa, che di sicuro sei convinta che io ti voglia a qualunque costo. Per me non conti, se non come una medicina per Manasseh, se la sua mente si confonde di nuovo; e i segni li ho visti, ultimamente».

Era questa, dunque, la causa segreta dello strano comportamento del cugino che in tante occasioni aveva allarmato Lois: e se fosse stata un medico dei nostri giorni, avrebbe potuto rintracciare qualche elemento comune nel carattere delle sorelle – in Prudence la mancanza di umanità e il gusto perverso di far del male, in Faith la veemenza della passione non corrisposta. Ma Lois ancora non sapeva, come non lo sapeva Faith, che la sua affezione per il signor Nolan non solo non era corrisposta, ma non era neppure intuita dal giovane pastore.

Veniva in casa, è vero, e spesso; si intratteneva a lungo con la famiglia, e li osservava tutti attentamente, ma non dimostrava alcun interesse particolare per Faith. Se ne accorse Lois e se ne addolorò; se ne accorse Nattee e ne fu indignata, molto prima che Faith lo riconoscesse di fronte a se stessa e andasse da Nattee, la donna indiana, non da Lois, sua cugina, per averne comprensione e consiglio.

«Non gli importa di me», disse Faith. «Gli importa di più del mignolo di Lois che di tutto il mio corpo», gemette la ragazza nell'amaro tormento della gelosia.

«Zitto, zitto, uccello della prateria! Come può fare il suo nido, se l'uccello vecchio ha tutto il muschio e le piume. Aspetta finché l'Indiana trova il modo di farlo volare lontano». Era questo il misterioso conforto che Nattee le dava.

Grace Hickson mise in atto una specie di sorveglianza su Manasseh, che alleviò di molto l'ansia di Lois per il suo strano comportamento. Eppure a volte sfuggiva alla custodia della madre, e in quei casi cercava sempre Lois, supplicandola, come nel passato, di sposarlo – talora professando il suo amore per lei, più spesso parlando selvaggiamente delle sue visioni e delle voci che sentiva, presaghe di un futuro tremendo.

Dobbiamo ora trattare di eventi che accadevano a Salem, fuori della stretta cerchia della famiglia Hickson; ma dato che ci interessano solo in relazione al peso delle conseguenze che ebbero sul futuro di alcuni suoi membri, li narrerò concisamente. In poco tempo, prima dell'inizio della mia storia, la morte aveva privato la città di Salem di quasi tutti i cittadini più venerabili e rispettati – uomini dall'esperienza provata e dal giudizio saldo. La gente si stava ancora riprendendo dal colpo di aver perduto, uno dopo l'altro, i patriarchi della piccola comunità primitiva, che in breve tempo si eran succeduti nella tomba. Nel paese erano stati amati come padri e rispettati come giudici. La prima conseguenza negativa di quelle morti, si era vista nell'acceso dissenso scoppiato tra il pastore Tappau e il candidato Nolan. Apparentemente era stato sanato; ma non eran trascorse molte settimane della seconda permanenza a Salem del signor Nolan, che la disputa si riaccese daccapo, e inimicò per sempre molti che sino ad allora erano stati uniti da legami di amicizia o parentela:

Presto comparvero manifestazioni di questo stato d'animo anche nella famiglia Hickson; Grace infatti parteggiava impetuosamente per le dottrine più tetre del pastore anziano, mentre Faith era una sostenitrice appassionata, anche se impotente, del signor Nolan. La crescente fissazione di Manasseh sulle sue fantasie e sull'immaginaria facoltà profetica, lo rendeva relativamente indifferente a tutti gli eventi esterni, pur non aiutandolo a tradurre in realtà le sue visioni, né a chiarire il mistero degli oscuri dogmi su cui aveva speculato troppo a lungo perché non ne risentisse nella salute del corpo o della mente; Prudence, da parte sua, godeva nell'irritare tutti, sostenendo le opinioni più decisamente avversate da ognuno, e riferendo malignità a chi meno vi avrebbe prestato fede e si sarebbe indignato alle sue storie, il tutto con una pretesa inconsapevolezza di provocare reazioni simili. Si discuteva animatamente se sottoporre alla corte generale le difficoltà e i contrasti della congregazione, e naturalmente le due fazioni speravano che in quell'eventualità il pastore rivale e il partito che lo sosteneva avessero la peggio nella disputa.

Così stavano le cose sul territorio municipale, quando un giorno verso la fine di febbraio Grace Hickson ritornò in uno stato di violenta agitazione dalla consueta riunione di preghiera, che si teneva settimanalmente in casa del pastore Tappau. Appena entrata, si sedette dondolandosi avanti e indietro, e pregando tra sé: Faith e Lois smisero di filare, stupite del suo turbamento, e non osavano rivolgerle la parola. Infine Faith si alzò e chiese:

«Madre, che c'è? È successo qualche malanno?»

Il vecchio viso fiero e arcigno era sgomento; mentre pregava, gli occhi parevano colmi d'orrore, e lacrime le scendevano sulle guance.

Sembrava quasi che stesse lottando per recuperare il senso della consueta vita familiare a cui era tornata, prima di riuscire a trovare le parole per rispondere.

«Malanno! Figlie, Satana è qui intorno, è qui vicino. L'ho appena visto tormentare due bambine innocenti, come un tempo assillava gli indemoniati in Giudea. Per opera sua e dei suoi servi, Hester e Abigail Tappau, in preda a spasimi convulsi, si sono contorte in forme che ho paura di ricordare; e quando il padre, il pio signor Tappau, ha iniziato a dire parole di avvertimento e preghiera, hanno ululato come gli animali selvaggi della terra. Davvero Satana si aggira tra noi. Le bambine continuavano ad invocarlo, come se fosse stato lì accanto. Abigail ha urlato che era proprio dietro di me, come un uomo nero; e quando mi son girata a quelle parole, veramente ho visto svanire una creatura come un'ombra, e mi sono coperta di sudore freddo. Chi può dire dov'è adesso? Faith, incrocia la paglia davanti alla porta di casa».

«Ma allora, se è già entrato, non gli è più difficile andarsene?», chiese Prudence.

Sua madre, senza badarle, continuò a dondolarsi e a pregare, sinché d'un tratto riprese a raccontare.

«Il reverendo Tappau dice che solo la notte scorsa ha sentito un rumore, come di un corpo pesante trascinato per tutta la casa da una forza sovrumana; a un certo punto è stato scagliato contro la porta della sua stanza da letto, e sicuramente l'avrebbe schiantata, se proprio in quel momento non fosse stato assorto in una fervida preghiera a voce alta, e a quel suono si è scatenato un urlo che gli ha fatto drizzare i capelli; e stamattina tutte le terraglie di casa erano rotte e ammucchiate in mezzo al pavimento della cucina; e il signor Tappau dice che a colazione, appena iniziato il ringraziamento, Abigail e Hester hanno strillato come se le tormentasse qualcuno. Signore, abbi pietà! Davvero Satana si aggira tra noi».

«Sembrano le vecchie storie che sentivo a Barford», disse Lois col fiato sospeso dal terrore.

Faith sembrava meno impaurita; ma del resto la sua antipatia per il pastore Tappau era talmente profonda, da impedirle di provar rammarico per disgrazie che colpissero lui o la sua famiglia.

Verso sera andò da loro il signor Nolan. Solitamente, dato il fervore dello spirito di parte, Grace Hickson si limitava a tollerare le sue visite, e spesso in quelle ore si trovava un'occupazione che le assorbiva tutti i pensieri, impedendole di dimostrare la generosa ospitalità che era una delle sue principali virtù. Ma quel giorno, sia in quanto latore delle ultime notizie sui recenti orrori scaturiti a Salem, sia in quanto esponente della Chiesa militante contro Satana (o di ciò che per i Puritani le equivaleva), fu ricevuto con un'accoglienza insolita.

Era visibilmente oppresso dagli accadimenti della giornata: dapprincipio sembrò quasi essergli di sollievo star seduto in silenzio a riflettervi, e i suoi ospiti erano sul punto di spazientirsi nell'attesa che dicesse più di qualche monosillabo, quando prese a parlare:

«Prego di non vedere mai più un giorno come questo. E come se i demoni che nostro Signore cacciò nel branco dei porci, fossero stati sguinzagliati sulla terra. E vorrei che fossero solo gli spiriti perduti a tormentarci; ma ho un gran timore che ve ne siano certi, da noi ritenuti membri del popolo di Dio, che han venduto l'anima a Satana in cambio di una temporanea, esigua parte del suo potere di perseguitare gli altri. Proprio oggi il consigliere Sherringham ha perso un buon cavallo robusto che gli serviva per andare alle riunioni con la famiglia, e sua moglie è a letto ammalata».

«Forse il cavallo è morto per una causa naturale», disse Lois.

«È vero», disse il pastore Nolan; «ma stavo per dire che mentre entrava in casa, addolorato per la perdita dell'animale, un topo, comparso all'improvviso, è sgusciato dentro così fulmineamente da farlo quasi inciampare; e cercando di prenderlo, l'ha pestato con la Scarpa e allora ha urlato come un essere umano in pena ed è guizzato su per il camino, insensibile al fumo e alle fiamme ardenti». Manasseh ascoltò avidamente tutta la storia, e quando fu conclusa si batté il petto e pregò ad alta voce per la liberazione dal potere del Maligno; e per tutta la sera continuò periodicamente a pregare, marchiato nel viso e nei modi dai segni del terrore abietto – lui, il cacciatore più ardito e temerario di tutto l'insediamento. In verità, l'intera famiglia si stringeva insieme muta dal terrore, non riuscendo a provare interesse per le consuete occupazioni domestiche. Faith e Lois sedevano con le braccia allacciate, come un tempo, prima che l'una diventasse gelosa dell'altra; Prudence bisbigliando faceva domande paurose a sua madre e al pastore sulla comparsa di quegli esseri e sul loro modo di infliggere tormenti; e quando Grace chiese al pastore di pregare per lei e per la sua casa, innalzò una lunga fervente supplica perché mai nessuno di quel piccolo gregge precipitasse nella perdizione senza rimedio, macchiandosi del peccato imperdonabile – il peccato di stregoneria.

III

«Il peccato di stregoneria». Per noi è argomento di lettura e di osservazione distaccata; ma a stento possiamo immaginare il terrore che provocava. Qualsiasi azione impulsiva o inconsueta, qualsiasi impercettibile disturbo nervoso, qualsiasi sensazione molesta o dolorosa era notata, e non soltanto da chi si trovava vicino al sofferente, ma anche da quella stessa persona, chiunque essa fosse, che agiva o subiva discostandosi anche minimamente dalla norma. Lui o lei (infatti il presunto soggetto era più frequentemente una donna o una ragazza) sentiva il desiderio di un cibo insolito, o un'insolita voglia di muoversi o riposare, poteva avere una contrazione alla mano, un piede addormentato, un crampo alla gamba; e il dubbio tremendo si poneva immediatamente: «Qualcuno sta esercitando il suo potere malvagio su di me con l'aiuto di Satana?»; e forse il pensiero proseguiva così: «È già abbastanza odioso sentire che a mia insaputa qualcuno può infliggere sofferenze al mio corpo per farmi del male, ma cosa accadrebbe se Satana ne accrescesse ancor di più il potere, tanto da intaccarmi l'anima infondendovi pensieri ripugnanti, che mi spingano a compiere azioni che ora aborrisco?» e così via, sinché proprio il terrore di ciò che poteva accadere e il continuo indugiare dei pensieri, pur nell'orrore, su certe eventualità (o che perlomeno erano ritenute tali) realmente finiva per infettare l'immaginazione, che era quanto all'inizio avevan tanto temuto. Inoltre vi era una vaga incertezza su chi potesse esser contagiato – qualcosa di molto simile allo sfibrante terrore della peste, che spingeva alcuni a ritrarsi con paura irrefrenabile da coloro che più amavano. La sorella o il fratello, che nell'infanzia e nella giovinezza era stato l'amico più caro, poteva aver stretto un patto misterioso e fatale con gli spiriti maligni della specie più orrenda – chi poteva saperlo? E in una simile eventualità era un dovere, un sacro dovere, rinunciare a quel corpo un tempo tanto amato, divenuto dimora di un'anima corrotta e spaventosa nelle sue inclinazioni perverse. Poteva darsi che il terrore della morte potesse provocare la confessione, il pentimento e la purificazione. Ma se ciò non accadeva, si eliminasse allora l'essere maligno, la strega, la si cacciasse da questo mondo, giù, nel regno del suo padrone, i cui dettami eran compiuti in terra tramite corruzione e tortura inaudite delle creature di Dio! Ve n'erano altri, che a questi sentimenti più naturali, ancorché più ingenui, d'orrore delle streghe e della stregoneria, aggiungevano il desiderio più o meno consapevole di vendicarsi di chi avesse recato loro una qualche offesa col suo comportamento. Quando le prove fornite assumono un carattere soprannaturale, non vi è modo di confutarle. Si argomenta così: «Voi possedete facoltà puramente naturali; io ne ho di soprannaturali. Condannando il reato di stregoneria, ammettete l'esistenza del soprannaturale. Ma conoscendo a malapena i limiti delle facoltà naturali, come potete allora definire quelle soprannaturali? Io dichiaro che nel cuore della notte, quando gli astanti credevano che il mio corpo giacesse in un sonno tranquillo, mi trovavo invece, del tutto desto e consapevole, presente fisicamente a un sabba di streghe e maghi presieduto da Satana; dichiaro di esser stato torturato nel corpo perché la mia anima non voleva riconoscerne la sovranità; di esser stato testimone di questo e di quest'altro. Di che natura fosse l'apparizione che sotto le mie sembianze dormiva tranquillamente nel letto, non so; ma ammettendo, come fate, la possibilità che la stregoneria esista, non potete confutare le prove da me fornite». Le prove potevano esser fornite in buona o mala fede, a seconda che il teste le credesse vere o meno; ma chiunque deve rendersi conto del potere immenso e terribile di cui la vendetta disponeva. Inoltre, gli stessi imputati favorivano l'accrescersi dell'orrendo panico già esistente. Alcuni, per paura della morte, ammettevano vigliaccamente i crimini immaginari di cui erano incolpati e di cui si prometteva il perdono, in caso di confessione. Altri, estenuati e in preda al terrore, finivano per convincersi della propria colpevolezza, sotto l'effetto dell'immaginazione malata, che tempi come quelli inevitabilmente producevano.

Lois e Faith sedevano vicine, intente a filare. Stavano in silenzio, pensando alle storie che si raccontavano. Fu Lois la prima a parlare.

«Oh, Faith! Questo paese è peggiore di quanto sia mai stata l'Inghilterra, anche ai tempi di mastro Matthew Hopkinson, il cacciatore di streghe. Sto cominciando ad aver paura di tutti, credo. Certe volte mi spaventa persino Nattee!»

Faith arrossì lievemente. Poi chiese:

«Perché? Perché dovresti diffidare di quella vecchia Indiana?»

«Oh! mi vergogno della mia paura appena la sento. Ma sai, il suo aspetto e il colore della pelle mi sono sembrati strani, al mio arrivo; e poi non è battezzata; e raccontano tutte queste storie sugli stregoni indiani; e non so cosa siano le misture che rimescola sul fuoco, e neanche cosa significhino le strane nenie che canta tra sé. E una volta l'ho incontrata all'imbrunire, proprio vicino alla casa del pastore Tappau insieme a Hota, la sua serva – è stato appena prima di sentire di quella grande agitazione in casa sua – e mi sono chiesta se non avesse per caso a che fare con quella faccenda».

Faith sedeva immobile, come se stesse pensando. Infine disse:

«Se Nattee ha dei poteri superiori ai miei o ai tuoi, non li userà per fare del male; o perlomeno non farà del male a quelli che ama».

«Questo mi consola poco», disse Lois. «Se ha poteri superiori al lecito, ho paura di lei, anche se non le ho mai fatto del male; e anche se potrei quasi dire che con me si è dimostrata benevola. Ma poteri del genere vengono dati solo dal Maligno; e la prova è che, come implicitamente ammetti, ne farebbe uso contro chi la offende».

«E perché non dovrebbe?», chiese Faith, alzando gli occhi lampeggianti d'ira.

«Perché», disse Lois, cui era sfuggito lo sguardo di Faith, «ci è stato insegnato a pregare per chi ci disprezza e a far del bene a chi ci perseguita. Ma la povera Nattee non è stata battezzata. Vorrei che il signor Nolan la battezzasse; forse così potrebbe sottrarla al potere delle tentazioni di Satana».

«E tu, non sei mai stata tentata, tu?», le chiese Faith, con un certo disprezzo; «eppure non ho dubbi che ti abbiano battezzata per bene!»

«È vero», disse Lois con tristezza; «spesso agisco molto male, ma forse potrei agire ancora peggio se la forma sacra non fosse stata rispettata».

Per un po' rimasero in silenzio.

«Lois», disse Faith, «non volevo offenderti. Ma non senti mai la voglia di rinunciare a tutta quella vita futura di cui parlano i preti e che sembra talmente vaga e lontana, in cambio di qualche anno di beatitudine vera, intensa – domani, tra un'ora, adesso? Oh, io sì, riesco a concepire una felicità per la quale rinuncerei volentieri a tutte quelle incerte possibilità di gioia celeste...»

«Faith, Faith», gridò Lois in preda al terrore, mettendole la mano sulla bocca, e guardandosi intorno impaurita. «Zitta! non sai chi potrebbe essere in ascolto; ti stai mettendo in suo potere».

Ma Faith allontanò la sua mano e disse: «Lois, non credo in lui più di quanto non creda nel cielo. Può darsi che esistano entrambi, ma sono così lontani che li sfido. Per esempio, tutta questa confusione intorno alla casa del pastore Tappau... se mi prometti di non parlarne ad anima viva, ti dico un segreto».

«No!», disse Lois terrorizzata. «Ho paura dei segreti. Non voglio sentire niente. Farò per te tutto quello che posso, e come posso, cugina Faith, ma di questi tempi mi sforzo di limitare rigidamente la mia vita e i miei pensieri a una devozione sincera, e ho paura di votarmi a qualcosa di sconosciuto e segreto».

«Come vuoi, ragazza codarda, atterrita da paure che potresti aver alleviato, anche se non eliminato del tutto, se m'avessi dato retta». E Faith si rifiutò di dire anche solo un'altra parola, per quanto Lois tentasse di attirarla dolcemente su altri argomenti di conversazione.

Le voci sulla stregoneria erano come l'eco del tuono tra le colline. Era scoppiato in casa del signor Tappau, e le prime ad esser considerate stregate furono le sue figliolette; ma da ogni luogo, da ogni parte della città, giungevano resoconti su persone sottoposte ai tormenti della stregoneria. Non v'era quasi famiglia priva di una presunta vittima. Poi ci fu un rombo e minacce di vendetta risuonarono in molte case – minacce intensificate, non attutite, dal terrore e dal mistero della sofferenza che le provocava.

Infine fu fissato un giorno in cui, dopo il digiuno e la preghiera solenne, il signor Tappau invitò i ministri degli insediamenti vicini e tutta la gente devota ad adunarsi in casa sua, e a unirsi a lui nel consacrare una giornata a funzioni religiose solenni e alla supplica per la liberazione dal potere del Maligno delle sue bambine e di quanti subivano gli stessi tormenti. Tutta Salem si riversò per strada, diretta alla casa del ministro; l'eccitazione era dipinta su tutti i visi; su molti era evidente uno sguardo bramoso e carico d'orrore, su altri decisione risoluta, disposta a divenire determinazione crudele, qualora se ne fosse presentata l'occasione.

Durante la preghiera, Hester Tappau, la bambina più piccola, fu presa dalle convulsioni; gli attacchi si succedevano l'uno all'altro, e le urla si confondevano con gli strilli e le grida dell'intera congregazione. Non appena intervenne una pausa, durante la quale la bambina si riprese parzialmente e la gente intorno era spossata e ansimante, suo padre, il pastore Tappau, alzò la mano destra e la scongiurò, nel nome della Trinità, di dire chi la tormentava. Ci fu un silenzio mortale; non una sola di quelle centinaia di persone si mosse. Faticosamente, priva di forze, Hester si girò e gemendo mormorò il nome di Hota, la serva indiana di suo padre. Hota era presente, apparentemente interessata come tutti gli altri; e in verità, si era molto prodigata per alleviare le sofferenze della bambina. Ma in quel momento rimase paralizzata dal terrore, mentre il suo nome era afferrato dalla folla riunita e urlato da voci cariche di riprovazione e di odio. Ancora un attimo e si sarebbero gettati sulla creatura tremante e l'avrebbero fatta a pezzi: Hota terrea, terrorizzata, che proprio il suo smarrimento faceva sembrare colpevole. Ma il pastore Tappau, quell'uomo magro e grigio, raddrizzandosi quanto più poté, fece loro segno di farsi indietro, di tacere e ascoltarlo; e allora disse che la vendetta immediata non era pena né ponderata né giusta; che era necessario un verdetto di colpevolezza, forse una confessione; che sperava di trovare nelle sue rivelazioni, se fosse stata indotta a confessare, un rimedio alle sofferenze delle sue bambine. Dovevano affidare la colpevole a lui e ai ministri di culto suoi confratelli, perché potessero lottare con Satana, prima di consegnarla al potere dello Stato. Parlò in modo convincente, poiché le sue erano parole che sgorgavano dal cuore di un padre che vedeva le sue bambine esposte a una sofferenza orrenda e misteriosa, e che credeva fermamente di avere in mano la chiave per liberare alfine loro e quanti soffrivano come loro. E la congregazione, mormorando insoddisfatta, si sottomise e lo ascoltò pregare fervidamente e a lungo, mentre la povera Hota era ancora lì, legata e sorvegliata da due uomini che la fissavano con occhi torvi, come segugi a catena pronti a sciogliersi, anche quando la preghiera terminò con le parole misericordiose del Salvatore.

A quella scena Lois provò nausea e terrore; non era la sua ragione a rabbrividire per la follia e la superstizione della gente, ma la sua sensibilità morale, di fronte a una colpa di cui era convinta e a manifestazioni di avversione e di odio che, per quanto rivolte a chi di quella colpa si era macchiato, turbavano e angustiavano il suo cuore pietoso. Pallida, con gli occhi bassi, seguì sua zia e le cugine all'aria aperta. Grace Hickson camminava verso casa con un senso di soddisfazione e sollievo per la scoperta della colpevole. Solo Faith sembrava insolitamente sconcertata e a disagio, visto che per Manasseh l'intera faccenda non rappresentava che l'adempiersi di una profezia, e in Prudence la scena inconsueta aveva risvegliato uno stato di intensa eccitazione, in cui si avvicendavano umori contrastanti.

«Ho quasi la stessa età di Hester Tappau», disse; «lei compie gli anni in settembre, e io in ottobre».

«E questo cosa c'entra?», chiese Faith aspramente.

«Niente, solo che sembrava impossibile vedere tutti quei ministri così seri raccolti in preghiera per una cosa da niente come lei, e tanta gente venuta da lontano – perfino da Boston, hanno detto – praticamente tutto apposta per lei. Non hai visto che era il pio signor Henwick a tenerle la testa mentre smaniava, e che la vecchia signora Holbrook si è fatta aiutare a salire su una seggiola per vedere meglio? Chissà quanto dovrei smaniare io perché la gente importante e pia si accorgesse di me! Comunque, credo che sia perché è figlia di un pastore. E adesso si darà certe arie; non si potrà neanche rivolgerle la parola. Faith! ma tu ci credi che Hota l'ha stregata per davvero? L'ultima volta che sono stata dal pastore Tappau, mi ha dato dei biscotti d'avena, proprio come tutte le altre donne, forse era solo un po' più gentile; e pensare che dopotutto è una strega!»

Ma Faith sembrava aver fretta di tornare a casa e non prestava attenzione alle parole di Prudence. Lois procedeva velocemente accanto a Faith poiché Manasseh camminava a fianco di sua madre e lei si atteneva fermamente al proposito di evitarlo, anche se così facendo imponeva la sua compagnia a Faith, che negli ultimi tempi si era mostrata ansiosa di evitarla.

Quella sera a Salem si sparse la voce che Hota aveva confessato la sua colpa – aveva ammesso di essere una strega. Nattee fu la prima a sentire la notizia. Si precipitò nella stanza dove le ragazze sedevano sole, senza Grace Hickson, solennemente inattive a causa della grandiosa riunione di preghiera della mattina, e gridò: «Pietà, pietà, padrona, tutti! proteggere povera indiana Nattee, che mai fare male, solo per padrona e famiglia! Hota maligna strega cattiva, lei stessa dire così; ahimè! ahimè!» e piegandosi su Faith disse qualcosa in un tono di voce basso e sconvolto, di cui Lois sentì solo la parola «tortura». Ma Faith sentì tutto e, fattasi molto pallida, per metà accompagnò, per metà riportò Nattee in cucina.

Subito dopo entrò Grace Hickson. Era stata da una vicina; non sarebbe adeguato dire che una donna così devota era stata a spettegolare; e in verità l'argomento della sua conversazione era di natura troppo seria e importante, per permettermi di definirlo con una parola superficiale. Nonostante si fossero presentate le componenti del pettegolezzo, l'ascolto cioè, e la ripetizione dettagliata di particolari e dicerie che non riguardano i parlanti, in quel caso, tuttavia, possiamo riconoscere ai fatti e ai discorsi più banali un significato così tremendo, e la possibilità di un esito così spaventoso, che occasionalmente quelle voci venivano a rivestire un'importanza tragica. Si afferrava avidamente ogni frammento di notizie concernenti casa Tappau; che il cane del pastore aveva ululato per un'intera notte senza che riuscissero a calmarlo; che la sua mucca aveva improvvisamente perso il latte solo due mesi dopo aver figliato; che una mattina la memoria lo aveva tradito per uno o due minuti mentre diceva il Paternostro di cui, nel suo turbamento, aveva omesso un punto; e che ora tutte quelle anticipazioni dello strano male delle sue bambine si potevano interpretare e capire – era stato questo l'argomento della conversazione di Grace Hickson con le sue amiche. Verso la fine era sorta una discussione per decidere fino a che punto l'assoggettamento ai poteri del Maligno si potesse considerare una punizione divina per una qualche colpa del pastore Tappau; e se era così, per quale colpa? Non era una discussione spiacevole, anche se le opinioni divergevano considerevolmente; infatti, visto che le famiglie delle donne presenti non erano state colpite, si tendeva ad assumere questo fatto a prova della loro purezza. Mentre parlavano, ne entrò una dalla strada, recando la notizia che Hota aveva confessato tutto – aveva ammesso di aver scritto il suo nome su un certo libriccino rosso che Satana le aveva porto, di aver partecipato a pratiche empie, di aver cavalcato attraverso l'aria fino alle cascate di Newbury – in realtà aveva assentito a tutte le domande postele da consiglieri e magistrati, i quali, per non omettere neanche un solo quesito, avevano attentamente riletto le confessioni di streghe precedentemente processate in Inghilterra. Aveva fatto anche ulteriori ammissioni, ma si riferivano a cose di minore importanza, di natura pertinente ad artifici terreni, più che a facoltà spirituali. Aveva parlato di spaghi disposti con cura, per mezzo dei quali si potevano smuovere o far cadere le terraglie in casa del pastore Tappau; ma le comari di Salem prestarono poca attenzione a queste pratiche illecite e intelligibili. Una disse che un atto simile rivelava l'istigazione di Satana, ma tutte preferivano sentir parlare della colpa più solenne, riguardante i riti sacrileghi e le cavalcate soprannaturali. La narratrice concluse dicendo che nonostante la confessione, e sebbene le fosse stata promessa salva la vita se avesse riconosciuto il suo peccato, Hota sarebbe stata impiccata la mattina seguente; poiché conveniva che la prima strega scoperta fosse d'esempio, ed era un bene che fosse un'Indiana, una pagana la cui vita non sarebbe stata una grande perdita per la comunità. Su questo punto Grace Hickson intervenne. Era un bene che le streghe sparissero dalla faccia della terra, indiane o inglesi che fossero, pagane o – peggio – cristiane battezzate che avevano tradito il Signore, proprio come Giuda, ed eran passate dalla parte di Satana. Lei però avrebbe preferito che la prima strega scoperta appartenesse a una pia famiglia inglese, perché tutti vedessero che i devoti eran disposti a tagliarsi la mano destra e cavarsi l'occhio destro, qualora fossero contaminati dal peccato infernale. Fu dura e convincente. L'ultima arrivata disse che forse le sue parole sarebbero state messe alla prova, poiché si sussurrava che Hota avesse fatto altri nomi, anche di membri delle più pie famiglie di Salem, che diceva di aver visto tra gli empi, alla comunione del Maligno. E Grace rispose che si rendeva garante del fatto che tutti i devoti avrebbero superato la prova, preferendo soffocare ogni affetto naturale, piuttosto che vedere un tale peccato crescere e diffondersi tra loro. Riconosceva la propria debolezza nella paura fisica di assistere alla morte violenta, fosse pure di un animale; ma non sarebbe stato questo a impedirle di stare tra quelli che l'indomani mattina avrebbero cacciato via da sé la creatura maledetta.

Contrariamente alle sue abitudini, Grace Hickson riferì alla famiglia gran parte di quella conversazione. Il fatto che parlasse, era un segno della sua eccitazione sull'argomento, e l'eccitazione si sparse nella famiglia, assumendo forme diverse. Faith era accaldata e irrequieta, in continuo movimento tra la sala e la cucina, particolarmente interessata a sentire dalla madre le parti più singolari della confessione di Hota, come per volersi convincere che la strega indiana avesse realmente compiuto quegli atti orribili e misteriosi.

Il racconto, e l'idea che tutto questo fosse possibile, facevano rabbrividire e tremare Lois. Di tanto in tanto sentiva i suoi pensieri vagare verso un senso di pietà per la donna condannata a morte, aborrita dagli uomini e senza il perdono di Dio, da lei così spaventosamente tradito, e che in quello stesso momento – mentre Lois sedeva tra i suoi, al caldo, nella ridente luce del fuoco, nell'attesa di molti giorni sereni, forse felici – era sola, tremante, terrorizzata, colpevole, senza nessuno che le stesse accanto e le dicesse parole di ammonimento, rinchiusa al buio tra i freddi muri della prigione cittadina. Ma Lois quasi provava orrore nel compatire una così ripugnante complice di Satana, e chiedeva perdono per quei pensieri così caritatevoli; ma poi le tornava in mente lo spirito misericordioso del Salvatore, e allora si abbandonava alla pietà, sinché alla fine il suo senso del giusto e dell'ingiusto le si confuse talmente, che non poté che rimetter tutto alla volontà di Dio, e chiedergli soltanto che prendesse nelle Sue mani tutte le creature e tutti gli eventi.

Prudence era allegra come se stesse ascoltando una storia lieta – curiosa di sapere più di quanto sua madre fosse disposta a dirle – senza dimostrarsi particolarmente spaventata da streghe e stregonerie, ma estremamente desiderosa di accompagnare la madre all'impiccagione dell'indomani. Lois si sentì turbata dal viso crudele e bramoso della ragazzina che supplicava sua madre di darle il permesso. Persino Grace rimase confusa e perplessa di fronte all'ostinazione di sua figlia.

«No!», disse. «Non chiedermelo più. Non ci andrai. Spettacoli simili non sono adatti ai giovani. Io ci vado e il pensiero mi fa star male. Ma ci vado per dimostrare di essere una donna cristiana che prende le parti di Dio contro il demonio. Tu non ci andrai, puoi star sicura. Avrei voglia di frustarti per averci pensato».

«Manasseh dice che Hota è stata frustata per bene dal pastore Tappau prima di decidersi a confessare», disse Prudence, che sembrava ansiosa di cambiare argomento.

Manasseh sollevò la testa dallo studio del grande infolio della Bibbia che suo padre aveva portato dall'Inghilterra. Non aveva sentito le parole di Prudence, ma alzò lo sguardo alla menzione del suo nome. Le donne trasalirono alla vista di quegli occhi selvaggi, di quel viso esangue. Ma lui fu palesemente infastidito dall'espressione delle loro facce.

«Perché mi guardate a quel modo?», chiese con fare ansioso e agitato. Sua madre si affrettò a rispondere.

«È solo che Prudence ci ha riferito qualcosa che tu le hai detto – che il pastore Tappau si è macchiato le mani frustando la strega Hota. Che pensiero maligno si è impossessato di te? Parla con noi, non romperti la testa sulla sapienza degli uomini».

«Non è la sapienza degli uomini che studio, ma la parola di Dio. Vorrei saperne di più sulla natura del peccato di stregoneria, e se sia davvero il peccato imperdonabile contro lo Spirito Santo. A volte sento che si insinua in me un'istigazione a pensieri malvagi e atti indicibili, e allora mi chiedo 'non è questo il potere della stregoneria?' e mi sento male, e mi ripugna tutto ciò che faccio o dico, eppure una qualche creatura maligna mi domina, e son costretto a dire e fare ciò che mi ripugna e mi spaventa. Perché ti stupisci, madre, che proprio io e non altri, mi sforzi di conoscere l'esatta natura della stregoneria, e perciò studi la parola di Dio? Non mi hai visto quando sembravo posseduto da un demone?»

Parlò con calma, con tristezza, ma anche con convinzione profonda. Sua madre si alzò per andarlo a confortare.

«Figlio mio», disse, «nessuno t'ha mai visto compiere atti,

o sentito dire parole che si potessero supporre istigate da demoni. Ti abbiamo visto, povero ragazzo, con la mente smarrita per qualche tempo, ma i tuoi pensieri cercavano la volontà di Dio in luoghi proibiti, e neppure per un attimo hai perso il senno nella bramosia dei poteri delle tenebre. Ma quei giorni son passati da tanto tempo; il futuro è davanti a te. Lascia stare le streghe, non pensare di essere succube del potere della stregoneria. Ho fatto male a parlarne in tua presenza. Lascia che Lois sieda accanto a te e ti parli».

Lois andò dal cugino, profondamente addolorata per la depressione del suo stato mentale, ansiosa di rasserenarlo e confortarlo, ma ritraendosi più che mai inorridita dall'idea di poter divenire sua moglie – un'idea verso cui la zia sembrava inconsciamente più disponibile di giorno in giorno, poiché percepiva il potere della ragazza inglese di rasserenare e confortare suo cugino, anche soltanto con l'amorevole tenerezza della voce.

Manasseh prese la mano di Lois.

«Lascia che la tenga. Mi fa bene», disse. «Ah, Lois, quando sono con te, dimentico tutte le mie ansie – verrà mai il giorno in cui ascolterai la voce che mi parla di continuo?»

«Non la sento mai, cugino Manasseh», rispose con dolcezza; «ma non pensare alle voci. Parlami della parte di foresta che vuoi recintare; che alberi ci sono?»

Così, con domande chiare su problemi pratici, lo riportò con inconsapevole saggezza su argomenti in cui aveva sempre dimostrato un forte senso pratico. Ne parlò con la dovuta moderazione, sinché per la famiglia giunse il tempo della preghiera, che in quei giorni era di buon'ora. Manasseh aveva il compito di formularla, in quanto capofamiglia; una posizione, questa, che sua madre era stata ansiosa di assegnargli dopo la morte del marito. Era solito pregare improvvisando; quella notte la sua supplica si perse tra frammenti selvaggi e sconnessi di preghiere e le donne inginocchiate intorno cominciarono a pensare, nelle diverse forme che l'ansietà per il parlante assumeva in ognuna, che non sarebbe mai giunta alla fine. I minuti passavano, divenivano quarti d'ora, e le sue parole, sempre più enfatiche e selvagge, dicevano una preghiera per sé soltanto, e mettevano a nudo gli angoli bui del suo cuore. Infine la madre si alzò, prese Lois per mano, poiché aveva fiducia nel suo ascendente sul figlio, così simile a quello del pastore David, quando suonava l'arpa, su re Saul assiso in trono. L'attirò da lui, verso il punto dove stava in ginocchio con la faccia rivolta al cerchio che loro formavano, gli occhi alzati al cielo; sul viso perduto nell'angoscia, era dipinta l'intima lotta della sua anima tormentata.

«Lois è qui», disse Grace, quasi dolcemente, «vuole andare in camera sua». (Lacrime scorrevano sul viso della ragazza.) «Alzati e va' a finir di pregare nella tua stanza».

Ma all'avvicinarsi di Lois egli scattò in piedi, balzò di lato.

«Portala via, madre! Non mi indurre in tentazione. Mi suscita pensieri impuri e peccaminosi. Mi copre d'ombra, anche in presenza del mio Dio. Non è un angelo della luce, altrimenti non farebbe questo. Mi tormenta col suono di una voce che mi dice di sposarla anche quando sono raccolto in preghiera. Via! portala via!»

Avrebbe colpito Lois, se non si fosse tirata indietro, spaventata e sgomenta. Sua madre, per quanto sgomenta anche lei, non era spaventata. L'aveva visto altre volte in quelle condizioni, e sapeva come trattare il suo parossismo.

«Vattene, Lois! Vederti lo irrita, come un tempo accadeva con Faith. Lascialo a me».

E Lois si precipitò nella sua stanza e si gettò sul letto, come una creatura braccata e ansimante. Faith la seguì, lenta e cupa.

«Lois», disse, «mi fai un favore? Non è una gran cosa. Ti puoi alzare prima dell'alba e portare una lettera all'abitazione del pastore Nolan? L'avrei fatto io stessa, ma mia madre vuole che stia con lei, e potrei esser trattenuta fino all'ora dell'impiccagione di Hota; e la lettera parla di cose che riguardano la vita e la morte. Cerca il pastore Nolan a qualunque costo, e aspetta la sua risposta dopo che ha letto la lettera».

«Non la può portare Nattee?», chiese Lois.

«No!», rispose Faith rabbiosamente. «Perché dovrebbe?»

Ma Lois non rispose. Un sospetto improvviso attraversò

come un lampo la mente di Faith. Mai prima di allora vi era penetrato.

«Parla, Lois. Ti leggo nel pensiero. Faresti volentieri a meno di portare la mia lettera?»

«La porterò», disse Lois docilmente. «Dici che riguarda la vita e la morte?»

«Sì!», disse Faith, con una voce molto diversa. Ma dopo una pausa di riflessione, aggiunse: «Allora, appena tutti dormono, scriverò ciò che ho da dire e la lascerò qui, su questo baule; e mi devi promettere che la prenderai prima che sia giorno fatto, quando ci sarà ancora tempo di agire».

«Sì! lo prometto», disse Lois. E Faith la conosceva abbastanza da sapere con certezza che, per quanto riluttante potesse essere, avrebbe compiuto quanto richiestole.

La lettera fu scritta, posata sul baule; e, prima che il giorno nascesse, Lois era in piedi, sotto lo sguardo degli occhi socchiusi di Faith – occhi che per l'intera notte non si erano mai abbandonati al sonno. Non appena Lois, avvolta nel mantello e coperta dal cappuccio, fu uscita dalla stanza, Faith balzò fuori dal letto e si preparò ad andare da sua madre, che sentiva già alzata. Quasi tutti a Salem erano svegli e in piedi, in quella mattina tremenda, anche se pochi eran per strada, quando Lois passò. Raggiunse la forca innalzata in fretta, la cui ombra nera cadeva obliquamente sulla via, carica di un significato tremendo; dovette poi passare davanti alle sbarre di ferro della prigione, dalle cui finestre senza vetri sentì giungere il grido pauroso di una donna e il rumore di molti passi. Sul punto di svenire per il malessere, si affrettò per la sua strada verso la casa della vedova dove alloggiava il signor Nolan. Si era già alzato ed era uscito diretto alla prigione, riteneva la sua padrona di casa. In quel luogo fu costretta ad andare Lois, ripetendo le parole «per la vita e per la morte». Ritornando sui suoi passi, fu grata di vederlo uscire da quel tetro portale, reso ancor più tetro dall'ombra che lo avvolgeva, mentre lei si avvicinava. Non sapeva cosa lo avesse spinto lì; ma il suo aspetto era serio e triste quando gli mise tra le mani la lettera di Faith e gli rimase davanti in paziente attesa che la leggesse e le desse una risposta. Ma invece di aprirla la tenne in mano, apparentemente assorto nei suoi pensieri. Infine parlò, ma più a se stesso che a lei.

«Mio Dio! e allora deve morire in questo stato di spaventoso delirio? Deve essere, può essere, solo il delirio che la spinge a confessioni così selvagge e orribili. Padrona Barclay, vengo ora dall'aver visto la donna indiana condannata a morte. Sembra che la notte scorsa si sia sentita ingannata perché, pur avendo confessato peccati sufficienti a far scendere fuoco dal cielo, la sentenza non è stata sospesa; e credo che la rabbia feroce e impotente di questa creatura inerme si sia trasformata in pazzia, poiché le sue ulteriori rivelazioni – ai carcerieri stanotte e a me stamattina – mi sgomentano. Mi sembra quasi che pensi di sfuggire a quest'ultima, più tremenda pena, confessando colpe sempre più atroci, come se si potesse permettere a una simile peccatrice di vivere, anche se solo una minima parte delle sue parole fosse vera. Eppure, mandarla a morire in questo stato di terrore folle! Cosa si deve fare?»

«Ma la Scrittura dice che non dobbiamo lasciar vivere le streghe sulla terra», disse Lois lentamente.

«È vero; ma mi limiterei a chiedere una dilazione sinché le preghiere del popolo di Dio non si siano levate a implorare la Sua misericordia. Qualcuno pregherebbe per quella poveretta. Voi lo fareste, non è vero, padrona Barclay?» Ma il suo tono era incerto.

«Stanotte ho pregato per lei molte volte», disse Lois a bassa voce. «Prego per lei con tutto il cuore anche adesso; suppongo che la debbano scacciare dalla terra, ma non vorrei che fosse completamente abbandonata da Dio. Signore, non avete ancora letto la lettera di mia cugina. E mi ha chiesto di portarle una risposta con grande urgenza».

Ma lui indugiava ancora. Stava pensando all'atroce confessione che aveva appena sentita. Se era vera, la bella terra era un luogo sordido, e avrebbe desiderato morire per sfuggire a quel lordume ed entrare nella candida purezza di chi era al cospetto di Dio.

Improvvisamente i suoi occhi si posarono sul viso serio e

pulito di Lois, sollevato a guardarlo. In quell'istante, la fede nella bontà di questa terra gli penetrò in cuore, «e la benedì senza saperlo»[6].

Le mise la mano sulla spalla, con un gesto quasi paterno – anche se la differenza d'età tra di loro non superava una dozzina d'anni – e piegandosi lievemente su di lei sussurrò, quasi a se stesso: «Padrona Barclay, mi avete fatto del bene».

«Io!», disse Lois, mezza spaventata, «io ho fatto del bene a voi? E come?»

«Per quello che siete. Ma forse dovrei piuttosto ringraziare Dio, per avervi mandata proprio quando la mia anima era così inquieta».

Solo allora si accorsero che Faith era ferma di fronte a loro e li fissava con aria torva. Lois si sentì colpevole sotto quello sguardo irato. Non aveva insistito abbastanza col pastore perché leggesse la lettera, pensò; ed era l'indignazione per questo ritardo nella missione affidatale da cui dipendeva la vita o la morte, che rendeva così minacciosi gli occhi di sua cugina sotto le sopracciglia nere e diritte. Lois spiegò di non aver trovato il pastore Nolan in casa e di averlo dovuto seguire fino alla porta della prigione. Ma Faith rispose, inflessibile e sprezzante:

«Risparmiati il fiato, cugina Lois. Non è difficile vedere di che belle cose stavate parlando, tu e il pastore Nolan. Non mi stupisco della tua smemorataggine. Ho cambiato idea. Restituitemi la lettera, signore; riguardava una faccenda poco importante – la vita di una vecchia. E che cos'è rispetto all'amore di una ragazza?»

Lois la sentì; ma per un attimo non comprese che la cugina, nella sua gelosia rabbiosa, potesse sospettare che tra lei e il signor Nolan esistesse un sentimento come l'amore. Mai fantasie su una possibilità del genere le si erano affacciate alla mente; lo aveva rispettato, quasi venerato – le era piaciuto anche, come probabile futuro marito di Faith. Al pensiero che la cugina potesse ritenerla colpevole di un tale tradimento, i

[6] Dalla *Ballata del vecchio marinaio* di Samuel T. Coleridge (N.d.r.).

suoi occhi gravi si dilatarono e si fissarono sul viso acceso d'ira di Faith. Quel modo di fare serio, mite, che nasceva da una completa innocenza, si sarebbe sicuramente imposto alla sua accusatrice, se proprio in quell'attimo lo sguardo di quest'ultima non fosse caduto sul viso avvampante e turbato del pastore, che aveva sentito strappare il velo dal segreto del suo cuore inconsapevole. Faith afferrò la lettera che teneva in mano e disse:

«Che impicchino la strega! Che me ne importa? Di male ne ha fatto abbastanza alle figlie del pastore Tappau, con i suoi incantesimi e con le sue fatture. Che muoia, e che tutte le altre streghe stiano in guardia; perché ce n'è parecchie di stregonerie, in giro. Cugina Lois, di sicuro vorrai fermarti col pastore Nolan, altrimenti ti pregherei di tornare a casa con me a far colazione».

Lois non era disposta a lasciarsi intimidire dai sarcasmi della gelosia. Decisa a non prender nota delle parole folli di sua cugina, gli tese la mano per salutarlo come di consueto. Egli esitò, prima di prenderla e quando lo fece, la stretta fu così spasmodica, da farla quasi trasalire. Faith aspettava e osservava tutto con labbra serrate e occhi vendicativi. Non salutò; non disse una sola parola; ma afferrando saldamente Lois per il gomito, quasi la spinse davanti a sé per tutto il tragitto fino a casa.

Le disposizioni per la mattina erano le seguenti: Grace Hickson e suo figlio Manasseh avrebbero assistito all'impiccagione della prima strega messa a morte a Salem, in qualità di persone devote e pie a capo di una famiglia. Tutti gli altri avevano l'assoluta proibizione di uscire, sinché i rintocchi della campana a morto non avessero annunciato che per Hota, la strega indiana, era tutto finito su questa terra. A esecuzione compiuta, ci sarebbe stata una solenne riunione di preghiera per tutti gli abitanti di Salem; ministri di culto erano giunti da lontano per collaborare con l'efficacia della preghiera, allo sforzo di liberare la terra dal demonio e dai suoi servi. Vi era ragione di credere che l'antico, spazioso luogo di riunione sarebbe stato affollato, e quando Faith e Lois arrivarono a casa, Grace Hickson stava raccomandando a Prudence di star pronta, per potersi avviare in tempo. La vecchia donna severa era turbata pensando allo spettacolo che avrebbe visto di lì a poco, e parlava in modo insolitamente affrettato e incoerente. Era vestita con l'abito della festa; ma il viso era grigio ed esangue, e sembrava non voler smettere di parlare di faccende domestiche, per paura di aver tempo per pensare. Manasseh stava accanto a lei, rigidamente, perfettamente immobile; lui pure portava gli abiti della festa. Anche il suo viso era più pallido del solito, ma aveva un'espressione assente, rapita, quasi come un uomo che abbia una visione. Quando Faith entrò, tuttora stringendo con violenza il braccio di Lois, Manasseh trasalì e sorrise; ma sempre con aria sognante. I suoi modi erano così strani, che persino sua madre tacque per osservarlo più attentamente; era nello stato di eccitazione che solitamente si concludeva in quella che la madre e alcune sue amiche consideravano una rivelazione profetica. Iniziò a parlare, dapprincipio sottovoce e poi più forte.

«Com'è bella la terra di Beulah, lontano, al di là del mare, oltre le montagne! Lì la portano gli angeli, abbandonata nelle loro braccia, come chi viene meno. Con un bacio cancelleranno il nero cerchio della morte, e la poseranno ai piedi dell'Agnello. Laggiù la sento intercedere per coloro che in terra acconsentirono alla sua morte. Oh Lois! prega anche per me, prega per me, nella mia disperazione!»

Quando pronunciò il nome della cugina, gli occhi di tutte si girarono su di lei. A lei, dunque, si riferiva la visione! Era lì in mezzo a loro, colpita da un profondo stupore, ma senza manifestare paura o sgomento. Fu la prima a parlare.

«Amiche mie, non pensate a me; le sue parole possono essere vere, o possono anche non esserlo. Sono comunque nelle mani di Dio, che lui abbia il dono della profezia o meno. E poi, non avete sentito che la mia fine è dove molti vorrebbero fosse la loro? Pensate a lui e alle sue esigenze. Momenti come questi, quando passano, lo lasciano esausto e sfinito».

E si diede da fare per recargli ristoro, assistendo le mani tremanti della zia nel disporgli davanti il cibo di cui aveva bisogno mentre sedeva stanco e smarrito, tentando faticosamente di metter ordine nella sua mente sconvolta.

Prudence faceva quanto era in lei per dare una mano e farli uscire il prima possibile. Ma Faith stava in disparte, osservando in silenzio, con occhi appassionati e rabbiosi.

Non appena si furono avviati per andare ad adempiere il compito solenne e fatale, Faith lasciò la stanza. Non aveva toccato cibo o bevanda. In verità, tutte loro si sentivano profondamente abbattute. Quando sua sorella andò di sopra, Prudence si precipitò verso la panca su cui Lois aveva buttato mantello e cappuccio.

«Prestami lo scialle e il mantello, cugina Lois. Ancora non ho mai visto impiccare una donna, e non vedo perché non ci debba andare. Me ne starò in fondo alla folla; non mi riconoscerà nessuno, e sarò di ritorno molto prima di mia madre».

«No!», disse Lois, «non lo puoi fare. Mia zia ne sarebbe molto dispiaciuta. Mi meraviglio di te, Prudence, voler assistere a uno spettacolo del genere». E mentre parlava, teneva stretto il mantello, che Prudence cercava disperatamente di strapparle di mano.

Faith tornò giù, forse richiamata dal rumore della baruffa. Sorrise – un sorriso implacabile.

«Lascia stare, Prudence. Smettila di litigare con lei. Si è comprata il successo su questa terra, e noi siamo solo sue schiave».

«Oh, Faith!», disse Lois, abbandonando la presa e girandosi con occhi e voce carichi di acerbo rimprovero, «che cosa ho fatto, perché tu dica questo di me, dopo che ti ho amata come credo si possa amare solo una sorella?»

Prudence non si lasciò sfuggire l'occasione e indossò in fretta il mantello, che era troppo grande per lei e che proprio per questo le era sembrato adatto a non farsi riconoscere; ma mentre si avviava alla porta, i suoi piedi inciamparono nell'orlo, alla cui lunghezza non era abituata e cadde, picchiando dolorosamente il braccio.

«Fai attenzione un'altra volta a non immischiarti in faccende di streghe», disse Faith, quasi non credendo lei stessa alle proprie parole, ma ostile al mondo intero nell'amara gelosia del suo cuore. Prudence si sfregò il braccio e guardò furtivamente Lois.

«Strega Lois! Strega Lois!», disse infine, adagio, esprimendo il suo astio di bambina con una boccaccia.

«Oh, zitta, Prudence! non giocare con queste parole tremende. Fammi vedere il braccio. Mi dispiace che ti sia fatta male, anche se sono contenta che questo ti abbia impedito di disubbidire a tua madre».

«Vattene via!», disse Prudence scappando da lei. «Mi fa paura veramente, Faith. Stai tra me e la strega, altrimenti le tiro uno sgabello».

Faith sorrise – era un sorriso cattivo, malvagio – ma non fece nulla per calmare le paure che aveva suscitato nella bambina. Proprio in quel momento cominciò a suonare la campana. Hota, la strega indiana, era morta. Lois si coprì il viso con le mani. Persino il pallore di Faith si fece mortale e disse, sospirando:

«Povera Hota! Ma la morte è meglio di tutto».

Solo Prudence sembrava insensibile ai pensieri evocati dal suono solenne e monotono. La sua unica considerazione era che a quel punto poteva uscire in strada e vedere ogni cosa e sentire le novità e sfuggire al terrore che provava in presenza della cugina. Si precipitò di sopra a prendere il suo mantello, ritornò giù correndo ed era già passata davanti a Lois, prima che la ragazza inglese finisse la sua preghiera, e velocemente si confuse tra la folla, diretta al luogo di riunione. A tempo debito si avviarono anche Faith e Lois, ma separatamente, non insieme. Faith così apertamente la evitava, che Lois, addolorata e umiliata, non poté imporre la sua presenza alla cugina ma rimase un po' indietro – lacrime silenziose le scendevano piano sul viso, versate per tutti gli eventi verificatisi quella mattina.

Il luogo di riunione era gremito da soffocare; e come a volte accade in situazioni simili, la folla più numerosa si raccoglieva vicino alle porte, poiché pochi riuscivano a vedere, appena entrati, se vi fossero ancora spazi liberi in cui introdursi. E tuttavia, infastiditi da chi ancora arrivava, impazientemente spingevano in avanti Faith e dietro a lei Lois, sinché le due ragazze finirono in un buon posto, proprio in mezzo all'edificio, dove non vi era la possibilità di mettersi a sedere, ma vi era ancora spazio per stare in piedi. In quel punto si era radunata molta gente, poiché il pulpito si trovava al centro, e vi erano già saliti due ministri in baverina e abito calvinista, mentre alcuni altri, abbigliati allo stesso modo, vi si tenevan stretti, come se fossero lì a dar sostegno, piuttosto che a riceverlo. Grace Hickson e il figlio sedevano dignitosamente nel loro banco, dimostrando in questo modo di esser giunti per tempo dall'esecuzione. Dall'espressione sui visi si sarebbero quasi potuti distinguere coloro che avevano assistito all'impiccagione della strega indiana. Il timore reverenziale li segnava con un senso tremendo di quiete; la folla degli assenti all'esecuzione, che continuava a riversarsi all'interno, esprimeva invece irrequietudine, eccitazione e violenza. Da ogni parte si cominciò a mormorare che il ministro sconosciuto in piedi accanto al pastore Tappau, altri non era che il dottor Cotton Mather in persona, venuto sin dalla lontana Boston, per portare il suo sostegno a Salem nella purificazione dalle streghe.

Il pastore Tappau iniziò a pregare improvvisando, secondo la consuetudine. Le parole erano selvagge e incoerenti, com'era naturale in un uomo che aveva appena acconsentito alla morte violenta di chi, solo pochi giorni prima, faceva parte della sua famiglia; violente e appassionate, com'era prevedibile in un padre, convinto che le sue bambine soffrissero in modo così atroce a causa del crimine che voleva denunziare davanti a Dio. E quando infine si sedette, fu perché era completamente spossato. Poi si fece avanti il dottor Cotton Mather: non disse che poche parole di preghiera, calme se raffrontate a quanto le aveva precedute, e proseguì rivolgendosi alla gran folla radunata dinanzi a lui con argomenti lucidi e pacati, ma organizzando il discorso con una sorta di abilità affine a quella di Antonio nella sua orazione ai Romani dopo l'assassinio di Cesare. Alcune delle parole del dottor Mather si sono conservate fino a noi grazie alla loro successiva trascrizione in una delle sue opere. Riferendosi ai «sadducei miscredenti» che mettevano in dubbio l'esistenza di quel crimine, disse:

«Invece di badare ai loro sberleffi, ai loro gridi di scimmie contro la Scrittura benedetta e contro storie fornite di tale inconfutabile evidenza, da non poter essere messe in dubbio da chi abbia quel minimo di istruzione che gli basti per tener conto del diritto consuetudinario della società umana; pensiamo piuttosto ad adorare la bontà di Dio, che dalla bocca dei fanciulli e dei lattanti ha voluto si traesse il vero, e che, attraverso la sofferenza tremenda delle bambine del vostro pio pastore, ha rivelato che sulla vostra terra si sono scatenati i diavoli con gli atti più orrendi. Supplichiamolo perché il loro potere si possa domare e non arrivino, nelle maligne macchinazioni, al punto in cui giunsero solo quattro anni fa nella città di Boston, quando fui l'umile strumento nelle mani di Dio per liberare dal potere di Satana le quattro figlie di quel sant'uomo del signor Goodwin. Le quattro creature della grazia erano state stregate da una strega irlandese; i tormenti a cui furono sottoposte sono inenarrabili. A volte abbuiavano come cani, altre facevan le fusa come gatti; sì, e volavano come oche, trasportate da una velocità incredibile, toccando terra solo di tanto in tanto, talora neppure una volta su un tratto di venti piedi, agitando le braccia come fossero uccelli. Eppure vi eran momenti in cui, a causa degli stratagemmi diabolici della donna che le aveva stregate, non potevano muoversi senza zoppicare, perché con una catena invisibile ostacolava i loro arti, o a volte, mancava poco che le strozzasse con un cappio. Una in special modo era sottoposta da questa donna di Satana a un calore talmente forte, come di un forno, che io stesso l'ho vista grondante di sudore, mentre tutti gli altri intorno si sentivano bene e avevano la pelle fresca. Ma senza importunarvi oltre con le mie storie, vengo ora a dimostrarvi che era Satana stesso ad averla in suo potere. Infatti era degno di nota che lo spirito maligno non le permettesse di leggere libri devoti o sacri, veridici e conformi alla parola di Gesù.

Riusciva benissimo a leggere libri papisti, mentre invece la vista e la parola sembravano venirle meno quando le porgevo il Catechismo Puritano. E poi di nuovo si appassionava al Libro delle Preghiere, la versione inglese ed empia del libro della messa cattolica romana. Se qualcuno le metteva in mano quel libro mentre soffriva, ne era sollevata. Eppure, badate bene, non ci fu modo di indurla a leggere il Paternostro, in qualunque libro lo trovasse, dimostrando così inconfutabilmente di essere complice del diavolo. La portai in casa mia, per poter combattere con Satana e colpirlo, come fece il dottor Martin Lutero[7]. Ma quando riunii in preghiera i membri della mia famiglia, i diavoli che la possedevano la fecero fischiare, cantare e urlare con versi striduli e infernali».

Proprio in quell'istante un fischio acuto e nitido trafisse le orecchie di tutti. Il dottor Mather tacque per un attimo.

«Satana è in mezzo a voi!», gridò. «State in guardia!» E si mise a pregare con fervore, come se un nemico pericoloso fosse lì presente; ma nessuno gli badò. Da dove era venuto quel fischio innaturale e sinistro? Ognuno sorvegliava il proprio vicino. Di nuovo quel fischio, proprio in mezzo a loro! E poi un trambusto in un angolo dell'edificio, il movimento di tre o quattro persone senza un motivo apertamente percettibile da chi si trovava a una certa distanza; il movimento si estese, e subito dopo, nella massa pur così fitta di persone, si aprì un varco per far passare due uomini, che portavano a braccia Prudence Hickson, rigida come un pezzo di legno, contratta e contorta come chi è colpito da un attacco epilettico. La adagiarono in mezzo ai ministri raccolti intorno al pulpito. Si avvicinò la madre, che lanciò un grido disperato, alla vista del corpo contorto della sua bambina. Il dottor Mather scese dal pulpito e, sovrastandola, cominciò ad esorcizzarla dal diavolo che la possedeva, come se fosse abituato a scene del genere. La folla premeva in avanti, muta dal terrore. Infine la rigidità del corpo e del viso si rilassò, e fu assalita da convulsio-

[7] La tradizione vuole che Lutero, tentato dal demonio, scagliasse contro quest'ultimo il suo calamaio per cacciarlo (N.d.r.).

ni tremende – lacerata dal demonio, si diceva allora. Dopo qualche tempo, la crisi violenta finì, e gli spettatori ripresero fiato, anche se l'orrore di poco precedente ancora li opprimeva e stavano in ascolto, quasi aspettandosi di risentire il fischio funesto, e si guardavano intorno impauriti, come se alle loro spalle Satana stesse scegliendo una nuova vittima.

Nel frattempo il dottor Mather, il pastore Tappau e qualche altro esortavano Prudence a rivelare, se poteva, il nome della persona, della strega, che intercedendo presso Satana aveva assoggettato la bambina alla tortura tremenda di cui erano appena stati testimoni. Le intimarono di parlare nel nome del Signore. Sussurrò un nome, con voce flebile dall'estenuazione. Tra la folla, nessuno riuscì a sentire qual era. Ma il pastore Tappau, che lo sentì, arretrò sgomento mentre il dottor Mather, non sapendo a chi appartenesse quel nome, gridò, con voce nitida e fredda:

«Conoscete una certa Lois Barclay? Perché è lei che ha stregato questa povera bambina».

Furono gli atti, più che le parole, a fornire la risposta, anche se si misero a mormorare in molti. Ma furono tutti a scostarsi, per quanto una simile calca lo permetteva, dal punto in cui si trovava Lois Barclay, guardandola stupefatti e inorriditi. Uno spazio di alcuni piedi, dove un attimo prima la possibilità di uno spazio era inconcepibile, si fece intorno a Lois, in piedi, sola, con tutti gli occhi fissi su di lei, carichi di odio e terrore. Stava lì, senza parole, ammutolita, come in sogno. Lei una strega! maledetta, come tutte le streghe, agli occhi di Dio e degli uomini! La sua pelle liscia, sana, si fece pallida e rugosa, ma non disse una sola parola e rimase a fissare il dottor Mather con occhi dilatati dal terrore.

Qualcuno disse: «Appartiene alla casa di Grace Hickson, una donna timorata di Dio». Lois non sapeva se queste parole erano in suo favore o no. In realtà non si soffermò ad esaminarle; per lei significavano meno che per tutti gli altri. Lei una strega! e lo scintillio argentato dell'Avon, e la donna che annegava vista nell'infanzia a Barford – a casa, in Inghilterra – tutto era di fronte a lei, e abbassò gli occhi davanti al suo destino. Ci fu una certa agitazione, un fruscio di carte; i magistrati della città si avvicinavano al pulpito per consultarsi con i ministri. Il dottor Mather riprese la parola.

«La donna indiana che è stata impiccata stamattina, ha nominato alcune persone, dichiarando di averle viste alle orribili adunanze degli adoratori di Satana; ma in quest'elenco non c'è il nome di Lois Barclay, anche se siamo impressionati di fronte ai nomi di alcuni...»

Un'interruzione; un consulto. Di nuovo il dottor Mather prese la parola.

«Portate la strega sotto accusa, Lois Barclay, vicino a questa povera, sofferente bambina di Cristo».

Si precipitarono verso Lois per spingerla verso il punto dove giaceva Prudence. Ma Lois si mosse da sola.

«Prudence», disse con voce così dolce e toccante, che chi la sentì quel giorno, ne parlò per molto tempo in seguito ai propri figli; «quando mai ti ho detto una parola scortese, o tanto meno fatto uno sgarbo? Parla, bambina cara. Poco fa non sapevi cosa stavi dicendo, vero?»

Ma Prudence si ritrasse da lei smaniando e urlando, come in preda a un nuovo attacco.

«Portatela via! portatela via! Strega Lois, strega Lois! Solo stamattina mi ha buttata in terra e mi ha coperto di lividi il braccio». E si scoprì il braccio, come a voler confermare le sue parole. Era gravemente contuso.

«Ma non ero vicina a te, Prudence!», disse Lois con tristezza. E questo non fece che comprovare ulteriormente il suo potere diabolico.

La mente di Lois iniziò a confondersi. Strega Lois! lei una strega, aborrita dagli uomini! Eppure doveva tentare di pensare, di fare ancora uno sforzo.

«Zia Hickson», disse, e Grace venne avanti; «sono una strega, zia Hickson?», chiese; perché, per quanto severa arcigna e fredda potesse essere, la zia era la verità in persona e Lois pensò – così vicina era ormai al delirio – che se la condannava sua zia, era davvero possibile che fosse una strega.

Grace Hickson con riluttanza la guardò in faccia.

«Questa macchia resterà per sempre sulla nostra famiglia», era il suo pensiero.

«È Dio che deve giudicare se sei una strega o no. Non io».

«Ahimè, ahimè!», gemette Lois, poiché aveva guardato Faith, e aveva capito che nessuna parola buona le poteva venire da quel viso cupo, da quegli occhi rivolti altrove. L'edificio risuonava dell'eccitazione di voci, soffocate dal rispetto per il luogo in un mormorio diffuso che sembrava riempire l'aria con suoni di ferocia crescente, e quelli che dapprincipio si erano ritratti dal posto dov'era Lois, cominciarono ad accalcarsi intorno a lei, pronti ad afferrare la ragazza giovane e indifesa, per portarla in prigione. Chi avrebbe potuto e dovuto esserle amico, era ostile o indifferente; anche se Prudence era la sola ad accusarla apertamente. La bambina maligna continuava a gridare che Lois le aveva fatto una fattura diabolica, e supplicava di tener lontana la strega; e in realtà Prudence si contorse in modo bizzarro quando, per una o due volte, gli occhi perplessi e ansiosi di Lois si rivolsero a lei. Da più punti giungevano strane grida di bambine e donne, apparentemente colte dallo stesso attacco convulso che aveva colpito Prudence; le circondavano agitati gruppi di amici che mormoravano parole selvagge sulla stregoneria, e sulla lista che era stata raccolta direttamente dalle labbra di Hota solo la sera prima. Pretendevano che fosse resa pubblica e protestavano contro le lungaggini della legge. Altri, non così direttamente o fortemente interessati alle vittime, stavano in ginocchio e pregavano a voce alta per se stessi e per la propria incolumità, in attesa che l'eccitazione si placasse tanto da permettere al dottor Cotton Mather di far di nuovo sentire le sue parole di avvertimento e preghiera.

E Manasseh dov'era? E lui cosa disse? Dovete ricordare che lo scalpore suscitato dal nome urlato, l'accusa, gli appelli dell'accusata, tutto sembrava accadere contemporaneamente, tra il brusio e il frastuono della folla che si era recata lì per adorare Dio, ma vi rimaneva per giudicare e biasimare una propria simile. Sino a quel momento Lois aveva visto solo di sfuggita Manasseh che evidentemente cercava di venire avanti, mentre sua madre lo tratteneva con parole e gesti, come Lois sapeva che avrebbe fatto; poiché non era quella la prima volta che si rendeva conto di quanto accuratamente la zia avesse sempre protetta la buona reputazione del figlio dal minimo sospetto dei concittadini sui suoi periodi di eccitazione e di insania incipiente. Nei giorni in cui immaginava di sentire voci profetiche e di avere visioni, sua madre faceva di tutto per impedire a chiunque, a parte i familiari, di vederlo; e in quel momento, con un'intuizione più veloce del pensiero – le bastò quell'occhiata al suo viso, che le apparve esangue e contratto nell'intensità dell'espressione, tra tutte quelle facce semplicemente arrossate e feroci – Lois seppe che il suo stato avrebbe reso vano ogni sforzo della madre perché non si facesse notare. Non servì a niente la forza che Grace usò, e neanche i suoi argomenti; quali che fossero. Dopo un attimo fu a fianco di Lois, balbettando per l'eccitazione e fornendo testimonianze vaghe, che sarebbero valse a poco in una corte di giustizia pacata, e che per quel pubblico furono come olio su un fuoco che bruciava lento.

«Via, in prigione!» «Scovate le streghe!» «Il peccato si è diffuso in tutte le case!» «Satana è qui in mezzo a noi!» «Colpite senza pietà!» Invano risuonò la voce del dottor Cotton Mather in alte preghiere che incolpavano la ragazza accusata; nessuno ascoltava, tutti erano ansiosi di rinchiudere Lois, quasi nel timore che sparisse da un momento all'altro; lei, pallida, tremante, inerte, nella stretta violenta di uomini estranei e feroci, mentre solo gli occhi dilatati vagavano di tanto in tanto alla ricerca di un viso pietoso – uno solo tra quelle centinaia, e non fu possibile trovarlo. Mentre alcuni andavano a prendere corde per legarla, e altri, con domande sussurrate, suggerivano nuove accuse al cervello sconvolto di Prudence, Manasseh riuscì ancora a farsi sentire. Rivolgendosi al dottor Cotton Mather disse, evidentemente ansioso di esporre un argomento che gli si era appena presentato alla mente:

«Signore, che sia o non sia una strega, la fine di questa vicenda mi è stata predetta dallo spirito profetico. E dunque, reverendo signore, se l'evento era noto allo spirito, deve esser stato predestinato nei concili di Dio. E allora, perché punirla per aver compiuto ciò che non era libera di scegliere?»

«Mio giovane uomo», disse il dottor Mather sporgendosi dal pulpito e guardando Manasseh con grande severità, «stai attento! rasenti la blasfemia».

«Non mi importa. Lo ripeto. O Lois Barclay è una strega, o non lo è. Se lo è, è stata predestinata ad esserlo, poiché per mesi e mesi ho avuto una visione della morte di Lois, condannata per stregoneria, e la voce mi ha detto che vi era solo una possibilità di salvezza per lei – Lois, la voce che sai». Nella sua eccitazione cominciò un po'a divagare ma era commovente vedere com'era consapevole che lasciandosi andare, avrebbe perso il filo dell'argomentazione logica con cui sperava di dimostrare l'impunibilità di Lois, e con quale sforzo strappava la sua immaginazione dalle vecchie idee e lottava per concentrare la mente sulla perorazione, volta a dimostrare che, se Lois era una strega, l'evento gli era stato rivelato dalla profezia; e se vi era profezia, vi doveva essere prescienza; se prescienza, predestinazione; se predestinazione, assenza di libero arbitrio, e dunque Lois non era giustamente passibile di pena.

Continuò a parlare, sprofondando nell'eresia, non curandosene, più infervorato di minuto in minuto, ma attento a tradurre la sua passione in serrato argomentare e disperato sarcasmo, senza permetterle di eccitare l'immaginazione. Persino il dottor Mather si sentì sul punto di avere la peggio davanti all'intera congregazione, che solo mezz'ora prima lo aveva considerato quasi infallibile. Non ti abbattere, Cotton Mather! gli occhi del tuo rivale si vanno facendo lucidi e sfavillanti di bagliori terribili e incerti allo stesso tempo, il suo discorso va perdendo in coerenza, alle sue argomentazioni si mescolano squarci selvaggi su rivelazioni ancor più selvagge fatte a lui soltanto. Ha raggiunto il limite, ha oltrepassato i confini della blasfemia, e con un urlo tremendo di biasimo e di orrore, la congregazione tutta è in piedi contro il bestemmiatore. Il dottor Mather sorrise, beffardamente, e la folla fu pronta a lapidare Manasseh che, incurante, continuava a parlare e vaneggiare.

«Fermi, fermi!», disse Grace Hickson, mentre nell'imminente pericolo di vita scompariva la difesa del decoro e il senso del pudore, che le avevan fatto nascondere la misteriosa sventura del suo unico figlio agli occhi della gente. «Non lo toccate. Ha un attacco. Vi dico la verità davanti a Dio. Mio figlio, il mio unico figlio, è pazzo».

A quelle parole rimasero atterriti. Il giovane concittadino serio, che giorno dopo giorno era vissuto silenziosamente accanto a loro – senza troppi contatti, è vero, ma forse proprio per questo rispettato maggiormente – lo studioso di astrusi libri teologici, in grado di conversare con i più dotti ministri mai giunti da quelle parti, era lo stesso uomo che in quel momento riversava parole selvagge sulla strega Lois, come se lì presenti non vi fossero che loro due! Una risposta a tutto si fece strada nella loro mente. Anche lui era una vittima. Immenso era il potere di Satana! Attraverso i suoi artifici diabolici, quella bianca statua di una ragazza aveva soggiogato l'anima di Manasseh Hickson. E così la parola passò di bocca in bocca. E Grace la sentì. Fu come un balsamo per lenire la vergogna. Consapevolmente, disonestamente cieca, non volle vedere; neppure nel segreto del suo cuore volle riconoscere che Manasseh era stato strano e scontroso e violento, molto prima che la ragazza inglese arrivasse a Salem. Trovò persino un motivo capzioso al suo tentato suicidio di tanto tempo prima. Aveva avuto la febbre, e per quanto si fosse relativamente ripreso, il delirio non era scomparso del tutto. Ma da quando era giunta Lois, com'era ostinato, a volte! e irragionevole! e scontroso! Che strana illusione nutriva su una voce che gli diceva di sposarla! E che determinazione a seguirla dappertutto e a starle attaccato, quasi fosse forzato ad amarla! E su tutto predominava l'idea che se davvero soffriva perché stregato, allora non era pazzo, e se si fosse infranta la malia che lo legava, avrebbe potuto rioccupare nella congregazione e nella città la posizione onorata di un tempo. Così Grace fece propria e incoraggiò negli altri l'opinione che Lois Barclay aveva stregato sia Manasseh che Prudence. E in conseguenza di questa convinzione, Lois doveva essere processata, con poche probabilità a lei favorevoli, per vedere se era o non era una strega; e se lo era, per vedere se avrebbe confessato, implicato altri, e se si sarebbe pentita per vivere una vita di amara vergogna, evitata da tutti, trattata crudelmente dai più; o se sarebbe morta impenitente, caparbiamente negando il suo crimine fin sulla forca.

E così la trascinarono via dalla congregazione cristiana, in prigione ad attendere il processo. Ho detto «la trascinarono» poiché, pur disposta a seguirli docilmente dovunque avessero voluto, era ormai così debole da aver bisogno di un sostegno esterno – povera Lois! lei che nella sua estenuazione avrebbero dovuto portare e accudire con amore, e che invece tutti, convinti della sua complicità nelle pratiche maligne di Satana, detestavano a tal punto, da trattarla con la stessa indifferenza di un bambino che maneggia un rospo prima di gettarlo oltre il muro.

Quando Lois tornò in sé, si trovò distesa su un lettino duro, in una stanza quadrata e buia che, come intuì subito, doveva far parte della prigione cittadina. Aveva una superficie di circa otto piedi, muri di pietra su ogni lato, e una grata in alto, da cui entrava quel po' di luce e aria, che l'apertura di un piede quadrato lasciava filtrare. Tutto era così triste, così tetro, per la povera ragazza che lentamente e dolorosamente rinveniva dal suo lungo deliquio. Aveva un bisogno estremo di aiuto nella fatica che sempre sopravviene dopo uno svenimento, quando lo sforzo è di aggrapparsi alla vita, e la volontà sembra non farcela. Dapprincipio non capì dov'era; non capì come vi era giunta, e nemmeno le importava di capire. L'impulso istintivo fu di continuare a giacere immobile, e dar tempo al tumulto delle emozioni di calmarsi. Così richiuse gli occhi. Con infinita lentezza il ricordo della scena nel luogo di riunione si configurò davanti a lei come una sorta di quadro. Fu come se da dietro le palpebre vedesse quella distesa di facce piene di ribrezzo, che la fissavano come qualcosa di immondo e odioso. E dovete ricordare, voi che nel diciannovesimo secolo leggete questo resoconto, che la stregoneria era un peccato spaventoso per lei, Lois Barclay, duecent'anni fa. L'espressione di quelle facce, impressa nel cuore e nella mente, stimolò in lei una sorta di strana partecipazione. Poteva mai esser vero, mio Dio, che Satana esercitasse su di lei e sulla sua volontà quel potere terrificante di cui aveva sentito e letto? Poteva esser realmente posseduta dal diavolo, realmente essere una strega, eppure non averlo saputo fino ad allora? E l'immaginazione eccitata richiamò con singolare vivezza tutto quello che le era capitato di sentire sull'argomento – l'orrendo sacramento di mezzanotte, l'effettiva presenza di Satana, il suo potere. Ricordando poi ogni pensiero irato contro il suo prossimo, contro l'impertinenza di Prudence, contro l'arrogante autorità di sua zia, contro l'ostinazione folle della richiesta di Manasseh, l'indignazione – solo quella mattina, ma ormai lontana epoche nel tempo per lei divenuto reale – per l'ingiustizia di Faith; e quei pensieri, potevano mai essersi caricati di potere demoniaco ad opera del padre di ogni male, ed essersi sparsi a sua insaputa nel mondo, come maledizioni operanti? E così, selvaggiamente turbinavano i pensieri nella mente della povera ragazza – la ragazza scagliata all'interno di sé. Infine, l'assillo smanioso dell'immaginazione la spinse improvvisamente ad alzarsi. E questo cos'era? Un peso di ferro ai piedi – un peso che in seguito il carceriere di Salem dichiarò «non superiore alle otto libbre». Fu un bene per Lois che si trattasse di un male tangibile, che la riportò indietro dai deserti sconfinati e selvaggi in cui la sua immaginazione vagava. Prese in mano il ferro, vide la calza rotta, la caviglia contusa, e cominciò a piangere pietosamente per una strana compassione verso se stessa. Temevano dunque che persino in quella cella trovasse il modo di fuggire. Ebbene, l'assoluta ridicola impossibilità della cosa, la convinse di essere innocente e ignara di poteri soprannaturali; e il ferro pesante curiosamente la fece rinvenire dalle illusioni che sembravano infittirsi intorno a lei.

No! mai sarebbe potuta volar via da quella profonda prigione; non vi era possibilità di scampo, naturale o soprannaturale, per lei, se non attraverso la pietà umana. E cos'era la pietà umana in quel tempo di panico? Lois sapeva che non era nulla; l'istinto, più che la ragione, le diceva che il panico richiama la codardia; la codardia, la crudeltà. Eppure, quando si trovò con i ferri ai piedi, pianse, pianse liberamente e per la prima volta. Era così crudele, sembrava che il suo prossimo avesse davvero imparato a odiarla e a temerla – di pensieri collerici ne aveva avuti, è vero, Dio la perdoni, ma non si eran mai concretati in parole e tanto meno in azioni. E in realtà persino in quel momento avrebbe potuto amarli tutti, i suoi familiari, se solo glielo avessero permesso; sì, persino allora, pur sapendo che erano state l'aperta accusa di Prudence e la reticenza di sua zia e di Faith ad averla ridotta in quella grave situazione. Sarebbero mai venuti a trovarla? Pensieri più gentili verso di lei – che per mesi e mesi aveva diviso con loro il pane quotidiano – li avrebbero mai condotti lì per chiederle se davvero avesse provocato il male di Prudence, il disordine mentale di Manasseh?

Non venne nessuno. Pane e acqua furono spinti nella cella da qualcuno che frettolosamente aprì e richiuse a chiave la porta, e non si curò di vedere se erano a portata di mano della prigioniera, o forse pensò che i fatti fisici contassero poco per una strega. Ci volle molto tempo prima che Lois riuscisse a raggiungerli; non le era scomparsa del tutto la fame naturale della giovinezza, e fu quella a suggerirle di allungarsi sul pavimento, sforzandosi faticosamente di arrivare al pane. Dopo averne mangiato un po', la luce del giorno cominciò a svanire, e pensò di stendersi per cercar di dormire. Ma prima di farlo, il carceriere la sentì cantare l'inno della sera:

«Gloria a Te, mio Dio, in questa notte,
Per tutte le benedizioni della luce».

E un ottuso pensiero si affacciò alla sua mente ottusa: poteva esser grata di ben poche benedizioni, se dopo quella giornata intonava l'inno in ringraziamento di ciò che, se era una strega, era stata la vergognosa rivelazione delle sue pratiche abominevoli, e se non lo era... Ma a questo punto delle sue considerazioni stupite, la mente gli si arrestò bruscamente. Lois si inginocchiò e disse il Paternostro, esitando un attimo davanti a una sola clausola, per esser sicura di perdonare davvero dal profondo del cuore. Poi si guardò la caviglia e di nuovo le si riempirono gli occhi di lacrime, ma non tanto perché sentiva dolore, quanto perché gli uomini dovevano odiarla spietatamente se la trattavano così. Poi si stese e si addormentò.

Il giorno seguente, fu condotta dinanzi al signor Hathorn e al Signor Curwin, giudici di Salem, per esser formalmente e pubblicamente accusata di stregoneria. Ve n'erano altre insieme a lei, con la stessa imputazione. E quando le prigioniere furono fatte entrare, la folla inorridita si mise a urlare contro di loro. Le due Tappau, Prudence, e una o due bambine della stessa età, si trovavano lì, nel ruolo di vittime stregate. Le prigioniere furono fatte fermare a una distanza di sette o otto piedi dai giudici, e le accusatrici stavano in mezzo; alle imputate fu poi ordinato di mettersi esattamente davanti ai giudici. Lois ubbidì a ogni singolo comando, con la docilità stupita di una bambina, ma senza alcuna speranza di intenerire il duro sguardo insensibile, carico di ribrezzo, che era su tutte le facce intorno a lei, tranne su quelle che una rabbia ancora più feroce deformava. Poi a un ufficiale fu detto di tenerle tutt'e due le mani, e il giudice Hathorn le ordinò di fissare gli occhi su di lui senza distoglierli, poiché temevano – questo comunque non le fu detto – che guardando Prudence, la bambina potesse avere un attacco convulso o mettersi a urlare per improvvisi e violenti dolori. Se qualcuno in quella massa crudele si fosse potuto commuovere, avrebbe provato pietà per il viso soave e giovane della ragazza inglese, attenta a eseguire docilmente quanto le ordinavano, quel viso così bianco, eppure così pieno di triste dolcezza, quegli occhi grigi un po' dilatati per la solennità stessa della sua posizione, fissi sul volto severo del giudice Hathorn, con lo sguardo intento della casta innocenza. Rimasero così, in silenzio, per un lungo trepidante minuto. Poi fu loro ordinato di recitare il Paternostro. Lois lo disse come se fosse stata sola nella sua cella; ma come aveva fatto da sola nella sua cella la notte precedente, si fermò un attimo, prima di pregare di esser perdonata come lei perdonava. E a quell'attimo di esitazione – come se non avessero atteso altro – tutti urlando la proclamarono strega, e quando il frastuono cessò, i giudici ordinarono a Prudence Hickson di venire avanti. Allora Lois si girò leggermente di lato, desiderosa di vedere almeno un viso conosciuto; ma quando il suo sguardo si posò su Prudence, la bambina si immobilizzò, non rispose ad alcuna domanda, non disse una sola parola, e i giudici dichiararono che la stregoneria l'aveva resa muta. Poi qualcuno da dietro prese Prudence sotto le braccia, cercando di spingerla in avanti, a toccare Lois, ritenendo forse di poter curare così la bambina stregata. Ma non le avevan neanche fatto percorrere tre passi, che Prudence si divincolò dalla stretta e cadde a terra, contorcendosi come in preda a una crisi, urlando e supplicando Lois di aiutarla e salvarla dal suo tormento. Poi tutte le bambine cominciarono a «ruzzolare come maiali» (per usare le parole di un testimone) e a urlare contro Lois e le altre prigioniere. A costoro fu ordinato di rimanere in piedi allargando le braccia, poiché si credeva che se i corpi delle streghe venivano disposti a forma di croce, avrebbero perduto il loro empio potere. Dopo qualche tempo Lois sentì le forze venirle meno per l'affaticamento della posizione inconsueta che aveva sopportato pazientemente sinché il dolore e la stanchezza le avevan bagnato il viso di sudore e lacrime; allora gemendo chiese a bassa voce di potersi riposare un po', appoggiando la testa al tramezzo di legno. Ma il giudice Hathorn le disse che la forza per tormentare gli altri ce l'aveva e quindi poteva benissimo star dritta. Sospirò appena e continuò a sopportare, mentre il clamore contro di lei e le altre accusate cresceva di minuto in minuto; l'unico modo per non perdere completamente conoscenza, era di non pensare alla sofferenza e al pericolo di quel momento, recitando dentro di sé versi dei salmi, come riusciva a ricordarli, sulla fede in Dio. Infine fu dato l'ordine che la riportassero in prigione, e vagamente capì che per lei e alcune altre era stato emesso il verdetto di impiccagione per stregoneria. Molti sguardi famelici si fissarono allora su Lois, per vedere se avrebbe pianto per la condanna. Se avesse avuto la forza per piangere, forse avrebbero potuto – ma che lo facessero davvero era solo una possibilità – considerarlo un argomento in sua difesa, dato che le streghe non potevano versar lacrime; ma lei era troppo spossata e stordita. L'unica cosa che voleva era di stendersi di nuovo sul letto della cella, irraggiungibile agli urli di ribrezzo degli uomini, inaccessibile ai loro sguardi crudeli. E così la riportarono in prigione, senza parole e senza lacrime.

Ma il riposo le restituì la capacità di pensare e di soffrire. Era dunque vero che doveva morire? Lei, Lois Barclay, con tutta la salute, la giovinezza, l'amore, la speranza di un tempo, prima di quegli ultimi pochi giorni! Cosa avrebbero detto a casa – la sua vera, amata casa a Barford, in Inghilterra? Lì l'avevano amata; Lì se n'era andata in giro tutto il giorno per i bei prati in riva all'Avon, cantando felice. Ma perché erano morti, suo padre e sua madre, lasciandole quell'imposizione di venire nel paese crudele della Nuova Inghilterra, dove nessuno l'aveva voluta, nessuno si era preso cura di lei, e dove ora stavano per mandarla a morte vergognosamente, come una strega? E non vi era nessuno a cui affidare messaggi d'amicizia per quelli che mai più avrebbe rivisto. Mai più! Il giovane Lucy era vivo, allegro – forse pensava a lei, e alla sua espressa intenzione di venirla a prendere quella stessa primavera, per portarla a casa e sposarla. Forse l'aveva dimenticata; chi poteva saperlo. Solo una settimana prima, si sarebbe indignata a quella sua sfiducia nell'aver potuto pensare anche solo per un attimo che lui l'avesse dimenticata.

Ma a quel punto, diffidò per qualche tempo della bontà di chiunque; poiché gli uomini intorno a lei erano implacabili, crudeli, spietati.

Poi si girò e si prese a schiaffi (parlando figurato) per aver dubitato di lui. Oh! se solo fosse stata con lui! se solo avesse potuto esser con lui! Non l'avrebbe lasciata morire; l'avrebbe nascosta tra le braccia, proteggendola dalla furia di quella gente, e l'avrebbe riportata nella sua vecchia casa di Barford. E forse in quello stesso momento navigava sul grande mare blu, ed era sempre più vicino, sempre più vicino, ma sarebbe giunto troppo tardi lo stesso.

Così i pensieri si inseguirono nella sua mente eccitata per tutta la notte, sinché spasmodicamente si aggrappò alla vita, e freneticamente pregò di non morire; almeno non così presto, non così giovane!

Il giorno seguente, a tarda mattina, il pastore Tappay e alcuni consiglieri la svegliarono da un sonno pesante. Per tutta la notte aveva tremato e pianto, sinché la luce del mattino era filtrata tra le sbarre della finestrella quadrata su in alto, calmandola e facendola addormentare; sinché, come ho detto, fu svegliata dal pastore Tappau.

«Alzati!», le disse, evitando di toccarla, superstiziosamente convinto dei suoi poteri diabolici. «È mezzogiorno».

«Dove sono?», disse, frastornata dal risveglio inconsueto, e dallo spiegamento di facce severe che la fissavano cariche di biasimo.

«Sei nella prigione di Salem, condannata per stregoneria».

«Ahimè! per un attimo me n'ero dimenticata», disse, chinando la testa sul petto.

«Di sicuro è stata fuori tutta la notte, per una delle sue cavalcate infernali, e stamattina è stanca e confusa», sussurrò uno a voce così bassa che non credeva di poter essere udito; ma lei alzò gli occhi e lo guardò con muto rimprovero.

«Siamo venuti», disse il pastore Tappau, «per esortarti a confessare il tuo peccato grande e multiforme».

«Il mio peccato grande e multiforme!», ripeté Lois tra sé, scuotendo la testa.

«Sì, il tuo peccato di stregoneria. Se confessi, vi può essere ancora balsamo a Galaad».

Uno dei consiglieri, preso da pietà per l'aspetto esangue e smunto della ragazza, disse che se confessava e si pentiva ed espiava, era ancora possibile che le fosse risparmiata la vita.

Un lampo improvviso le illuminò gli occhi infossati e opachi. Era ancora possibile vivere? Era ancora in suo potere riuscirvi? E poi, chi poteva dire quanto fosse imminente l'arrivo di Hugh Lucy, che l'avrebbe portata via di là per sempre, per darle la serenità di una nuova casa! Vita! Oh, allora non ogni speranza era perduta, forse poteva ancora vivere, poteva non morire. Ma ancora una volta la verità le uscì dalle labbra, quasi senza intervento della sua volontà.

«Non sono una strega», disse.

Allora il pastore Tappau le mise una benda sugli occhi, senza che facesse la minima resistenza, solo chiedendosi con stanco stupore cos'altro sarebbe accaduto. Sentì gente che entrava piano nella prigione, la sentì bisbigliare; poi le alzarono le mani e le fecero toccare qualcuno lì vicino, e dopo un attimo sentì il rumore di una lotta, e la nota voce di Prudence che urlava in preda a una crisi isterica, e gridava che la portassero via, fuori da quel luogo. Lois suppose che qualche giudice dovesse aver manifestato dei dubbi sulla sua colpevolezza, e avesse preteso un'ulteriore prova. Si sedette stancamente sul letto, pensando che doveva trattarsi di un brutto sogno, talmente le sembrava di essere circondata da pericoli e nemici. Quelli che si trovavano nella cella – e dalla pesantezza dell'aria intuì che erano in molti – continuarono a parlare freneticamente, a bassa voce. Non cercò di capire il senso dei frammenti di frasi che giungevano alla sua mente torpida sinché, d'un tratto, una o due parole le fecero comprendere che stavano discutendo sull'opportunità di usare la frusta o la tortura per farla confessare, e rivelare il modo di sciogliere dall'incantesimo quelli che aveva stregato. Un brivido di terrore la percorse, e ad alta voce implorò:

«Oh signori, vi supplico, non usate dei mezzi così tremendi. Potrei dire qualunque cosa – sì, potrei accusare chiunque se fossi sottoposta ai tormenti di cui ho sentito parlare. Sono così giovane, e non ho il coraggio o la bontà di tante altre ragazze».

Uno o due si commossero vedendola lì in piedi con le lacrime che le scendevano da sotto il ruvido fazzoletto strettamente legato sugli occhi, con la rumorosa catena che assicurava il peso di ferro alla caviglia sottile, con le mani strette insieme quasi a impedire un moto convulso.

«Guardate!», disse uno di loro. «Sta piangendo. Dicono che le streghe non possono versare lacrime».

Ma un altro respinse beffardamente quella prova, e gli ricordò che persino i suoi familiari, gli Hickson, avevano testimoniato contro di lei.

Di nuovo le fu ingiunto di confessare. Le furon lette le accuse a suo carico che – dissero – tutti ritenevano ampiamente dimostrate, e le testimonianze addotte a prova. Le dissero che, in considerazione della famiglia devota cui apparteneva, era stato deciso dai magistrati e dai ministri di Salem di risparmiarle la vita, qualora avesse confessato la sua colpa, avesse fatto ammenda e si fosse sottomessa alla sua penitenza; ma in caso di rifiuto, sarebbe stata impiccata insieme ad altre condannate per stregoneria, sulla piazza del mercato di Salem la mattina del giovedì successivo (il giovedì era giorno di mercato). Quand'ebbero finito di parlare, aspettarono in silenzio la sua risposta. Passarono uno o due minuti prima che parlasse. Nel frattempo si era di nuovo seduta sul letto, poiché era davvero molto debole. Chiese:

«Signori, potreste levarmi dagli occhi questa benda, che mi fa molto male?»

Non sussistendo più la ragione per cui era stata bendata, le fu levata la fascia e le fu permesso di vedere. Guardò pietosamente le facce severe intorno a lei, torve nell'attesa della risposta che avrebbe dato. Poi parlò.

«Signori, devo scegliere la morte con la coscienza tranquilla, piuttosto che la vita a prezzo di una menzogna. Non sono una strega. Quasi non riesco a comprendere cosa vogliate dire, quando lo affermate. Ho fatto tante, tante cose sbagliate nella mia vita; ma credo che Dio mi perdoni per amore di Cristo».

«Non pronunciare il Suo nome con quella bocca maligna», disse il pastore Tappau, infuriato per la sua decisione di non confessare e trattenendosi a malapena dal percuoterla. Lois ne intuì la voglia e si ritrasse, impaurita e spaventata. Poi il giudice Hathorn lesse solennemente il verdetto ufficiale su Lois Barclay, riconosciuta colpevole di stregoneria, e condannata a morte per impiccagione. Mormorò qualcosa che nessuno comprese appieno, ma che suonava come una preghiera di aver pietà e compassione di lei, così giovane e abbandonata da tutti. Poi la lasciarono agli orrori della sua cella solitaria e ripugnante, e allo strano terrore della morte vicina.

Fuori dalla prigione, la paura delle streghe e l'eccitazione contro la stregoneria andava aumentando con rapidità impressionante. Molte donne, e anche uomini, venivano accusati senza riguardo alla loro condizione sociale o alla loro condotta precedente. Si dice poi che più di cinquanta persone fossero tormentosamente vessate dal demonio, e da chi ne aveva condiviso il potere con scopi abietti e maligni. Oggi nessuno può sapere quanto astio si mescolasse a quell'accusa, astio personale, definito e inconfondibile. Le spaventose statistiche di quel tempo ci dicono che cinquantacinque persone evitarono la morte riconoscendosi colpevoli, centocinquanta furono imprigionate, più di duecento accusate, e oltre venti messe a morte; tra queste, il pastore che ho chiamato Nolan, che, secondo l'opinione comune, patì le conseguenze dell'avversione che il suo collega nutriva per lui. Un vecchio, sprezzando l'accusa, e rifiutando di difendersi al processo, fu mandato a morte in conformità alla legge, per la sua ostinazione ribelle. Persino i cani vennero accusati di stregoneria, patirono le pene legali, e sono registrati tra i condannati a morte. Un giovane trovò il modo di far evadere sua madre di prigione, scappò con lei a cavallo, e la nascose nella Palude di Blueberry, non lontano dal Rio Taplay, nel Grande Pascolo; la tenne nascosta in una tenda che aveva montato per offrirle un riparo, le procurò cibo e vesti, e le fu di sostegno e conforto, sinché l'insensatezza fu passata. Ma la povera creatura deve aver sofferto terribilmente poiché, nel tentativo quasi disperato di farla uscire di prigione, si era fratturata un braccio.

Ma non ci fu nessuno a tentar di salvare Lois. Grace Hickson, se avesse potuto, l'avrebbe ignorata del tutto. La stregoneria imprimeva un tale marchio su un'intera famiglia, che a quei tempi, la vita onorata di più generazioni, non era considerata sufficiente a cancellarlo. E inoltre dovete ricordare che Grace, come la maggior parte della gente di allora, credeva fermamente nell'esistenza del peccato di stregoneria. La povera Lois, abbandonata da tutti, vi credeva lei stessa, e la sua paura ne fu intensificata quando il carceriere, in uno stato d'animo insolitamente comunicativo, le disse che al momento quasi ogni cella era piena di streghe, e se continuavano ad arrivare, poteva darsi che ne dovesse mettere una lì con lei. Lois sapeva di non essere una strega; ma ciononostante era convinta che quel crimine fosse diffuso e ampiamente praticato da persone malvagie che avevan scelto di dare l'anima a Satana; e rabbrividì dal terrore alle parole del carceriere, e avrebbe voluto chiedere di risparmiarle una simile compagnia, se possibile. Ma, in certo modo, la sua mente stava cominciando a cedere, e non riuscì a ricordare le parole giuste per formulare la richiesta prima che lui se ne andasse.

L'unico che si struggeva per Lois – che le si sarebbe dimostrato amico, se avesse potuto – era Manasseh: il povero, pazzo Manasseh. Ma le sue parole erano così selvagge e sfrenate, che sua madre a fatica ne nascose la condizione agli occhi della gente. A questo scopo gli diede un sonnifero; e mentre giaceva pesante e inerte sotto l'effetto dell'infuso di papavero, lo legò con delle corde al massiccio letto antico in cui dormiva. Aveva un aspetto disperato compiendo l'atto che ammetteva la degradazione del suo primogenito – colui di cui era sempre stata così fiera.

Tardi quella sera, Grace Hickson comparve nella cella di Lois, tutta avvolta nel mantello, col cappuccio calato fin sugli occhi. Lois sedeva quieta, giocherellando pigramente con un laccetto che la mattina era caduto dalla tasca di un magistrato. Sua zia era lì accanto a lei in silenzio da un po' di tempo, prima che Lois sembrasse accorgersi della sua presenza. Improvvisamente alzò gli occhi ed emise un grido soffocato, ritraendosi dalla forma oscura. Poi, come se il suo grido avesse sciolto la lingua di Grace, questa iniziò a parlare: «Lois Barclay, ti ho mai fatto del male?» Grace non sapeva quante volte la sua mancanza di amorevolezza avesse ferito il cuore sensibile della straniera che viveva sotto il suo tetto; né Lois se ne ricordò in quel momento. Al contrario, la sua memoria era piena di gratitudine per tutto quello che una persona meno coscienziosa di sua zia avrebbe tralasciato e che lei invece aveva fatto, e quasi le tese le braccia, come a un'amica in quel luogo desolato, mentre rispondeva:

«No, no! sei stata molto buona! molto gentile!»

Ma Grace non si mosse.

«Non ti ho mai fatto del male, anche se non mi è mai stato chiaro perché sei venuta da noi».

«Mi ha mandata mia madre sul letto di morte», gemette Lois, coprendosi il viso. Era sempre più buio. Sua zia stava in piedi, immobile e silenziosa.

«Hai subito dei torti da qualcuno dei miei?», chiese, dopo un po'.

«No, no; mai, finché Prudence ha detto... Oh, zia, pensi che io sia una strega?» E a quelle parole Lois si alzò, tenendosi al mantello di Grace, e tentando di leggerle in viso. Grace si ritrasse impercettibilmente dalla ragazza che temeva e che allo stesso tempo cercava di ingraziarsi.

«L'hanno detto persone più sagge di me e più pie di me. Oh Lois, Lois! era il mio primogenito. Liberalo dal demonio, in nome di Colui che non oso nominare in questo posto terribile, gremito di coloro che hanno rinunciato alla speranza contenuta nel battesimo; libera Manasseh dalla sua condizione orrenda, se mai io o i miei ti abbiamo usato delle gentilezze!»

«Mi supplichi nel nome di Cristo», disse Lois. «Io lo posso dire, quel nome santo – perché, zia, davvero, per la santa verità, io non sono una strega; e devo morire lo stesso... impiccata! Zia, non lasciare che mi uccidano! Sono così giovane e, che io sappia, non ho mai fatto del male a nessuno».

«Zitta! vergogna! Oggi pomeriggio ho legato il mio primogenito con grosse corde, per impedirgli di farsi o farci del male – a tal punto è forsennato. Lois Barclay, guarda!» E Grace si inginocchiò ai piedi di sua nipote, e giunse le mani, come per pregare; «sono una donna orgogliosa, che Dio mi perdoni! e non mi è mai venuto in mente di inginocchiarmi davanti a nessuno, tranne che a Lui. E ora mi inginocchio ai tuoi piedi, per supplicarti di liberare dai tuoi incantesimi i miei figli, e soprattutto mio figlio Manasseh. Lois, ascoltami, e pregherò l'Onnipotente per te, se ancora vi può esser pietà».

«Non posso; non ho mai fatto del male né a te, né ai tuoi. Come faccio a disfarlo? Come?» E si torse le mani nella disperata convinzione della propria impotenza.

Allora Grace si alzò, lenta, rigida e torva. Rimase in piedi nell'angolo più discosto della cella, lontana dalla ragazza in catene, accanto alla porta, pronta a scappar via non appena avesse maledetto la strega, che non voleva o non poteva disfare il male che aveva provocato. Grace alzò la mano destra, e continuò a tenerla alzata mentre malediceva Lois in eterno, per il suo peccato mortale e per la mancanza di pietà persino in quegli ultimi momenti. E infine le intimò di incontrarla davanti al Tribunale supremo, per rispondere della pena fatale inflitta alle anime e ai corpi di quelli che l'avevano accettata e accolta in casa, quand'era venuta da loro, orfana e straniera.

Sino a quell'ultima ingiunzione, Lois era rimasta ferma, come chi ascolta la propria sentenza senza potervi opporre nulla, poiché sa che sarebbe vano. Ma alzò il capo quando sentì sua zia parlare del Tribunale supremo, e quando Grace tacque, anche lei alzò la mano destra, come per impegnarsi solennemente con quel gesto, e rispose:

«Zia! ti incontrerò là. E là vedrai che sono innocente da questo peccato mortale. Che Dio abbia pietà di te e dei tuoi!»

La calma della sua voce infuriò Grace che si chinò come se volesse raccogliere una manciata di polvere da terra per gettargliela in faccia, e gridò:

«Strega! strega! implora pietà per te stessa. Non ho bisogno delle tue preghiere. Le preghiere delle streghe si leggono all'incontrario. Ti sputo addosso e ti sfido!» E se ne andò.

Lois rimase seduta a gemere tutta la notte. «Dio, dammi il conforto! Dio, dammi la forza!» Non riusciva a ricordare altro da dire. Era tutto ciò che voleva, nient'altro – paure e desideri sembravano morti in lei. E quando il carceriere le portò la colazione la mattina successiva, riferì che era rinscemita; poiché, a dire il vero, non sembrò riconoscerlo, mentre continuava a dondolarsi avanti e indietro, sussurrando piano tra sé, accennando un sorriso di tanto in tanto.

Ma Dio le diede il conforto, e anche la forza. Tardi nel pomeriggio di quel mercoledì, spinsero un'altra «strega» nella sua cella e invitarono entrambe, oscenamente, a farsi buona compagnia. La nuova arrivata cadde a faccia in giù per la spinta che le avevan dato da fuori, e Lois, non vedendo altro che una vecchia coperta di stracci, inerme, prostrata a terra, l'aiutò ad alzarsi; ed ecco Nattee, tutta sudicia, sporca di fango, ferita dalle pietre, dalle percosse, col cervello completamente smarrito per il trattamento ricevuto dalla folla là fuori. Lois la tenne tra le braccia, e delicatamente pulì la pelle scura e avvizzita con il suo grembiule, piangendo su quel vecchio viso, come non era quasi riuscita a piangere sulle proprie sofferenze. Per ore si prese cura delle ferite del suo corpo; e quando lentamente tornò il senno nella mente sconvolta della creatura selvaggia, Lois ne ascoltò il terrore infinito della mattina successiva, quando anche lei, come Lois, sarebbe stata condotta fuori a morire, di fronte a tutta quella folla infuriata. Lois cercò nella sua mente un qualche motivo di conforto per la vecchia, terrorizzata al pensiero della morte – e di una simile morte – che tremava come in preda al mal caduco.

A notte fonda, quando nella prigione tutto tacque, il carceriere sentì da dietro la porta che Lois raccontava, come rivolgendosi a un bambino, la storia meravigliosa e triste di uno che moriva sulla croce per noi, per l'amore che ci portava. Le sue parole sembravano cullare il terrore dell'Indiana, ma non appena la stanchezza la faceva tacere, le urla di Nattee ricominciavano, come se un animale selvaggio la stesse inseguendo nelle fitte foreste della sua giovinezza. E allora Lois riprendeva a parlare, usando tutte le parole benedette che riusciva a ricordare, e confortava l'Indiana inerme dicendole della presenza di un Amico divino. E confortandola, Lois ne fu confortata; infondendole forza, Lois ne fu fortificata.

Venne la mattina, venne l'ingiunzione di uscire e morire. Chi entrò nella cella trovò Lois che dormiva col viso appoggiato alla vecchia addormentata, il cui capo ancora teneva in grembo. Quando si svegliò, sembrava non capir bene dove si trovava; l'espressione «scema» era ricomparsa sul suo viso smunto; l'unica cosa di cui sembrava consapevole era che, in un modo o nell'altro, affrontando questo o quel pericolo, doveva proteggere la povera Indiana. Sorrise debolmente quando vide la bella luce del giorno d'aprile; mise il braccio intorno a Nattee, e cercò di farla star quieta e zitta con parole miti dal significato spezzato, con sacri frammenti dei Salmi. Nattee si strinse più forte a Lois mentre si avvicinavano alla forca, e la folla furiosa giù in basso iniziava a fischiare e urlare. Lois intensificò i suoi sforzi per tranquillizzare Nattee e infonderle coraggio, apparentemente inconsapevole di esser lei stessa oggetto di ingiurie, fischi, pietre, fango. Ma quando le strapparono Nattee dalle braccia, e la portarono a patire la pena per prima, all'improvviso Lois sembrò rendersi conto dell'orrore della sua situazione. Si guardò selvaggiamente intorno, tese le braccia come a qualcuno di infinitamente lontano ma ancora visibile, e una sola volta gridò, con una voce che trafisse tutti coloro che la sentirono, «Mamma!» Subito dopo il corpo della strega Lois oscillò nell'aria, e tutti rimasero col fiato mozzo, colpiti da stupore improvviso, come paura di un crimine mortale.

L'immobilità e il silenzio furono spezzati da un demente, da un pazzo che salì a precipizio i pioli della scala, strinse il corpo di Lois tra le braccia, baciò le sue labbra con passione selvaggia. Poi, come se la gente avesse ragione di credere che fosse invasato, saltò giù e si slanciò attraverso la folla, fuori dal perimetro della città, nel fitto della cupa foresta; e Manasseh Hickson non fu mai più visto da occhi cristiani.

La gente di Salem si era risvegliata dalla sua spaventosa insensatezza prima dell'autunno, quando il capitano Holdernesse e Hugh Lucy andarono a cercare Lois per portarla a casa, nel quieto villaggio di Barford, nel dolce paese d'Inghilterra. E invece furono condotti alla tomba coperta d'erba dove riposava, messa a morte da uomini in errore. Hugh Lucy, andandosene da Salem, si spazzò la polvere dai piedi con il cuore pesante, molto pesante; e per amor suo non si sposò per tutta la vita.

Molti anni dopo, il capitano Holdernesse cercò il serio mugnaio che viveva in riva all'Avon, per riferirgli delle notizie che pensava potessero interessarlo. Il capitano Holdernesse gli disse che l'anno precedente (si era allora nel 1713), in una riunione ecclesiastica devota e solenne, si era stabilito che la sentenza di scomunica contro le streghe di Salem fosse revocata e cancellata, e che i convenuti a quello scopo «umilmente chiedevano a Dio misericordioso di perdonare qualsivoglia peccato, errore o equivoco vi potesse essere nell'applicazione della giustizia, in nome del nostro pietoso alto Sacerdote, che conosce la misericordia verso chi non sa e verso chi si è smarrito». Disse anche che Prudence Hickson – una donna, ormai – di fronte all'intera congregazione aveva reso una dichiarazione aspra e toccante di pentimento e dolore per l'errata e falsa testimonianza da lei fornita in molteplici circostanze e tra le altre soprattutto nel caso di sua cugina Lois Barclay. A tutto questo Hugh Lucy rispose soltanto:

«Non c'è pentimento che le ridia la vita».

Poi il capitano Holdernesse estrasse una carta e lesse la seguente contrita e solenne dichiarazione di rincrescimento da parte dei firmatari, tra i quali figurava anche Grace Hickson:

«Noi sottoscritti, chiamati nell'anno 1692 a rivestire la carica di giurati nella corte di Salem durante i processi a molti imputati, da alcuni ritenuti colpevoli di atti di stregoneria ai danni di parecchie persone; confessiamo di non esser stati capaci di intendere, né in grado di contrastare le misteriose illusioni create dai poteri delle tenebre e dal Signore dell'aria, ma di esser stati indotti, per mancanza di sapere in noi e di giudizio più avveduto da parte di altri, a decidere contro gli imputati sulla base di prove che, alla luce di ulteriori considerazioni e cognizioni più avvedute, legittimamente temiamo fossero insufficienti a prendere la vita di chiunque (Deuteronomio, XVII, 6), e pertanto temiamo di esser stati, noi e altri, strumenti, seppure inconsapevoli e involontari, nell'attirare su di noi e su questo popolo di Dio, la colpa del sangue innocente; il quale peccato, dice il Signore nelle Scritture, non otterrà il Suo perdono (Libro secondo dei Re, XXIV, 4), il che interpretiamo in relazione ai Suoi giudizi su questa terra. E pertanto esprimiamo a tutti in generale (e al dolore dei sopravvissuti in particolare), la nostra profonda consapevolezza e sofferenza per gli errori compiuti basandoci su simili prove per qualsivoglia condanna; ribadiamo il timore fondato di esser stati ingannati dall'apparenza e dall'errore, il che turba e tormenta la nostra mente, e pertanto umilmente chiediamo perdono innanzitutto a Dio in nome di Cristo, dei nostri atti, e preghiamo che Dio non voglia ascriverne la colpa a noi o ad altri; preghiamo poi i sopravvissuti nel loro dolore, di giudicarci con imparzialità e giustizia, trovandoci allora sotto l'influsso di un'illusione tenace e diffusa, ed essendo assolutamente inesperti e ignari di fatti di quella natura.

Dal profondo del cuore chiediamo perdono a tutti voi che abbiamo oltraggiato per un senso malinteso di giustizia; e dichiariamo, secondo il nostro pensiero di oggi, di non esser disposti, per nulla al mondo, a ripetere azioni simili sulla base di motivazioni simili; vi preghiamo di accettare questo, in segno di riparazione per l'offesa ricevuta, e di benedire l'eredità del Signore, affinché Lo possiamo supplicare per la prosperità della terra.

Thomas Fisk, capo dei giurati, ecc».

Dopo la lettura del documento, Hugh Lucy, anche più triste di prima, rispose solo: «Non c'è pentimento che giovi alla mia Lois, né che le ridia la vita».

Poi il capitano Holdernesse parlò di nuovo, dicendo che nel giorno del digiuno generale, la cui osservanza era stabilita per tutta la Nuova Inghilterra, quando i luoghi di riunione erano gremiti di gente, un uomo molto vecchio, con i capelli bianchi, si era alzato dal posto dov'era solito pregare e si era avvicinato al pulpito per consegnare una confessione scritta che aveva tentato un paio di volte di legger lui stesso; vi ammetteva il suo grande e grave errore nella questione delle streghe di Salem, chiedeva perdono a Dio e al suo popolo, e concludeva supplicando tutti i presenti di unirsi a lui in preghiera, affinché la sua condotta di allora non attirasse l'ira dell'Altissimo sul suo paese, sulla sua famiglia o su se stesso. Quel vecchio altri non era che il giudice Sewall, e rimase in piedi durante la lettura di tutta la confessione; e alla fine disse: «Voglia il Signore benigno e clemente salvare la Nuova

Inghilterra, me e la mia famiglia». E poi si scoprì che negli anni passati il giudice Sewall aveva dedicato un giorno alla contrizione e alla preghiera, per mantenere vivo in sé il senso del pentimento e del dolore per la parte avuta in quei processi, e che aveva fatto voto di osservare quella solenne ricorrenza fino alla fine della vita, per dimostrare il suo sentimento di contrizione profonda.

Quando Hugh Lucy parlò, la sua voce tremava:

«Tutto questo non riporterà in vita la mia Lois, né mi restituirà le speranze della giovinezza».

Ma – mentre il capitano Holdernesse scuoteva il capo (e quale parola avrebbe potuto dire, cosa avrebbe potuto contrapporre a una verità così palese?) – Hugh aggiunse:

«Sapete qual è il giorno fissato da questo giudice?»

«Il ventinove di aprile».

«Allora in quel giorno, qui a Barford in Inghilterra, finché vivo, unirò le mie preghiere a quelle del giudice pentito, affinché la sua colpa sia cancellata e dimenticata per sempre. Lei avrebbe voluto così».

Il racconto della vecchia balia

Come sapete, piccole mie, vostra madre era orfana e figlia unica; e forse avete anche sentito dire che vostro nonno era pastore, su nel Westmoreland, dove son nata io. Ero ancora una bambina quando vostra nonna entrò un giorno nella scuola del villaggio e chiese alla maestra se c'era qualche scolara adatta a fare la bambinaia; non vi dico il mio orgoglio quando la maestra mi fece avvicinare, e lodò i miei lavori di cucito e disse che ero una ragazza seria e onesta, con genitori molto rispettabili, anche se poveri. Pensai che niente mi avrebbe dato gioia come il servire la graziosa giovane signora che arrossì quanto me, quando parlò del bimbo che sarebbe nato, e di che cosa avrei dovuto fare io. Comunque, vedo che non è di questa parte della mia storia che vi importa, ma di ciò che pensate venga dopo, e allora ve lo racconto subito. Presi servizio e mi sistemai nella canonica prima che nascesse la signorina Rosamond (era lei la neonata, che ora è vostra madre). Di sicuro mi diede ben poco da fare il suo arrivo, poiché era sempre in braccio a sua madre, e dormiva accanto a lei tutta la notte; com'ero fiera quando a volte la signora me l'affidava! Una bimba così non c'è mai stata e non ci sarà più; certo, anche voi siete state care, ma nessuna si avvicina alla sua dolcezza, all'incanto dei suoi modi. Assomigliava a sua madre, che era nobile di nascita; una Furnivall, pronipote di Lord Furnivall del Northumberland. Non aveva fratelli o sorelle, credo, e fu allevata nella famiglia di Milord sinché non sposò vostro nonno, che era soltanto un curato, figlio di un negoziante di Carlisle – comunque, un gran gentiluomo, intelligente e fine – e un lavoratore instancabile nella sua parrocchia, che era molto estesa e dispersa per tutti i monti del Westmoreland. Quando vostra madre, la piccola signorina Rosamond, ebbe circa quattro o cinque anni, i suoi genitori morirono uno dopo l'altro nello spazio di due settimane. Ah! che tempi tristi furono quelli. Con la mia bella signora eravamo in attesa della nascita di un altro bimbo, quando il padrone tornò a casa da una delle sue lunghe cavalcate, bagnato e stanco, e si prese la febbre di cui morì; e allora lei non si riebbe più, ma visse giusto per vedere il suo bimbo morto e per farselo posare sul petto prima di spirare. La mia padrona, sul letto di morte mi aveva chiesto di non abbandonare mai la signorina Rosamond; ma anche se non avesse detto una sola parola, sarei andata con la bimbetta in capo al mondo.

Poco tempo dopo, e prima che i nostri singhiozzi si fossero acquietati, vennero gli esecutori e i tutori a sistemare gli affari. Erano il cugino della mia povera signora, Lord Furnivall, e il fratello del mio padrone, il signor Esthwaite, un negoziante di Manchester; non era ancora così agiato allora, come divenne in seguito, con una famiglia numerosa che gli cresceva intorno. Bene! non so se fu per un loro accordo o per una lettera scritta in punto di morte dalla mia padrona a suo cugino Milord; comunque, in un modo o nell'altro fu deciso che la signorina e io saremmo andate a Casa Furnivall, nel Northumberland, e Milord parlò come se fosse stata sua madre a esprimere il desiderio che vivesse con la famiglia e come se lui non avesse obiezioni, dato che in una casa così grande, una o due in più o in meno non facevano nessuna differenza. Dunque, anche se non era quello il modo in cui avrei desiderato che si considerasse l'arrivo della mia vivace e graziosa cucciolina – che era come un raggio di sole in qualunque famiglia, distinta o no – ero proprio compiaciuta che tutta la gente della valle restasse a bocca aperta, sentendo che sarei diventata la cameriera della giovane signora a Casa Furnivall, residenza di Milord.

Ma sbagliai pensando che saremmo vissute nello stesso luogo di Milord. Venne fuori che la famiglia aveva lasciato

Casa Furnivall da cinquant'anni e più. E quindi mi fu chiaro che la mia povera signora non vi aveva mai abitato, anche se era stata allevata in famiglia; me ne rattristai, poiché mi sarebbe piaciuto che la giovinezza della signorina Rosamond passasse dove l'aveva trascorsa sua madre.

L'intendente di Milord, a cui rivolsi tutte le domande che osai, disse che la casa era ai piedi dei monti del Cumberland, e che era un luogo grandioso; che la vecchia signorina Furnivall, prozia di Milord, viveva lì con pochi servitori soltanto; che era comunque un luogo molto salubre e Milord aveva pensato che avrebbe giovato molto alla signorina starci qualche anno, e che la sua permanenza lì avrebbe forse allietato la sua vecchia zia.

Milord mi ordinò di preparare le cose della signorina Rosamond per una certa data. Era un uomo severo e orgoglioso, come si dice fossero tutti i Lord Furnivall; e non proferiva una parola in più del necessario. La gente diceva che aveva amato la mia giovane padrona; ma che lei, sapendo che il padre di lui si sarebbe opposto, non volle mai ascoltarlo, e sposò il signor Esthwaite; io però non ne so niente. Lui, in ogni caso, non si sposò più. Comunque non si curò mai molto della signorina; e io pensavo invece che avrebbe potuto farlo, se gli era importato della madre morta. Ci fece accompagnare a Casa Furnivall dal suo intendente, a cui disse di raggiungerlo la sera stessa a Newcastle; sicché non gli rimase molto tempo per presentarci a tutti quegli estranei, prima che anche lui si liberasse di noi; e così fummo lasciate, due creaturine giovani e sole (non avevo ancora diciott'anni), nella grande vecchia casa. Quel viaggio, mi sembra d'averlo fatto ieri. Eravamo partite molto presto dalla nostra cara canonica, e tutt'e due avevamo pianto come se ci si dovesse spezzare il cuore, pur viaggiando nella carrozza di Milord, di cui prima mi ero immaginata grandi cose. E ormai era pomeriggio avanzato, in quella giornata di settembre, e ci fermammo in una piccola, fumosa città piena di minatori, per l'ultimo cambio dei cavalli. La signorina si era addormentata, ma il signor Henry mi disse di svegliarla, perché vedesse il parco e la casa mentre ci avvicinavamo. Pensai che era un peccato; ma feci come mi aveva detto, temendo che potesse lagnarsi di me con Milord. Non vi era più traccia di città, e neanche di villaggi, quando oltrepassammo i cancelli di un immenso, selvaggio parco – diverso da questi parchi del sud, con rocce, rumore d'acqua, acacie nodose e vecchie querce tutte bianche e sbucciate dal tempo.

Il sentiero salì per circa due miglia, e poi vedemmo una grande casa imponente, cinta da molti alberi, talmente addossati in certi punti, che quando il vento soffiava, alcuni rami strusciavano contro i muri; altri, pendevano spezzati; e infatti sembrava che nessuno si occupasse granché del luogo – di potare gli alberi, di ripulire il sentiero coperto di muschio. Solo davanti alla casa tutto era curato. Non vi erano erbacce sul grande spiazzo ovale; e alberi e rampicanti eran tenuti lontani dalla lunga facciata con tante finestre; da una parte e dall'altra sporgevano due ali che erano le estremità di altre facciate laterali; e infatti la casa, pur così desolata, era persino più grande di quanto mi aspettassi. Alle sue spalle si ergevano i monti, che sembravano piuttosto brulli e spogli; e sulla sinistra stando di faccia, c'era, come scoprii in seguito, un giardino minuscolo, di quelli di una volta. Vi si apriva una porta sul lato ovest; era stato ricavato per una qualche vecchia Lady Furnivall dal fitto bosco buio; ma i rami dei grandi alberi della foresta erano ricresciuti e di nuovo lo ricoprivano d'ombra, ed erano ben pochi, a quel tempo, i fiori che riuscivano a viverci.

Quando arrivammo all'immenso portone sul davanti, ed entrammo nella sala, pensai che ci saremmo perdute – era così ampia, e vasta, e grande. Dal centro del soffitto pendeva un lampadario tutto di bronzo; non ne avevo mai visti prima, e lo fissai sbalordita. Poi, a un'estremità della sala, c'era un enorme camino, largo quanto il lato di una casa al mio paese, con massicci alari per tener su la legna; e lì accanto c'erano pesanti divani, come usavano una volta. Dall'altra parte della sala, entrando a sinistra – sul lato ovest – c'era un organo incassato nel muro, ed era talmente grande, che occupava quasi tutta la parete. Più in là, sullo stesso lato, c'era una porta; e anche di fronte, da una parte e dall'altra del camino, c'erano porte che conducevano all'ala est; ma quelle, non le oltrepassai mai in tutto il tempo che rimasi lì, e così non vi posso dire cosa c'era dall'altra parte.

Il pomeriggio volgeva alla fine, e la sala, in cui il fuoco non era acceso, aveva un aspetto buio e tetro, ma ce ne andammo immediatamente. Il vecchio servitore che ci aveva aperto, si inchinò al signor Henry, ci fece passare dalla porta che si trovava oltre l'organo e ci condusse attraverso parecchie salette e corridoi fino al salotto ovest, dove disse che si trovava la signorina Furnivall.

La povera piccola si teneva stretta stretta a me, come se in quel grande luogo si sentisse impaurita e sperduta, e io da parte mia non stavo molto meglio. Nel salotto c'era un'aria molto allegra, col fuoco acceso, e bei mobili comodi tutt'intorno. La signorina Furnivall era una vecchia signora non lontana dagli ottant'anni, credo, ma non ne sono sicura. Era magra e alta, e il suo viso era tutto segnato da rughe sottili, come se le avesse tracciate la punta di un ago. Gli occhi erano vigili e attenti, forse perché era talmente sorda da dover usare il corno. Seduta con lei al lavoro sullo stesso grande arazzo, c'era la signora Stark, sua cameriera e compagna, e vecchia quasi quanto lei. Aveva sempre vissuto con la signorina Furnivall, sin da quando erano giovani, e ora sembrava più un'amica che una persona di servizio; aveva un aspetto freddo, grigio e duro, come se non avesse mai provato amore o tenerezza; e credo che non tenesse a nessuno, tranne che alla sua padrona, che, data la sua sordità, tendeva a trattare come una bambina. Il signor Henry riferì un messaggio di Milord, e poi ci salutò tutti con un inchino – non badando alla manina tesa della mia piccola – e ci lasciò lì in piedi, osservate attraverso gli occhiali dalle due vecchie signore.

Fui proprio felice quando suonarono per il vecchio domestico che ci aveva aperto e gli dissero di accompagnarci nelle nostre stanze. Uscimmo così da quel bel salotto, entrammo e uscimmo da un altro soggiorno, poi salimmo per una scalinata, passammo per un'ampia galleria – sembrava quasi una biblioteca, con libri disposti su tutta una parete, e finestre e scrittoi sull'altra – finché giungemmo alle nostre stanze, che erano proprio sopra le cucine, come fui lieta di sentire; infatti cominciavo a pensare che mi sarei persa in quella desolazione di casa. C'era una vecchia stanza dei bambini, che era stata usata tanto tempo prima per tutti i piccoli nobili, con un bel fuoco acceso nel focolare, e l'acqua che bolliva nel bricco, e il tavolo apparecchiato per il tè; di lì si entrava nell'altra stanza dove c'era un letto per me e vicino il lettino a sbarre per la signorina. E il vecchio James fece salire Dorothy, sua moglie, a darci il benvenuto; e tutt'e due erano così ospitali e gentili, che a poco a poco ci sentimmo a casa; e dopo il tè, lei era già seduta sulle ginocchia di Dorothy, e con la sua linguetta chiacchierava più presto che poteva. Dopo un po' scoprii che Dorothy era del Westmoreland, e questo fatto, per così dire ci legò l'una all'altra; e mai potrei desiderare di incontrare gente più cortese del vecchio James e sua moglie. Lui aveva vissuto per quasi tutta la vita con la famiglia di Milord, e pensava che non ci fosse nessuno più nobile di loro. Guardava un po' dall'alto perfino sua moglie; perché, finché l'aveva sposata lui, l'unico luogo in cui era vissuta era la casa di un fattore. Ma a modo suo le voleva molto bene. Avevano una donna per tutti i lavori pesanti. Si chiamava Agnes; e lei e io, e James e Dorothy, con la signorina Furnivall e la signora Stark, eravamo tutta la famiglia; senza dimenticare naturalmente la mia piccola cara! Spesso mi chiedevo cosa facessero prima del suo arrivo, talmente tenevano a lei ora. In cucina e in salotto, era sempre lo stesso. La severa, triste signorina Furnivall e la fredda signora Stark si rallegravano quando entrava frullando come un uccellino, correndo e saltellando qua e là, col suo continuo cicaleccio e cinguettio di gioia. Son sicura che spesso si dispiacevano, quando sgusciava via verso la cucina, anche se erano troppo orgogliose per chiederle di restare, e un po' sorprese dei suoi gusti; per quanto, come diceva la signora Stark, non c'era da stupirsene, pensando all'origine di suo padre. La grande vecchia casa irregolare era un posto meraviglioso per la bambina. La percorreva tutta nelle sue scorribande, con me alle calcagna; tutta, tranne l'ala est, che non fu mai aperta, e dove non ci venne mai in mente di andare. Ma sul lato nord e ovest vi erano parecchie stanze che ci piacevano; piene di cose che eran rare per noi, anche se forse non lo erano per chi ne sapeva di più. Le finestre ricoperte d'edera erano oscurate dai rami degli alberi che vi strusciavano contro; ma nella penombra verde riuscivamo a distinguere vecchi vasi di porcellana, scrigni d'avorio cesellato, grandi libri pesanti, e, soprattutto, i vecchi quadri!

Ricordo che una volta il mio tesoro chiese a Dorothy di venire con noi, per dirci chi erano; perché erano ritratti di parenti di Milord, anche se Dorothy non ci seppe dire il nome di ognuno. Avevamo già esplorato quasi tutte le stanze, quando finimmo nel vecchio salotto ufficiale, sopra la sala, e lì trovammo un quadro della signorina Furnivall; o meglio, come era chiamata in quei giorni, signorina Grace, essendo la sorella più giovane. Come doveva essere stata bella! ma che sguardo deciso e superbo, che espressione sprezzante in quei begli occhi, con le sopracciglia appena sollevate, quasi stupita che qualcuno avesse l'impertinenza di guardarla; e le sue labbra sorridevano beffarde mentre stavamo lì a fissarla. Era vestita come non avevo mai visto, ma era la moda di quand'era giovane: il cappello era di una cosa morbida e bianca, come il castoro, un po' calato sulla fronte, avvolto su un lato da belle piume; sul davanti l'abito di satin blu le si apriva su una pettorina bianca tutta a ricami.

«Pensate un po'!», dissi, quando l'ebbi guardata a volontà. «La carne è polvere, dicono; ma chi potrebbe immaginare che la signorina Furnivall era così bella, vedendola adesso?»

«Sì», disse Dorothy. «La gente cambia tanto. Ma se è vero quello che diceva il padre del mio padrone, la sorella maggiore era anche più bella. Il suo quadro dev'essere qui, da qualche parte; ma se ve lo mostro, non dovete mai lasciarvi sfuggire, nemmeno con James, di averlo visto. Pensate che la signorina riesca a star zitta?», chiese.

Non ne ero proprio sicura, perché era una cara bimbetta,

audace e sincera, così le dissi di andare a nascondersi; e poi aiutai Dorothy a girare un grande quadro rivolto verso il muro, non appeso come gli altri. Superava davvero la signorina Grace in bellezza; e, credo, pure in superbia sprezzante, anche se su questo punto non era facile decidere. Sarei rimasta lì a guardare per un'ora, ma Dorothy sembrava quasi impaurita per avermelo mostrato, e lo rimise a posto in fretta, e mi disse di correre a cercare la signorina perché in giro per casa c'erano dei posti brutti, dove non voleva proprio che la bambina andasse a finire. Ero una ragazza coraggiosa e intrepida, e non mi curai davvero delle parole di quella vecchia donna, perché mi piaceva giocare a nascondino, come a tutti i ragazzi della parrocchia; così corsi via a cercare la mia piccola.

Mentre si avvicinava l'inverno e le giornate si facevan più corte, certe volte mi pareva di sentire un rumore, come se qualcuno stesse suonando il grande organo nella sala. Non lo sentivo tutte le sere; ma comunque molto spesso; di solito, dopo aver messo a letto la signorina, mentre sedevo quieta e silenziosa accanto a lei. Mi capitava allora di sentirne il suono diffondersi nella lontananza. La prima sera, quando scesi a cena, chiesi a Dorothy chi aveva suonato, e James mi disse bruscamente che ero una stupida a prendere il fruscio del vento tra gli alberi per musica; ma vidi Dorothy guardarlo spaventata e Agnes, la sguattera, mormorò qualcosa e impallidì. Mi resi conto che non gradivano la mia domanda, così rimasi in silenzio, aspettando di essere sola con Dorothy, da cui ero sicura di venire a sapere parecchie cose. Così, il giorno dopo, colsi l'occasione propizia, e con un bel po` di moine le chiesi chi era stato a suonare; poiché sapevo bene che era stato l'organo, e non il vento, anche se me ne ero stata zitta con James. Ma Dorothy aveva imparato la sua lezione, ve lo garantisco io, e non riuscii a cavarne una sola parola. E allora passai ad Agnes, anche se l'avevo sempre tenuta piuttosto a distanza, dato che io ero alla pari di Dorothy e James, e lei era poco più che la loro domestica. Così mi disse che non avrei dovuto dirlo mai e poi mai; e se l'avessi fatto, non avrei mai dovuto raccontare che era stata *lei* a dirmelo; era comunque uno strano rumore, e l'aveva sentito spesso, ma soprattutto nelle notti d'inverno, e prima dei temporali; e la gente diceva che era il vecchio lord a suonare l'organo nella sala, proprio come quand'era vivo; ma chi era il vecchio Lord, o perché suonava, o perché suonava soprattutto nelle tempestose notti d'inverno, non seppe o non volle dirmi. Dunque! vi ho detto che ero coraggiosa; e pensai che era piuttosto piacevole avere quella musica solenne dilagante per casa, non importa chi suonava; perché a volte copriva le raffiche furiose del vento e gemeva ed esultava proprio come una creatura viva e poi si spegneva in una dolcezza infinita; solo che era sempre musica, e melodie, e quindi era una stupidaggine dire che era il vento. Pensai all'inizio che era la signorina Furnivall a suonare, all'insaputa di Agnes, ma un giorno che ero sola nella sala, aprii l'organo e lo scrutai dentro e fuori, come avevo già fatto una volta con l'organo di Crosthwaite Church, e vidi che all'interno era tutto danneggiato e rotto, anche se sembrava talmente bello e in buone condizioni; così, anche se era pieno giorno, sentii un brivido e lo chiusi, e me ne scappai piuttosto in fretta nella nostra luminosa stanza dei giochi; e dopo di allora, per qualche tempo non ebbi più alcun desiderio di sentire la musica, proprio come James e Dorothy. Intanto la signorina Rosamond si faceva amare sempre di più. Le vecchie signore volevano averla con sé quando di buon'ora si mettevano a tavola; James stava dietro la sedia della signorina Furnivall, e io dietro quella della signorina Rosamond, tutt'e due in divisa; e dopo pranzo si metteva a giocare in un angolo del grande salotto, silenziosa come un topino, mentre la signorina Furnivall dormiva e io mangiavo in cucina. Ma dopo era ben contenta di venire da me, nella stanza dei giochi; perché, diceva, la signorina Furnivall era tanto triste e la signora Stark tanto noiosa; ma noi due eravamo proprio allegre; e a poco a poco, non badai più allo strano dilagare della musica, che non faceva male a nessuno, se si dimenticava la sua provenienza.

L'inverno fu molto freddo. A metà ottobre cominciò a gelare e durò per molte, molte settimane. Ricordo che un giorno, durante il pranzo, la signorina Furnivall alzò gli occhi tristi e seri, e, in modo strano, curiosamente significativo, disse alla signora Stark: «Temo che avremo un inverno terribile». Ma la signora Stark finse di non sentire e parlò a voce molto alta di qualche altra cosa. La mia padroncina e io non ci curavamo del gelo; no davvero! Col tempo asciutto ci arrampicavamo per le ripide scarpate dietro la casa, e salivamo sui monti deserti e spogli, e facevamo le corse nell'aria fredda e pungente; e una volta scendemmo per un sentiero nuovo, che passava davanti a due vecchi agrifogli nodosi, che crescevano circa a metà della discesa, sul lato est della casa. Ma le giornate si facevano più corte; e il vecchio Lord, sempreché fosse lui, suonava al grande organo con passione e tristezza crescenti. Una domenica pomeriggio – doveva essere verso la fine di novembre – chiesi a Dorothy di badare alla padroncina, finito che avesse di giocare in salotto durante il pisolino della signorina Furnivall; perché era troppo freddo per portarla con me in chiesa, e io volevo andarci lo stesso. E Dorothy me lo promise contenta, ed era così affezionata alla bambina, che tutto sembrava a posto; così Agnes e io ci incamminammo di buon passo, anche se il cielo nero incombeva sulla terra bianca, quasi che la notte non se ne fosse mai andata del tutto; e l'aria, pur se immobile, era tagliente e gelida.

«Viene la neve», mi disse Agnes. E infatti, quando eravamo ancora in chiesa, scendeva già a fiocchi grandi e fitti, così fitti che quasi oscuravano le finestre. Aveva smesso prima che uscissimo, ma mentre avanzavamo verso casa, era morbida, spessa e profonda sotto i piedi. Prima di arrivare al portone sorse la luna e mi sembrò più chiaro allora – un po' per la luna, un po' per il luccichio della neve – di quando eravamo andate in chiesa, tra le due e le tre. Non vi ho detto che le vecchie signore in chiesa non ci andavano mai: avevano l'abitudine di leggere le preghiere insieme, nel loro modo cupo e quieto; e di sicuro la domenica doveva sembrar loro molto lunga, senza poter lavorare all'arazzo. Sicché quando andai da Dorothy in cucina, a prendere la piccola per portarla di sopra, non fui molto stupita di sentire che le signore l'avevano trattenuta e che non era venuta in cucina come le avevo detto di fare, se si stancava di star buona in salotto. Così mi levai un po' di roba di dosso, e andai a cercarla perché la cena era pronta nella stanza dei bambini. Ma quando entrai nel salotto buono, le vecchie signore sedevano inerti e quiete, in silenzio quasi assoluto, come se quella cosina allegra e vivace che era la signorina Rosamond non le avesse mai avvicinate. Tuttavia pensai che si fosse nascosta – era uno dei suoi scherzi preferiti – e che le avesse persuase a far finta di non saperne niente; così, in punta di piedi sbirciai qua e là, sotto divani e dietro sedie, fingendomi molto spaventata di non trovarla.

«Che c'è, Hester?», chiese severamente la signora Stark. Non so se la signorina Furnivall mi aveva vista, perché, come vi ho detto, era molto sorda e sedeva tranquilla, pigramente guardando il fuoco con quel suo viso malinconico. «Sto solo cercando la mia piccola Rosa-Rosetta», risposi, ancora convinta che la bambina fosse lì vicina a me, anche se non riuscivo a vederla.

«La signorina Rosamond non è qui», disse la signora Stark. «Se n'è andata più di un'ora fa a cercare Dorothy».

A quelle parole mi si strinse il cuore, e avrei voluto non aver mai lasciato il mio tesoro. Tornai da Dorothy e glielo dissi. James era fuori dalla mattina, ma lei e io e Agnes prendemmo delle lanterne, e per prima cosa andammo nella stanza dei bambini, e poi vagammo per la grande casa vasta, chiamandola e supplicandola di uscire dal suo nascondiglio, per non farci morire di spavento. Ma non ci fu risposta; neanche un suono.

«Oh!», dissi alla fine. «Potrebbe essere andata a nascondersi nell'ala est.

Ma Dorothy disse che era impossibile, perché neanche lei ci era mai stata; disse che le porte erano sempre chiuse e il maggiordomo di Milord aveva le chiavi, almeno così credeva; comunque né lei né James le avevano mai viste: allora dissi che sarei tornata indietro a vedere se, dopo tutto, non fosse davvero nascosta in salotto, all'insaputa delle due vecchie signore; e se ce la trovavo, dissi, l'avrei frustata ben bene per la paura che mi aveva fatto prendere; ma in realtà non avevo nessuna intenzione di farlo. Insomma, tornai nel salotto ovest, e dissi alla signora Stark che non riuscivamo a trovarla da nessuna parte e chiesi il permesso di cercarla tra i mobili, perché mi era venuto in mente che poteva essersi addormentata in qualche cantuccio al caldo; e invece no! la cercammo noi, si alzò e la cercò la signorina Furnivall, tutta tremante, ma non era da nessuna parte; e allora tutte quante frugammo nei luoghi dov'eravamo già state, ma senza trovarla. La signorina Furnivall era scossa da un tremito così convulso, che la signora Stark la riaccompagnò in salotto al caldo; ma solo quando promisi di portargliela, appena l'avessimo trovata. Ahimè! pensavo ormai che non si sarebbe trovata mai più, quando mi venne in mente di guardar fuori, nel grande cortile sul davanti, tutto coperto di neve. Ero al primo piano quando mi affacciai; ma la luce della luna era così chiara, che vidi distintamente due piccole impronte, che si potevan seguire dal portone d'ingresso, sin dietro l'angolo dell'ala est. Non so come feci a scendere, e ad aprire a strattoni il portone massiccio e resistente; poi, buttandomi la falda del vestito sulla testa come un mantello, corsi fuori. Girai dietro l'angolo est, e lì l'ombra nera copriva la neve; ma quando fui di nuovo nella luce della luna, ricomparvero le piccole orme che salivano su – su verso i monti. Faceva un freddo tremendo; così tremendo che l'aria quasi mi strappava la pelle dal viso mentre correvo, ma continuavo a correre, piangendo e pensando alla mia piccola intirizzita e piena di paura. Già scorgevo gli agrifogli, quando vidi un pastore che scendeva dalla collina, con qualcosa tra le braccia, avvolto in una coperta. Mi gridò se avevo perso una bambina; e quando non riuscii a rispondere per le lacrime, si avvicinò e vidi la mia piccola, immobile bianca e rigida, come se fosse morta. Mi disse che era stato sui monti a chiudere le pecore prima del gelo notturno e che sotto gli agrifogli (unici segni neri sulla collina, senza un cespuglio per miglia e miglia intorno) aveva trovato la mia padroncina – il mio agnellino – la mia principessa – il mio tesoro – rigida e fredda, nel sonno tremendo che il gelo porta. Oh! le lacrime, la gioia di averla di nuovo tra le braccia! perché non gliela lasciai portare; me la presi io con tutta la coperta, e la scaldai al tepore del mio collo, del mio petto, e sentii che piano la vita tornava furtivamente nel suo bel corpicino; ma era ancora insensibile quando raggiungemmo il portone e l'affanno mi impediva di parlare. Entrammo dalla parte della cucina.

«Preparate lo scaldaletto», dissi; e la portai di sopra, e cominciai a svestirla accanto al fuoco che Agnes aveva tenuto acceso. Chiamai il mio agnellino in tutti i módi dolci e buffi che mi vennero in mente – anche se i miei occhi erano accecati dalle lacrime e alla fine, oh! finalmente aprì i grandi occhi celesti. Poi la misi nel letto caldo, e mandai Dorothy a dire alla signorina Furnivall che ogni cosa era a posto; e decisi di vegliare tutta la notte vicino al letto del mio tesoro. Appena la testolina sfiorò il guanciale, si addormentò di un sonno tranquillo, e io rimasi accanto a lei sino a mattina, quando si svegliò allegra e fuori pericolo – almeno così pensai allora – e, piccole mie, penso ora.

Mi raccontò che le era venuta voglia di andare da Dorothy, perché le due vecchie signore si erano addormentate, e si annoiava, in salotto; e mentre passava per il corridoio ovest, dall'alta finestra aveva visto la neve che cadeva, cadeva, fitta e soffice; ma voleva vederla sul terreno, bianca e bella; così era andata nella sala; e poi, dalla finestra, l'aveva vista luminosa e leggera sul viale; ma mentre stava lì, aveva visto una bambina, più piccola di lei, «ma così graziosa», disse il mio tesoro, «e la bambina mi ha fatto segno di uscire; oh, era così dolce e graziosa che ho proprio dovuto andare». E poi la bambina l'aveva presa per mano, e insieme avevano girato dietro l'angolo est.

«Sei proprio una bambina cattiva, a raccontar storie», le dissi. «Cosa direbbe la tua mamma, che è in cielo, e che non ha mai raccontato bugie in tutta la sua vita, cosa direbbe alla sua piccola Rosamond, se la sentisse – e penso proprio che la senta!»

«Hester, davvero», singhiozzò la mia piccola, «non sono bugie. Davvero».

«Non venire a dirlo a me!», le dissi, molto severamente. «Ti ho scovata seguendo le tue orme nella neve; e c'erano solo quelle; e se su per la collina t'avesse tenuta per mano una bimbetta, non credi che le sue orme sarebbero salite accanto alle tue?»

«Non ci posso far niente, cara, cara Hester, se non c'erano», disse piangendo; «non le ho guardato i piedi, ma mi teneva stretta stretta con la sua manina, e faceva tanto, tanto freddo. Mi ha portata sul sentiero dei monti, fino agli agrifogli; e lì c'era una signora che piangeva disperatamente; ma quando mi ha vista, ha smesso di piangere, e ha fatto un sorriso altezzoso e superbo, e mi ha presa sulle ginocchia, e mi ha cullata per farmi addormentare; e questo è tutto, Hester – e tutto vero; e la mia mamma adorata lo sa», disse piangendo. Pensai allora che la bambina avesse la febbre, e finsi di crederle, mentre continuava a ripetere la sua storia, e sempre nello stesso modo. Alla fine Dorothy bussò portando la colazione e mi disse che le due vecchie signore erano in sala da pranzo e mi volevano parlare. Erano venute su entrambe la sera prima, ma la signorina dormiva e così l'avevano solo guardata senza chiedermi niente.

«Le sentirò», pensai tra me, mentre attraversavo la galleria nord. «Comunque», pensai, facendomi coraggio, «è a loro che l'avevo affidata; e son loro da biasimare, per averla lasciata sgusciar via, senza accorgersene». Così entrai abbastanza spavalda, e raccontai la mia storia. La raccontai fino in fondo alla signorina Furnivall, gridandogliela all'orecchio; ma quando accennai all'altra bambina nella neve, che con le sue moine la tentava ad uscire, e l'attirava verso l'albero di agrifoglio, dalla signora bella e superba, alzò le braccia al cielo – le sue vecchie braccia avvizzite – e gridò, «Oh, Dio, perdona! Abbi pietà!»

La signora Stark l'afferrò; piuttosto bruscamente, mi parve; ma ormai non riusciva più a trattenerla, e freneticamente mi rivolse quello che sembrava un avvertimento e un ordine.

«Hester! tienla lontana da quella bambina! La attirerà verso la morte! Quella bambina maligna! Dille che è una bambina malvagia, cattiva». Poi la signora Stark mi fece uscire in fretta dalla stanza; da dove ero davvero lieta di andarmene; ma la signorina Furnivall continuava ad urlare, «Oh! abbi pietà! Ma non perdonerai mai! Sono passati tanti anni...»

Mi sentivo inquieta dopo questo fatto. Non osavo lasciar mai sola la signorina, né di giorno né di notte, per paura che potesse scappar via di nuovo, dietro una qualche fantasticheria, tanto più che mi ero convinta che la signorina Furnivall era pazza, per lo strano modo di fare degli altri, quando si trattava di lei; e temevo che qualcosa di simile (sapete, poteva essere nella famiglia) minacciasse il mio tesoro. E per tutto il tempo non cessò il grande gelo; e quando le notti erano più tempestose del solito, tra una raffica di vento e l'altra, sentivamo il vecchio Lord suonare l'organo. Comunque, vecchio Lord o no, la seguivo dovunque andava; perché il mio amore per lei, bell'orfanella indifesa, era più forte della paura di quel suono solenne e tremendo. E poi stava a me tenerla di buon umore, come era giusto alla sua età. E giocavamo insieme, e vagavamo di qua, di là, da ogni parte; infatti non osavo perderla di vista di nuovo, nei meandri di quella casa vasta. Accadde così che un pomeriggio, non mancava molto a Natale, stavamo giocando insieme al tavolo da biliardo nella sala (non che sapessimo giocare, ma le piaceva far rotolare le lisce palle d'avorio con le sue manine, e a me piaceva fare tutto quello che faceva lei); e, poco alla volta, senza che ce ne accorgessimo, in casa si era fatto buio, anche se fuori era ancora chiaro, e stavo pensando di riportarla nella sua stanza, quando, all'improvviso, gridò:

«Guarda, Hester! guarda! là fuori c'è la mia povera bambina nella neve!»

Mi girai verso le finestre alte e strette, e lì vidi per davvero una bambina, più piccola della mia signorina Rosamond – troppo poco vestita per star fuori in una notte così gelida – che piangendo bussava ai vetri della finestra, come per farsi aprire. Sembrava che gemesse, scossa dai singhiozzi, finché la signorina non ce la fece più, e si stava slanciando verso la porta per aprirla, quando, all'improvviso, vicino a noi, il grande organo risuonò con un tale fragore cupo, che tremai tutta; tanto più che ricordai di non aver sentito nel gran silenzio dell'aria gelida il rumore delle piccole mani che picchiavano sul vetro, anche se lo spettro sembrava metterci tutta la sua forza; e anche se l'avevo visto gemere e piangere, neanche il più lieve suono mi aveva sfiorato l'udito. Se lo ricordai proprio in quel momento, non so; ero talmente stordita dal terrore per il rombo dell'organo; so solo che afferrai la signorina prima che aprisse il portone, e la tenni stretta, e la portai via che tirava calci e urlava, nella cucina ampia e luminosa dove Dorothy e Agnes erano affaccendate con i loro sformati.

«Cos'ha la mia piccola?», gridò Dorothy, quando la portai dentro che singhiozzava come se le si spezzasse il cuore.

«Non mi lascia aprire alla mia bambina; e morirà se rimane fuori sui monti tutta la notte. Hester crudele, cattiva», disse, dandomi uno schiaffo; avrebbe potuto colpirmi anche più forte, perché mi si era gelato il sangue, vedendo lo sguardo di Dorothy, pieno di sgomento mortale.

«Chiudi in fretta la porta sul retro, e sprangala bene», disse ad Agnes. Non disse altro; mi diede uva passa e mandorle per acquietare la signorina Rosamond: ma lei non toccò quelle buone cose e continuò a singhiozzare per la sua bambina nella neve. Ringraziai il cielo quando a forza di piangere si addormentò nel suo letto. Poi tornai giù in cucina in punta di piedi, e dissi a Dorothy che avevo preso la mia decisione. Avrei riportato il mio tesoro ad Applethwaite, nella casa di mio padre; dove, pur vivendo modestamente, saremmo state in pace. Dissi che mi ero spaventata non poco per il vecchio lord che suonava l'organo; ma dopo aver visto con i miei occhi quella piccola creatura in lacrime, abbigliata in modo impensabile per qualsiasi bambina del vicinato, che picchiava e batteva sui vetri per entrare ma senza emettere neanche un suono, con quella ferita scura sulla spalla destra; e dopo che la signorina Rosamond l'aveva riconosciuta come il fantasma che l'aveva quasi attirata nella morte (e Dorothy sapeva che era vero); bene, non intendevo sopportarlo più.

Vidi Dorothy cambiar colore, una o due volte. Quand'ebbi finito, disse che non credeva che potessi portarmi via la signorina Rosamond, dato che Milord era il suo tutore, e io non avevo alcun diritto su di lei; e mi chiese se ero disposta a lasciare la bambina che tanto amavo, giusto per delle apparizioni, per dei suoni, che non potevano farmi proprio niente, e a cui tutti loro si eran dovuti abituare, prima o poi. Mi bruciava dentro una smania ansiosa; e le dissi che per lei era facile parlare, dato che sapeva cos'erano, apparizioni e suoni, e forse aveva anche avuto a che fare con lo Spettro quand'era in vita. E la molestai talmente, che alla fine mi disse tutto ciò che sapeva; ma dopo, avrei preferito che non m'avesse detto niente perché ne fui ancora più impaurita.

Disse di aver sentito il racconto da certi vecchi che vivevano nel vicinato ai tempi del suo matrimonio, quando la gente ancora veniva a Casa Furnivall, prima che lì in campagna si spargesse quella sua cattiva fama; e forse era vero, ciò che le avevan detto o forse no.

Il vecchio Lord era il padre della signorina Furnivall – signorina Grace, la chiamava Dorothy, poiché Maude era la maggiore, e quindi, di diritto era lei la signorina Furnivall. Il vecchio Lord era divorato dalla superbia. Un uomo così superbo non s'era mai visto; e le figlie erano tali e quali. Avevano un gran numero di pretendenti tra cui scegliere, ma nessuno era degno di sposarle; poiché a quei tempi eran molto belle, come avevo visto dai ritratti nel salotto ufficiale. Ma, come dice il proverbio, «Chi troppo in alto sale...»; e le due altere bellezze si innamorarono dello stesso uomo, un semplice musicista straniero, che il padre aveva fatto venire a Casa Furnivall da Londra, per suonare insieme a lui. Perché, sopra ogni altra cosa, accanto alla sua superbia, il vecchio Lord amava la musica. Sapeva suonare quasi tutti gli strumenti: ed era strano che la musica non lo rendesse più mite; era invece un vecchio fiero e rigido, e con la sua crudeltà aveva spezzato il cuore alla moglie, dicevano. Era pazzo per la musica e per essa avrebbe speso qualsiasi cifra. Sicché fece venire questo straniero; e la sua musica era così bella, che perfino gli uccelli sugli alberi interrompevano il loro canto per ascoltare, dicevano. E poco alla volta, il gentiluomo straniero acquistò un potere enorme sul vecchio Lord, che non si dava pace, se non facendolo ritornare ogni anno; e fu lui a far venire il grande organo dall'Olanda, e a farlo murare nella sala, dove stava adesso. Insegnò al vecchio Lord a suonarlo; ma tante, tante volte, mentre Lord Furnivall non pensava che al suo bell'organo, e alla sua musica, più bella ancora, lo straniero scuro passeggiava nei boschi con una delle giovinette; ora con Maude, ora con Grace.

La signorina Maude vinse la gara, e si portò via il premio, per quel che era, e si sposarono all'insaputa di tutti; e prima che lui ricomparisse l'anno dopo, lei aveva avuto una bambina in una fattoria della brughiera, mentre suo padre e sua sorella la pensavano alle corse dei cavalli a Doncaster. Ma pur essendo moglie e madre, non per questo divenne più mite, rimase invece altera e sdegnosa come prima; e forse di più, perché era gelosa della signorina Grace, che il suo marito straniero corteggiava assiduamente – per trarla in inganno, diceva alla moglie. Ma Grace se ne gloriava e la rabbia di Maude contro il marito e la sorella cresceva; e lui – che poteva facilmente scrollarsi di dosso quello che non gli garbava, e nascondersi in un paese straniero – se ne andò quell'estate un mese prima del solito, e quasi minacciò di non tornare mai più. Intanto la bambina era rimasta alla fattoria, e sua madre si faceva sellare il cavallo e galoppava all'impazzata sulle colline per andarla a trovare almeno una volta a settimana – perché se amava, amava; e se odiava, odiava. E il vecchio Lord continuava a suonare l'organo; e i domestici pensavano che la dolcezza della sua musica ne avesse placato il carattere violento, di cui (Dorothy disse) si potevano raccontare storie tremende. E ora era anche infermo, e doveva usare una gruccia per camminare; e suo figlio – il padre del nostro Lord Furnivall – si trovava in America con l'esercito, e l'altro figlio era per mare; di modo che la signorina Maude faceva come le pareva, e le sorelle si trattavano con freddezza e astio crescenti; sinché alla fine non si parlavano nemmeno, se non in presenza del vecchio Lord. Il musicista straniero ritornò l'estate successiva, ma fu per l'ultima volta perché, tra gelosie e passione, gli avevan reso la vita talmente impossibile, che si stancò, e se ne andò, e non se ne seppe più nulla. E la signorina Maude, che aveva sempre pensato di far riconoscere il suo matrimonio alla morte del padre, rimase una moglie sola – e nessuno sapeva che era mai stata sposata; con una figlia che non osava rivendicare, anche se l'amava alla follia; con un padre che temeva, e una sorella che odiava. Quando l'estate successiva passò e lo straniero scuro non venne, Maude e Grace divennero cupe e tristi; e avevano un che di smunto, anche se eran belle come prima. Ma poco alla volta la signorina Maude si rianimò; e infatti suo padre era sempre più infermo e sempre più perso nella sua musica; e lei e la sorella vivevano quasi del tutto divise, in stanze separate, Grace nell'ala ovest, Maude nell'ala est – proprio in quelle stanze che ora eran chiuse. Pensò così di potersi riprendere la sua bambina, senza che nessuno lo venisse mai a sapere, tranne quelli che non osavano parlare, ed erano costretti a credere a quello che diceva lei, cioè che era la figlia di un contadino, che per un capriccio teneva con sé. E tutto questo, disse Dorothy, si sapeva; ma ciò che avvenne in seguito, non lo sapeva nessuno, tranne la signorina Grace e la signora Stark, che già allora era la sua cameriera, e molto più amica di quanto la sorella fosse mai stata. E i servi supponevano, da cenni lasciati cadere qua e là, che Maude avesse celebrato il suo trionfo su Grace, dicendole che lo straniero scuro l'aveva presa in giro per tutto quel tempo fingendo di amarla, e che era suo marito; da quel giorno il colore abbandonò per sempre il viso e le labbra della signorina Grace, e la sentiron dire spesso che si sarebbe presa la sua vendetta, prima o poi; e la signora Stark si mise a spiare senza sosta le stanze dell'ala est.

Una notte tremenda, era appena iniziato l'anno nuovo, e la neve giaceva profonda e compatta, e i fiocchi ancora cadevano – fitti abbastanza da accecare chi si trovasse fuori – si sentì uno strepito assordante, poi la voce del vecchio Lord che bestemmiava e malediceva orrendamente, e le urla di un bambino piccolo, e la sfida sdegnosa di una donna, e il rumore di un colpo, e un gran silenzio, e lamenti e gemiti che si affievolivano sulla collina! Poi il vecchio Lord riunì tutta la servitù e disse, con imprecazioni tremende, e parole ancora più atroci, che sua figlia si era disonorata e che lui l'aveva cacciata di casa – lei con sua figlia – e che se mai le avessero dato aiuto – o cibo o riparo – potessero non andare mai in cielo. E per tutto il tempo, la signorina Grace gli era stata accanto, bianca e zitta come un sasso; e quand'ebbe finito, lei fece un gran sospiro, come per dire che la sua opera era compiuta, e il suo scopo raggiunto. E il vecchio Lord non toccò più l'organo, e morì entro l'anno; e non c'è da stupirsi! perché la mattina dopo quella notte spaventosa e selvaggia, i pastori che scendevano dai monti trovarono la signorina Maude seduta, pazza e sorridente, sotto gli agrifogli, a cullare una bambina morta, con un segno orrendo sulla spalla destra. «Non era stato quello a ucciderla», disse Dorothy; «ma il freddo e il gelo; tutte le bestie selvagge erano nelle tane, tutte le pecore erano nell'ovile, mentre la bambina e sua madre erano state cacciate via, a vagare sui monti! E adesso sai tutto! Mi chiedo se hai meno paura, adesso».

Avevo più paura che mai; ma non glielo dissi. Avrei voluto andarmene per sempre da quella casa terribile con la mia padroncina; ma non osavo portarmela via, e non la volevo lasciar lì. Oh! ma come la tenevo d'occhio, come vegliavo su di lei! Serravamo le porte, sprangavamo le imposte delle finestre un'ora o anche più prima del buio, piuttosto che lasciarle aperte solo cinque minuti di troppo. Ma la mia piccola sentiva lo stesso il pianto e i gemiti della misteriosa bambina; e potevamo fare o dire qualsiasi cosa, che voleva sempre andar da lei, e farla entrare al riparo dalla neve e dalla violenza del vento. Io me ne stavo lontana più che potevo dalla signorina Furnivall e dalla signora Stark, perché ne avevo paura – sapevo che non poteva venirne niente di buono, con quelle loro facce grigie e dure, e quegli occhi trasognati, fissi sugli anni terribili che eran passati. Eppure, con tutta la mia paura, sentivo una sorta di pietà, almeno per la signorina Furnivall.

Neanche le anime dannate possono avere uno sguardo più disperato di quello che era sempre nei suoi occhi. Alla fine sentii una tale pena – non parlava più, se non vi era costretta – che pregavo per lei; e insegnai alla signorina Rosamond a pregare per una che aveva commesso peccato mortale; ma di frequente, arrivata a quelle parole, si metteva ad ascoltare, e saltava su in piedi, e diceva: «Sento la mia bambina triste che piange e si lamenta – Oh! falla entrare, se no morirà!»

Una notte – subito dopo il primo giorno dell'anno, quando finalmente il lungo inverno stava cambiando, o così almeno speravo – sentii il campanello del salotto ovest squillare tre volte, che era il segnale per me. Non volevo lasciar sola la signorina, anche se stava dormendo – il vecchio Lord aveva suonato più furiosamente che mai – e temevo che il mio tesoro si svegliasse per ascoltare lo spettro; vederlo, ne ero sicura, non poteva. Con troppa cura avevo chiuso le finestre. Così, la sollevai dal letto, e l'avvolsi nei panni che avevo a portata di mano, e la portai giù in salotto, dove le vecchie signore lavoravano all'arazzo, come al solito. Alzarono lo sguardo quando entrai, e la signora Stark mi chiese, sbalordita, perché avevo tirato fuori dal suo letto caldo la signorina Rosamond, per portarla lì. Avevo cominciato a bisbigliare: «Perché avevo paura che mentre ero via, fosse attirata nella neve dalla bambina crudele», ma lei mi zittì bruscamente (lanciando un'occhiata alla sua compagna), e disse che la signorina Furnivall voleva farmi disfare una parte del lavoro che aveva sbagliato, dato che loro due non ci vedevano abbastanza per scucirla. Così, misi il mio bel tesoro sul divano, e mi sedetti su uno sgabello lì accanto; mentre sentivo il vento alzarsi e ululare, il mio cuore si induriva contro di loro.

Con tutto il vento che soffiava, la signorina Rosamond era profondamente addormentata sul divano; e la signorina Furnivall taceva e non si girava nemmeno quando le folate facevano vibrare i vetri. Tutt'a un tratto, si drizzò in piedi, tesa, con una mano alzata, come per farci ascoltare.

«Sento voci!», disse. «Sento urla tremende – sento la voce di mio padre!»

In quell'attimo il mio tesoro si svegliò di soprassalto: «La mia bambina piange, oh, come piange!» e tentò di alzarsi per andar da lei, ma le si impigliarono i piedi nella coperta, e io l'afferrai; perché mi sentii rabbrividire per quei rumori che loro sentivano, mentre a noi non giungeva suono. Dopo un minuto o due vennero, i rumori, e si addensarono in fretta, e ci riempiron le orecchie; anche noi sentivamo voci e urla, senza più sentire il vento d'inverno che infuriava fuori. La signora Stark mi guardò, e io guardai lei, ma non osavamo parlare. Improvvisamente la signorina Furnivall andò verso la porta, uscì nell'anticamera, attraverso il corridoio dell'ala ovest e spalancò la porta della sala. La signora Stark la seguì, e io non osai restar sola, anche se il mio cuore quasi non batteva più dalla paura. Strinsi forte la mia piccola tra le braccia, e uscii con loro. Nella sala le urla erano più forti che mai; sembravano venire dall'ala est... sempre più vicine... al di là delle porte chiuse a chiave... attaccate ad esse. Poi mi accorsi che il grande lampadario di bronzo sembrava tutto illuminato anche se la sala era buia, e che il fuoco ardeva nell'immenso camino anche se non dava calore; rabbrividii dal terrore e mi tenni più stretto il mio tesoro. Proprio allora la porta est vibrò, e lei, divincolandosi all'improvviso per sciogliersi da me, gridò: «Hester! devo andare! c'è la mia bambina; la sento; sta venendo! Hester! devo andare!»

La strinsi con tutta la mia forza. La trattenni, con ostinazione. Ero talmente risoluta che, se fossi morta, le mie mani avrebbero continuato ad aggrapparsi a lei. La signorina Furnivall ascoltava, immobile, e non badava alla mia piccola, che ora era in terra, e io in ginocchio la trattenevo cingendole il collo con le braccia; e lei continuava a lottare e piangere per svincolarsi.

Di colpo la porta est cedette con un frastuono assordante, come se fosse stata spalancata in un accesso d'ira furente, e nella misteriosa luce chiara avanzò la figura di un vecchio alto, grigio, dagli occhi lucenti. Con gesti di ripugnanza spietata spingeva dinanzi a sé una donna bella e dura, con una bambina piccola attaccata al suo vestito.

«Oh Hester! Hester!», gridò la signorina Rosamond. «E la signora! la signora degli agrifogli; e la mia bambina è con lei. Hester! Hester! lasciami andar da lei; mi trascinano a sé. Le sento – le sento! devo andare!»

Di nuovo fece sforzi convulsi per liberarsi; ma la strinsi sempre più forte, finché ebbi paura di farle male; ma meglio così, che lasciarla andare da quei fantasmi orrendi. Passarono, diretti al portone d'ingresso, dove ululavano i venti, famelici di prede; ma prima di raggiungerlo, la signora si girò; e vidi che sfidava il vecchio con arroganza sdegnosa; ma poi, sgomenta, protese le braccia, con pena selvaggia, per salvare la sua bambina – la sua bambina piccola – dal colpo della gruccia alzata.

La signorina Rosamond fu straziata da un potere più forte del mio, e si contorse tra le mie braccia, e singhiozzò (era debole ormai, il mio povero tesoro).

«Vogliono che vada con loro sui monti – mi trascinano a sé. Oh, la mia bambina! Vorrei venire, ma Hester crudele, cattiva, mi tiene così stretta». Ma quando vide la gruccia alzata svenne, e io ringraziai Dio. Proprio in quell'attimo – quando il vecchio alto, con i capelli ondeggianti come al soffio di una fornace, stava per vibrare il colpo sulla bambina piccola e atterrita – la signorina Furnivall, la vecchia che era al mio fianco, urlò: «Oh, padre! padre! Abbi pietà della bambina innocente!» Allora vidi – tutte noi vedemmo – un altro spettro prender forma, e separarsi distinto dalla luce bluastra e nebbiosa che riempiva la sala; prima non si vedeva, ma ora un'altra signora stava accanto all'uomo, con uno sguardo di odio implacabile, e disprezzo trionfante. Era una figura bella da guardare, con un soffice cappello bianco calato sulla fronte superba, e rosse labbra beffarde. Indossava un abito di satin blu. Avevo già visto quella figura, era l'immagine della signorina Furnivall da giovane. Gli spaventosi fantasmi compirono il gesto, indifferenti alla supplica selvaggia della vecchia signorina Furnivall – e la gruccia alzata cadde sulla spalla destra della bambina, e la sorella più giovane stette a guardare, dura come la pietra, imperturbabile e serena. In quell'attimo, le luci indistinte, e il fuoco che non dava calore, si spensero, e la signorina Furnivall giacque ai nostri piedi colpita da paralisi – colpita a morte.

Sì! quella notte fu trasportata nel suo letto, e non si alzò mai più. Giaceva col viso rivolto al muro, mormorando sottovoce ma di continuo: «Ahimè! ahimè! ciò che si fa in gioventù non si disfa in vecchiaia! Ciò che si fa in gioventù, non si disfa in vecchiaia!»

La clarissa

I

12 dicembre 1747. Eventi straordinari si sono stranamente intrecciati alla mia vita, prima ancora di entrare in contatto con i loro protagonisti e addirittura prima di sapere della loro esistenza. Suppongo che la maggior parte dei vecchi, come me, preferisca rivolgere lo sguardo alla carriera passata con un senso di appassionato interesse e di tenero ricordo, piuttosto che osservare gli avvenimenti – probabilmente molto più interessanti per tutti gli altri – che si stanno svolgendo sotto i loro occhi. E ammesso che generalmente sia questo l'atteggiamento dei vecchi, quanto più lo è per me!... Accingendomi a scrivere la strana storia legata all'infelice Lucy, devo iniziare da un tempo molto più antico. Io stesso venni a sapere le vicende della sua famiglia solo dopo aver conosciuto lei; ma, per rendere comprensibile il racconto a tutti, devo disporre gli eventi secondo la loro successione cronologica, non secondo l'ordine in cui io li appresi.

Nel nord-est del Lancashire, in un luogo che chiamano la Forra di Bolland, confinante con la regione di Craven, esiste un'antica dimora. Casa Starkey, più che un palazzo costruito secondo le norme, è un insieme di stanze che si raggruppano irregolarmente intorno a un vecchio torrione grigio e massiccio. In realtà, penso che al tempo in cui le incursioni a sud degli Scozzesi sparsero il terrore sino in quei luoghi, la casa si limitasse alla gran torre centrale; e che probabilmente fu dopo l'arrivo degli Stuart e la conseguente maggior tutela della proprietà in quelle zone, che gli Starkey di allora aggiunsero al torrione l'edificio più basso che, su due piani, corre tutt'intorno alla sua base. Ai miei tempi fu tracciato il piano di uno splendido giardino sul declivio a sud della casa; ma quando vi giunsi la prima volta, l'orto del fattore era l'unico terreno coltivato della proprietà. Dalle finestre del soggiorno era possibile vedere i daini, e se non fossero stati così selvatici e impauriti, avrebbero brucato l'erba proprio lì davanti. Casa Starkey si ergeva su un promontorio elevato, una specie di penisola sporgente dalle ripide colline che formano i lati della Forra di Bolland. Erano colline spoglie e rocciose sulla sommità, mentre più in basso si coprivano di verdi profondità di felci e di intricati boschi cedui, sovrastati qua e là da alberi di antiche foreste, grigi giganti con bianchi rami spettrali tesi in alto, come a maledire il cielo. Questi alberi, mi dissero, erano ciò che restava delle foreste dei tempi dell'Eptarchia[1], e anche allora erano usati come punti di demarcazione. Non vi era dunque da stupirsi che i rami più alti ed esposti fossero privi di foglie, e che la corteccia morta fosse caduta per l'avvizzimento della vecchiaia.

Non lontano dal palazzo, vi erano alcune piccole case, apparentemente della stessa epoca del torrione, probabilmente costruite per dei dipendenti della famiglia, che si erano messi sotto la protezione del signore feudale con le loro famiglie e i loro piccoli greggi e armenti. Alcune erano quasi completamente diroccate. Erano costruite in modo bizzarro. Dei grossi travi erano stati conficcati nel terreno a una certa distanza l'uno dall'altro, e le estremità libere erano state saldamente collegate a due a due, in modo da assumere una forma arrotondata, come le tende degli zingari, solo molto più ampie. Gli spazi intermedi erano stati chiusi con fango, pietre, canne, calcinacci, malta – con qualsiasi cosa potesse riparare dalle intemperie. Al centro di queste abitazioni rudimentali si trovava il focolare, e il camino non era che un buco nel tetto. Neanche le casupole al nord della Scozia o le

[1] Nome dato per la prima volta nel XV secolo ai sette regni anglosassoni d'Inghilterra: Northumbria, East Anglia, Mercia, Essex, Sussex, Wessex, Kent (N.d.r.).

capanne irlandesi eran costruite in modo più rozzo.

All'inizio di questo secolo, il proprietario era un certo Patrick Byrne Starkey. La sua famiglia era rimasta fedele all'antico credo, ed erano tutti cattolici romani ferventi, convinti che fosse peccaminoso persino sposare qualcuno anche solo d'origine protestante, indipendentemente dalla volontà, pur decisa, dell'uomo o della donna di abbracciare la religione romana. Il padre di Patrick Starkey era stato un seguace di Giacomo II[2]; e durante la disastrosa campagna in Irlanda di quel monarca, si era innamorato di una bellezza del luogo, una certa signorina Byrne, come lui cattolica zelante e fautrice degli Stuart. Dopo la fuga in Francia, era tornato in Irlanda e l'aveva sposata, portandola poi con sé alla corte di Saint Germains. Ma alcune libertà che i gentiluomini sregolati al seguito di re Giacomo in esilio si eran presi, avevano recato offesa alla sua bella moglie, e disgusto a lui; e così aveva lasciato Saint Germains per Anversa da dove, dopo qualche anno, era ritornato senza scalpore a Casa Starkey, grazie ai buoni uffici di alcuni vicini che si erano adoperati per la sua riconciliazione con l'autorità egemone. La sua fede cattolica era salda come sempre, e così pure la lealtà nei confronti degli Stuart e la ferma convinzione sul diritto divino dei re; ma la religione assumeva in lui quasi le forme dell'ascetismo, e la condotta di quanti gli si eran trovati a così stretto contatto a Saint Germains, mal sosteneva l'esame di un austero moralista. Dimodoché offrì alleanza dove non poteva concedere stima, e imparò a rispettare francamente il carattere retto e giusto di un sovrano che lui ancora considerava usurpatore. La monarchia di re Guglielmo non aveva nulla da temere da uno come lui. E così, come ho detto, moderato nell'animo e impo-

[2] Giacomo II Stuart (1633-1701) secondogenito di Carlo I e di Enrichetta Maria di Francia, successe nel 1685 al fratello Carlo II. Cattolico e assolutista, inaugurò una politica aspramente reazionaria e di restaurazione del cattolicesimo, con la repressione più violenta delle numerose rivolte anti-cattoliche. L'opposizione parlamentare si rivolse allora al genero Guglielmo d'Orange, che nel 1688-10 detronizzò e salì al trono con il nome di Guglielmo III (N.d.r.).

verito negli averi, ritornò alla casa degli avi, che era andata progressivamente in rovina, mentre il suo proprietario era cortigiano, soldato, esule. Le strade che penetravano nella Forra di Bolland erano poco più che sentieri per carri; e difatti, la via che portava al palazzo fiancheggiava un campo coltivato prima di giungere al parco dei daini. Madame, come la gente del luogo chiamava la signora Starkey, cavalcava dietro il marito su una sella da donna e si reggeva a lui, tenendosi leggermente alla sua cintura di cuoio. Il signorino (colui che divenne in seguito il padrone del luogo, Patrick Byrne Starkey) sedeva in groppa al suo pony, sorretto da un servitore. Una donna che aveva superato la mezza età camminava con passo fermo e sicuro accanto al carro che trasportava gran parte del bagaglio; e su in cima, tra sacchi e casse, agevolmente accoccolata sul baule più alto, sedeva una giovane di rara bellezza, che si dondolava senza paura da una parte e dall'altra, seguendo le oscillazioni e gli scossoni del carro, sulle strade fangose dell'autunno avanzato. Aveva il capo coperto dalla faglia d'Anversa, ovvero il nero manto spagnolo, e nell'insieme il suo aspetto era tale, che il vecchio contadino che mi descrisse il corteo molti anni dopo, disse che tutta la gente di campagna l'aveva presa per una straniera. Alcuni cani, e il ragazzo che li accudiva, chiudevano il gruppo. Procedevano in silenzio, guardando con occhi gravi e seri i contadini che uscivano dalle casupole sparpagliate, per porgere un saluto e un inchino al legittimo proprietario «finalmente tornato a casa», e fissavano a bocca aperta il piccolo corteo, ancor più stupefatti per il suono della lingua straniera, in cui le poche indispensabili parole venivano scambiate. Un ragazzo, che li fissava attonito, fu richiamato dal padrone perché aiutasse a spingere il carro, e li accompagnò al palazzo. Raccontò che quando la signora era scesa di sella, la donna di mezza età, che ho descritto a piedi tra gli altri a cavallo, era venuta avanti in fretta, e prendendo tra le braccia Madame Starkey (che aveva una figura esile e delicata) l'aveva portata oltre la soglia, fin dentro la casa di suo marito esprimendo allo stesso tempo una benedizione appassionata nella lingua straniera. Lui era rimasto in piedi lì accanto, accennando un austero sorriso; ma alle parole di benedizione, si era tolto il bel cappello piumato, e aveva chinato la testa. La ragazza col manto nero era entrata nell'ombra cupa della sala, e aveva baciato la mano della signora; e questo fu quanto, al ritorno, il ragazzo fu in grado di raccontare al gruppo di gente che gli si era radunata intorno, avidamente ansiosa di sentire ogni cosa, e di sapere quanto gli avesse dato il padrone per i suoi servizi.

Da tutte le notizie da me raccolte, risulta che all'epoca del ritorno del proprietario la casa fosse in uno stato di avanzata rovina. Le massicce mura grigie resistevano salde e intatte; ma le stanze interne erano state usate per tutti gli scopi possibili. Il grande soggiorno era diventato un granaio; nella camera degli arazzi, che era il luogo di rappresentanza, si era immagazzinata la lana, e così via. Ma poco alla volta, tutto fu ripulito; e pur non avendo il denaro necessario per l'acquisto di un mobilio nuovo, marito e moglie avevano il dono di utilizzare al meglio quello vecchio. Lui era un falegname tutt'altro che disprezzabile; lei metteva una sorta di grazia in tutto ciò che faceva, e infondeva una qualità di pittoresca eleganza a tutto ciò che toccava. Inoltre, avevano portato dal continente molti oggetti rari; o forse, dovrei dire piuttosto, oggetti che eran rari in quella parte d'Inghilterra – sculture, crocifissi, bei quadri. E poi, il legno abbondava nella Forra di Bolland, e grandi ceppi bruciavano nei camini, illuminando con fiamme danzanti le vecchie stanze oscure, dando a ogni cosa un aspetto raccolto e confortevole.

Perché vi dico tutto questo? La mia storia ha poco a che fare con i coniugi Starkey; eppure indugio a raccontare di loro, come se fossi restio ad arrivare alle persone con cui invece la mia vita si è così stranamente intrecciata. Madame era stata allevata in Irlanda proprio dalla donna che l'aveva presa tra le braccia, dandole il benvenuto nel Lancashire nella casa del marito. E Bridget Fitzgerald, tranne che nel breve periodo della vita matrimoniale, era sempre rimasta con lei. Il suo matrimonio, con un uomo di condizione sociale superiore alla sua, era stato infelice. Il marito era morto, lasciandola anche più povera di quanto non fosse quando si erano incontrati. Era rimasta con una bambina, la bella figlia in cima al carro di mobili che avevano portato al palazzo. Madame Starkey l'aveva ripresa al suo servizio dopo la morte del marito. Lei e la figlia avevano accompagnato «la signora» nella sua sorte; avevano vissuto a Saint Germains e Anversa e l'avevano seguita infine nella sua casa del Lancashire. Non appena Bridget fu lì, il padrone le fece dono di una casetta, e si diede maggior pena ad arredargliela di quanta ne mettesse in qualsiasi attività non concernente la propria casa. Ma quella era la sua residenza solo di nome: di fatto, Bridget trascorreva la maggior parte del tempo nella grande casa della donna che aveva allevato; in realtà, tagliando per i boschi, il percorso fin lì era breve. Allo stesso modo, sua figlia Mary andava da un luogo all'altro a suo piacimento. Madame amava profondamente sia la madre che la figlia. Avevano una grande influenza su di lei, e attraverso di lei, sul marito. Si poteva star certi che qualsiasi cosa Bridget o Mary volessero, si sarebbe verificata. Non suscitavano ostilità perché, pur essendo impetuose e passionali, avevano una natura generosa. Ma gli altri domestici le temevano, perché eran loro gli spiriti occulti che dominavano sulla casa. Il padrone aveva perso ogni interesse a questioni materiali; Madame era gentile, affettuosa e remissiva. Marito e moglie erano teneramente legati l'uno all'altra e al loro bambino; ma sempre più tendevano ad evitare il fastidio di prender decisioni; ed era per questo che Bridget poteva esercitare un potere talmente dispotico. Ma pur cedendo tutti gli altri al «fascino della sua superiorità mentale», non erano rare le ribellioni da parte della figlia. Erano troppo simili per poter andare d'accordo. Le liti tra loro erano violente, e ancor più violente le riconciliazioni. Vi erano momenti in cui, nel furore della passione, si sarebbero potute accoltellare a vicenda. Tutte le altre volte entrambe – ma soprattutto Bridget – avrebbero volentieri dato la vita l'una per l'altra. L'amore di Bridget per la sua bambina aveva radici profonde, più profonde di quanto quella figlia riuscì mai a capire; se no, penso che non si sarebbe stancata di casa sua come di fatto accadde, e non avrebbe pregato la signora di trovarle una sistemazione – come cameriera personale – al di là del mare, tra le scene più animate della vita continentale, dove aveva trascorso molti dei suoi anni più felici. Pensò, come pensa la gioventù, che la vita sarebbe durata per sempre, e che due o tre anni lontana da sua madre, di cui era l'unica figlia, non ne erano che una piccola parte. Bridget la pensava diversamente, ma era troppo orgogliosa per lasciarsi sfuggire ciò che sentiva. Se la sua bambina desiderava lasciarla, ebbene, allora doveva andare. Ma la gente disse che in quel periodo di due mesi Bridget invecchiò di dieci anni. Era convinta che Mary volesse andarsene da lei. In realtà, invece, Mary voleva andarsene da quel luogo per un po', provare cose nuove, e sarebbe stata felice di portarsi la madre con sé. E per la verità, quando Madame Starkey le ebbe trovato una sistemazione all'estero presso una gran signora e si avvicinò il tempo della partenza, fu Mary a stringere appassionatamente sua madre tra le braccia, e a dirle, tra fiumi di lacrime, che mai l'avrebbe lasciata; e fu Bridget infine a sciogliersi dall'abbraccio e ad esortarla, seria e senza lacrime, a mantenere la parola data, e ad andare nel vasto mondo. Singhiozzando ad alta voce e girandosi di continuo, Mary se ne andò. Bridget rimase ferma come la morte, quasi senza respirare o abbassare le palpebre sugli occhi di pietra; sinché infine si voltò ed entrò in casa, e sbarrò la porta con una vecchia panca pesante. Sedette lì immobile, davanti alla cenere grigia del fuoco spento, sorda all'amorosa voce di Madame, che supplicava la sua balia di farla entrare e lasciarsi confortare. Sorda, insensibile, immobile, sedette per più di venti ore; sinché, per la terza volta, Madame percorse fin lì il sentiero coperto di neve portando un cucciolo di spaniel, che era stato il prediletto di Mary nella grande casa, e che per tutta la notte aveva continuato a cercare la sua padrona assente, mugolando e guaendo. Madame, dietro la porta chiusa, raccontò la sua storia tra le lacrime – lacrime provocate dalla tremenda espressione di pena su quel viso, così fissa, così immutabile; oggi così identica a ieri. La creaturina che teneva in braccio cominciò a mugolare penosamente, tremante per il freddo. Bridget fu percorsa da un fremito; si mosse... ascoltò. Di nuovo quel lungo guaito; pensò che fosse per sua figlia; e accordò all'essere muto che Mary aveva amato, ciò che aveva rifiutato alla sua padrona, a colei che lei stessa aveva allattato. Aprì la porta, e le prese il cane dalle braccia. Poi entrò anche Madame, e mentre la donna anziana quasi non si accorgeva di lei o d'altro, la baciò e le diede conforto. E, mandato il signorino Patrick al palazzo a chiedere fuoco e cibo, la giovane signora gentile rimase con la sua balia per tutta la notte. Il giorno seguente ci andò persino il marito, portando con sé un bel quadro forestiero: i papisti lo chiamano Nostra Signora del Sacro Cuore. È un quadro della Madonna, con il cuore trafitto da frecce, e ogni freccia rappresenta uno dei suoi grandi dolori. Era appeso nella casa di Bridget, quando la vidi per la prima volta; adesso l'ho qui con me.

Passarono gli anni. Mary era ancora all'estero. Bridget era chiusa e dura, non più attiva e impetuosa. Il cagnolino, Mignon, era il suo unico tesoro. Ho sentito dire che gli parlava in continuazione, pur essendo così silenziosa quasi con tutti. I suoi signori la trattavano con grande gentilezza, e a ragione, perché era devota e fedele come era sempre stata. Mary scriveva abbastanza spesso e sembrava contenta della sua vita. Ma alla fine le lettere non arrivarono più – non so se prima o dopo che un grande spaventoso dolore si abbattesse sulla casa degli Starkey. Madame prese il tifo curando il marito ammalato, e ne morì. Potete star certi che Bridget non permise a nessun'altra donna di curarla; e tra le braccia che l'avevano accolta alla sua nascita, la giovane gentile reclinò il capo ed esalò l'ultimo respiro. Lui, in certo qual modo, guarì. Senza mai recuperare la sua forza fisica, né quella di sorridere. Digiunava e pregava più di quanto non avesse mai fatto; e la gente diceva che tentò di invalidare il principio ereditario, trasferendo i suoi averi all'estero per fondarvi un monastero di cui sperava che un giorno il signorino Patrick divenisse priore. Ma glielo impedirono il rigore dell'inalienabilità ereditaria, e la fermezza delle leggi antipapiste. E così dovette limitarsi a nominare tutori del figlio alcuni gentiluomini della sua stessa fede, a cui impartì disposizioni particolareggiate sull'anima del ragazzo, generiche sulla proprietà e il modo di amministrarla prima della sua maggiore età. Naturalmente non si dimenticò di Bridget. Dal letto di morte la mandò a chiamare, e le chiese se preferiva ricevere una somma in contanti, oppure usufruire di una piccola rendita annuale. Lei rispose immediatamente che preferiva la somma in contanti, perché pensava alla figlia a cui avrebbe potuto lasciare il denaro, mentre la rendita si sarebbe estinta con la sua morte. Così le lasciò la casa vita natural durante, e una cospicua somma di denaro. E poi morì, e nessuno, che io sappia, se ne andò da questo mondo con un cuore più pronto e solerte del suo. Il figlio fu portato via dai tutori, e Bridget rimase sola.

Come ho detto, da qualche tempo non aveva più notizie di Mary. Nell'ultima lettera, aveva raccontato dei suoi viaggi con la signora, la moglie inglese di un importante ufficiale straniero, e aveva menzionato la possibilità di un buon matrimonio, senza svelare il nome dell'uomo, anzi, quasi celandolo di proposito come per fare una gradita sorpresa a sua madre; e infatti, per posizione e patrimonio, come appresi in seguito, superava di gran lunga ogni sua legittima aspettativa. Poi seguì un lungo silenzio; Madame era morta e il padrone era morto, il cuore di Bridget era roso dall'ansietà e non sapeva a chi chiedere notizie di sua figlia. Non sapeva scrivere, ed era stato il padrone ad occuparsi della corrispondenza con lei. Si incamminò per Hurst e si rivolse a un buon sacerdote – conosciuto ad Anversa – perché le scrivesse una lettera. Ma non giunse risposta. Era come piangere nello spaventoso silenzio della notte.

Un giorno i vicini, che erano abituati a vederla uscire e rientrare, si accorsero che non c'era più. Con loro, non era mai stata socievole; ma il vederla era divenuto parte della vita di tutti i giorni, e un lento stupore si affacciò alla loro mente, mentre le mattine passavano e la porta restava chiusa, la finestra buia, priva dei bagliori di un fuoco acceso all'interno. Infine, qualcuno provò ad aprire la porta; era chiusa a chiave. Dovettero essere in due o tre prima di trovare il coraggio di affacciarsi alla finestra vuota e senza imposte. Ma finalmente osarono; e allora si resero conto che l'assenza di Bridget dal loro piccolo mondo non dipendeva da un incidente o da morte, ma da un atto premeditato. Il mobilio di piccole dimensioni che poteva esser protetto dai guasti del tempo e dell'umidità, era stato coperto e imballato. Il quadro della Madonna era stato staccato dal muro e non c'era più. Insomma, Bridget si era allontanata da casa di soppiatto, senza lasciar traccia sulla possibile direzione presa. In seguito venni a sapere che se n'era andata col suo cagnolino a cercare la figlia perduta. Era troppo illetterata per aver fiducia nelle lettere, anche se avesse avuto modo di scriverne e spedirne molte. Ma aveva fiducia nella forza del suo amore, ed era convinta che quel sentimento così intenso l'avrebbe guidata istintivamente dalla sua bambina. Inoltre, non era una novità per lei viaggiare in paesi stranieri, conosceva il francese abbastanza da spiegare lo scopo del viaggio, e poteva aspettarsi, grazie alla sua fede, un'accoglienza ospitale e caritatevole in molti conventi lontani. Ma nelle campagne intorno a Casa Starkey di tutto questo non si sapeva nulla. Pigramente, torpidamente, la gente si chiese cosa le fosse accaduto, e poi smise del tutto di pensare a lei. Passarono molti anni. Il palazzo e la casetta eran vuoti. Il giovane signore viveva lontano sotto il controllo dei suoi tutori. Lana e grano avevano invaso i salotti e di tanto in tanto i contadini e campagnoli si consultavano a bassa voce sull'opportunità di forzare anche la porta della vecchia Bridget, per mettere in salvo quel poco che restava dalla devastazione di tarli e ruggine. Ma quest'idea invariabilmente veniva meno, al ricordo della durezza del suo carattere, della violenza della sua collera; e si cominciarono a sussurrare storie sull'animo imperioso, sulla veemente forza di volontà, sinché perfino il pensiero di recarle offesa toccando un oggetto che le apparteneva, si caricò di una specie di orrore: si credeva che, viva o morta, non avrebbe mancato di vendicarsi.

Improvvisamente tornò, senza preparativi visibili e senza scalpore, come se n'era andata. Un giorno qualcuno notò un sottile filo di fumo azzurro che saliva dal camino. La porta era spalancata a ricevere il sole di mezzogiorno; e prima che molte ore fossero passate, qualcuno vide una vecchia, segnata dalla fatica e dal dolore, che immergeva la sua brocca nel pozzo; e disse che gli occhi scuri e austeri che si erano alzati a guardarlo, assomigliavano agli occhi di Bridget Fitzgerald più di quelli di chiunque altro al mondo; e tuttavia, se si trattava di lei, sembrava che fosse passata attraverso le fiamme dell'inferno, talmente cupo, spaventato e feroce era il suo aspetto. Coll'andar del tempo molti la videro; e chi ne aveva incontrato lo sguardo una volta, non era incline a farsi sorprendere a guardarla di nuovo. Aveva preso l'abitudine di parlare in continuazione fra sé; e inoltre si rispondeva, e variava il tono a seconda della posizione che di volta in volta assumeva nel discorso. Non c'è da stupirsi se i temerari in ascolto dietro la sua porta di notte, eran convinti che parlasse con qualche spirito; in breve, si stava inconsapevolmente facendo la tremenda reputazione di strega.

Il cagnolino, che aveva vagato con lei su mezzo continente, era il suo unico compagno; un muto ricordo di giorni più lieti. Una volta si ammalò; lo portò in braccio per più di tre miglia e si rivolse, per averne consiglio, a un tale che era stato cameriere del suo defunto padrone e che si era fatto notare per la sua grande abilità nel curare gli animali. Qualunque fosse stato il rimedio usato, il cane guarì; e chi la sentì ringraziare quell'uomo e benedirlo (più che preghiere, eran voti di prosperità), con sguardo grave ne contemplò la buona sorte l'anno successivo, quando le sue pecore figliarono due agnelli e l'erba del suo pascolo crebbe folta e rigogliosa.

Dunque, avvenne che intorno all'anno 1711, uno dei tutori del giovane erede, un certo Philip Tempest baronetto, pensò che nella proprietà del suo pupillo vi doveva essere selvaggina in abbondanza; e così si recò al palazzo con quattro o cinque gentiluomini suoi amici, per trattenervisi una o due settimane. Da tutti i resoconti risulta che fecero un bel po' di baldoria e non badarono a spese. Non ho mai saputo i loro nomi, tranne uno, quello di Gisborne. A quel tempo, era alle soglie della mezza età; aveva soggiornato a lungo all'estero, dove aveva probabilmente incontrato il baronetto, e gli si era reso utile in qualche modo. In quegli anni era un individuo audace e dissoluto: noncurante e temerario, più disposto a trovarsi in una rissa, che ad esserne escluso. Aveva poi i suoi attacchi di malumore, da cui non si salvavano uomini o bestie. Per il resto, quelli che lo conoscevano bene, dicevano che aveva un buon cuore se non era adirato, ubriaco o irritato per un qualsiasi motivo. Quando lo conobbi io, era molto cambiato.

Un giorno erano stati a caccia senza prendere granché, credo; in ogni caso, Gisborne non aveva preso niente, e perciò era d'umor nero. Stava tornando a casa, col fucile carico, da vero sportivo, quando il piccolo Mignon gli attraversò la strada proprio mentre sbucava dal bosco, vicino alla casetta di Bridget. Un po' per capriccio, un po' per dar sfogo al suo malumore su una creatura viva, Gisborne impugnò il fucile e sparò – sarebbe stato meglio se non avesse sparato mai più, piuttosto che esplodere quel colpo disgraziato. Colpì Mignon; e all'urlo improvviso dell'animale, Bridget uscì di casa e le bastò un'occhiata per capire cos'era successo. Prese Mignon tra le braccia, e guardò fissamente la ferita; la povera bestia la guardò con occhi vitrei, cercando di scodinzolare e di leccarle la mano insanguinata. Gisborne parlò, come preso da un tetro pentimento:

«Avresti dovuto tenermi il cane fuori dai piedi... Ladruncolo d'un parassita».

Proprio in quel momento, Mignon stese le zampe e le si irrigidì tra le braccia – il cane della sua Mary perduta che per anni aveva vagato e sofferto con lei. Camminò dritta verso di lui, e fissò i terribili occhi scuri sul suo viso riluttante e cupo.

«Chi mi ha fatto del male non ha mai avuto fortuna», disse. «Sono indifesa e sola al mondo; a maggior ragione ascoltano le mie preghiere i Santi del cielo. Ascoltatemi, Spiriti benedetti! ascoltatemi mentre invoco dolore su quest'uomo cattivo e crudele. Ha ucciso l'unica creatura che mi amava – l'animale muto che io amavo. Per quest'atto, fate ricadere dolore atroce sul suo capo, Santi benedetti! Mi ha pensata indifesa perché mi ha vista povera e sola; ma non ci sono gli eserciti celesti per quelli come me?»

«Su, su», disse, mezzo pentito, ma senza il minimo timore. «Eccoti una corona per comprarti un altro cane. Prendila, e smettila con le tue maledizioni! Queste minacce non mi spaventano proprio».

«Ah no?», disse, avvicinandosi di un passo e modificando l'urlo dell'imprecazione in un sussurro che fece rabbrividire il ragazzo del guardiacaccia che seguiva Gisborne. «In nome di questo sangue, vivrete per vedere la creatura che amate di più, e che è la sola ad amarvi – sì, un essere umano, ma innocente e tenero come il mio povero tesoro morto – vedrete quella creatura, per la quale la morte sarebbe sin troppo bella, divenire oggetto di terrore e repulsione per tutti. Ascoltatemi, Santi benedetti, che mai abbandonate chi è privo di ogni altro aiuto!»

Levò in alto la mano destra, grondante delle gocce della vita di Mignon; una o due schizzarono sull'abito del cacciatore – una vista carica di presagi per il servo che lo seguiva. Ma il padrone si limitò ad accennare un sorriso, forzato e sprezzante, e proseguì verso il palazzo. Prima di giungervi, comunque, diede al ragazzo una moneta d'oro, e gli disse di portarla alla vecchia, sulla via del ritorno al villaggio. Il giovane era pieno di paura, come mi disse molto tempo dopo; arrivò alla casetta e indugiò lì intorno, non osando entrare. Infine sbirciò dalla finestra, e al bagliore tremulo della fiamma, vide Bridget inginocchiata davanti al quadro di Nostra Signora del Sacro Cuore, e il corpo di Mignon per terra, tra lei e la Madonna. Pregava con passione selvaggia, come indicavano le sue braccia tese. Il ragazzo si ritrasse, ancor più terrorizzato, e si limitò a far scivolare la moneta d'oro sotto la porta che non chiudeva bene. Il giorno dopo fu scaraventata nella concimaia, e lì rimase perché nessuno osò toccarla.

Nel frattempo Gisborne, a disagio e insieme incuriosito, pensò di alleviare il suo senso di fastidio chiedendo al baronetto chi fosse Bridget. Era solamente in grado di descriverla – non ne conosceva il nome. Neanche Philip Tempest sapeva che dire. Ma un vecchio servitore degli Starkey che per quell'occasione si era rimesso in livrea – un furfante che Bridget aveva salvato dal licenziamento più volte, al tempo in cui era felice – disse: «Deve essere la vecchia strega, che sua eccellenza intende. Se ce n'è una che ha bisogno di un bel tuffo, è proprio Bridget Fitzgerald».

«Fitzgerald!», esclamarono entrambi. Ma il baronetto fu il primo a riprendere la parola:

«Non voglio sentir parlare di tuffi, Dickon. Sì, dev'essere proprio quella donna che il povero Starkey mi ha raccomandato di aiutare; ma quando sono stato qui l'ultima volta, se n'era andata, e nessuno sapeva dove. Andrò a cercarla domani. E tu bada bene, che se sento ancora parlare di streghe e se le capita qualcosa, ho una muta di cani capaci di fiutare un furfante bugiardo con la stessa abilità con cui inseguono un maschio di volpe; e allora sta' attento a come parli di buttare in acqua una vecchia serva fedele del tuo padrone morto».

«Aveva una figlia?», chiese Gisborne dopo un po'.

«Non lo so... sì! Mi pare di sì; una specie di cameriera personale di Madame Starkey».

«Col permesso di sua eccellenza», disse Dickon umilmente, «la signora Bridget aveva una figlia – una certa signorina Mary – che se ne andò all'estero, e poi non se ne è saputo più niente; e dicono che è stato questo a far impazzire sua madre».

Gisborne si coprì gli occhi con la mano.

«Vorrei che non mi avesse maledetto», mormorò. «Forse solo lei ha il potere... Lei e nessun altro». Dopo un po'esclamò a voce alta, senza che nessuno capisse bene cosa voleva dire, «Ma no! è impossibile!» e ordinò del chiaretto, dandosi ai bagordi con gli altri gentiluomini.

II

Vengo ora al tempo in cui io stesso mi trovai coinvolto nelle vicende delle persone di cui ho scritto. E per farvi capire in che modo entrai in relazione con loro, vi devo fornire alcune informazioni su di me. Mio padre era il figlio più giovane di un piccolo possidente del Devonshire; dei miei zii, il primogenito ereditò la proprietà dei suoi avi, il mediano divenne un importante avvocato di Londra, e mio padre prese gli ordini. Come la maggior parte del pastori poveri, aveva una famiglia numerosa; e son sicuro che fu ben felice quando il fratello scapolo che stava a Londra offrì di prendersi cura di me e di darmi un'istruzione perché potessi succedergli nell'attività.

Fu così che andai a vivere a Londra, in casa di mio zio, non lontano da Gray's Inn, trattato e rispettato come fossi suo figlio, e fu così che cominciai a lavorare nel suo ufficio insieme a lui. Ero molto affezionato al vecchio signore. Era l'agente personale di molti signorotti di campagna, e aveva raggiunto la sua posizione sia per la sua conoscenza dell'animo umano, che per quella della legge; e in quest'ultima era non poco ferrato. Diceva che la legge era il lavoro, l'araldica il piacere. Essendo così addentro alla storia delle varie famiglie, e a tutte le vicende tragiche delle vite ivi coinvolte, il sentirlo parlare durante i momenti di riposo di un qualsiasi blasone gli fosse capitato di incontrare, era come andare a teatro o leggere un racconto fantastico. Gli venivano sottoposti come a un'autorità indiscussa in quel campo molti casi di proprietà controversa, che si appellavano alla sua passione per la genealogia. Se l'avvocato che era venuto a consultarlo era giovane, non si faceva pagare, ma si limitava a tenergli un lungo discorso sull'importanza di studiare l'araldica; se l'avvocato era anziano e illustre, gli infliggeva una multa salata, e poi ne sparlava con me, considerandolo negligente in un ramo fondamentale della professione. La sua casa si trovava in una via sontuosa di recente costruzione, chiamata Ormond Street, e aveva una biblioteca ben fornita; ma tutti i libri parlavano del passato, nessuno progettava o prospettava il futuro. Lavoravo molto, sia per poter essere d'aiuto alla famiglia, sia perché mio zio mi aveva insegnato ad apprezzare la professione che tanto lo appassionava. Suppongo di aver lavorato troppo; ad ogni modo, nel 1718 non stavo affatto bene, e il mio buon zio era preoccupato per la mia aria malsana.

Un giorno, nel buio ufficio di Gray Inn Lane, il campanello nella stanza del commesso risuonò due volte. Era il segnale per me, e così entrai nella stanza privata di mio zio, proprio mentre ne stava uscendo un signore – un avvocato irlandese di reputazione superiore ai suoi meriti, che conoscevo abbastanza bene di vista.

Mio zio si stava sfregando lentamente le mani, assorto e pensieroso. Rimase in silenzio per due o tre minuti. Poi mi disse che quello stesso pomeriggio dovevo preparare il mio baule, e prendere il postale della notte per Chester Ovest. Se tutto andava bene, vi sarei giunto dopo cinque giorni, e avrei dovuto aspettare l'arrivo di un battello postale che mi portasse a Dublino; di lì avrei poi proseguito per una città chiamata Kildoon, e mi sarei dovuto fermare in quei paraggi, a far ricerche sull'eventuale esistenza di discendenti del ramo più recente di una famiglia a cui erano derivate in linea femminile proprietà di gran valore. L'avvocato irlandese che avevo visto era stanco del caso, e sarebbe stato propenso, senza ulteriori complicazioni, ad assegnare la proprietà ad un uomo che si era presentato a reclamarla; ma quando aveva esibito le sue tavole genealogiche, mio zio aveva previsto le possibili rivendicazioni di tali e tanti pretendenti più antichi, che l'avvocato l'aveva pregato di prendere in mano l'intera faccenda. Da giovane mio zio non avrebbe mai rinunciato a recarsi in Irlanda lui stesso, a scovare frammenti di carta o pergamena, accenni anche minimi a storie di famiglia. Ma visto che era vecchio e gottoso, delegò me.

E dunque mi recai a Kildoon. Suppongo di aver condiviso con mio zio la stessa soddisfazione nel fiutare una pista genealogica perché, trovandomi sul posto, in poco tempo mi fu chiaro che il signor Rooney, l'avvocato irlandese, si sarebbe cacciato in un tremendo imbroglio insieme al primo pretendente all'eredità, se si fosse pronunciato in suo favore. C'erano tre poveri diavoli irlandesi, tutti imparentati più strettamente di lui con l'ultimo proprietario; ma nella generazione precedente vi era un parente ancora più prossimo, di cui non si era mai tenuto conto, e la cui esistenza, oserei dire, non era neppure stata scoperta dagli avvocati, sinché non lo scovai nella memoria di certi vecchi dipendenti della famiglia. Che ne era stato di lui? Viaggiai avanti e indietro; mi recai in Francia, e tornai con una lieve traccia che mi portò a scoprire che era stato un uomo selvaggio e sfrenato, e aveva lasciato un figlio, con un carattere ancora peggiore del suo; che questo stesso Hugh Fitzgerald aveva sposato una donna molto bella, domestica dei Byrne – inferiore di rango, ma superiore a lui per carattere; che era morto poco dopo il matrimonio lasciando un figlio, non riuscii ad appurare se maschio o femmina, e che la madre era tornata a vivere con i Byrne. Dunque, il capofamiglia dei Byrne era arruolato nel reggimento del duca di Berwick, e passò molto tempo prima che potessi averne notizie; dopo più di un anno, ricevetti una breve lettera altezzosa – immagino che nutrisse il disprezzo del militare per il civile, l'odio dell'Irlandese per l'Inglese, la rivalità del seguace esiliato di re Giacomo per il suddito agiato e sereno di un governo da lui considerato usurpatore. Bridget Fitzgerald – scriveva – aveva seguito fedelmente le sorti di sua sorella: con la signora Starkey era stata all'estero e poi in Inghilterra, quando lei aveva ritenuto opportuno farvi ritorno. La sorella e il marito erano morti entrambi, né aveva notizie recenti di Bridget Fitzgerald: probabilmente sir Philip Tempest, tutore di suo nipote, sarebbe stato in grado di fornirmi delle informazioni a riguardo. Tralascio le sue piccinerie sprezzanti; il suo riferimento intenzionale al servizio fedele di Bridget, insinuando più di quanto non dicesse esplicitamente... tutto questo non ha a che fare con la mia storia. Sir Philip, quando mi rivolsi a lui, mi informò che versava regolarmente una rendita annuale a una vecchia chiamata Fitzgerald, residente a Coldholme (il villaggio situato nelle vicinanze di Casa Starkey), e che non sapeva se avesse dei discendenti.

Una lugubre sera di marzo giunsi in vista dei luoghi descritti all'inizio della mia storia. Capii a malapena l'aspro dialetto in cui mi indicarono la strada per la casa della vecchia Bridget.

«Là! Appressailumi!» Le parole attaccate l'una all'altra non mi fecero capire che dovevo seguire le luci lontane che illuminavano le finestre del palazzo; in quel tempo vi abitava un mezzadro che svolgeva le mansioni di amministratore, mentre il giovane padrone, che aveva allora ventiquattro o venticinque anni, compiva il suo viaggio sul continente. Infine, comunque, raggiunsi la casa di Bridget, un luogo basso, coperto di muschio; i paletti dello steccato che un tempo la cingeva non esistevano più; il sottobosco della foresta aveva raggiunto i muri e probabilmente oscurava le finestre. Erano circa le sette – non troppo tardi, secondo le mie nozioni londinesi – ma dopo aver bussato più volte senza ricevere risposta, fui indotto a pensare che doveva esser andata a letto. Così mi diressi alla chiesa più vicina, che avevo visto tre miglia più indietro sulla strada da cui ero venuto, convinto che lì intorno avrei trovato una qualche locanda; e il giorno dopo di buon'ora ripresi la via di Coldholme, attraverso un sentiero tra i campi che, secondo le assicurazioni dell'oste, era molto più breve della strada che avevo percorso la sera prima. La mattina era fredda e rigida, e sul velo di brina che imbiancava i campi, rimanevano le mie impronte; nonostante ciò, su un lato del sentiero al riparo degli alberi, vidi una vecchia e sentii istintivamente che doveva trattarsi dell'oggetto delle mie ricerche. Rallentai il passo per poterla osservare. Ai suoi tempi, doveva esser stata di parecchio più alta della media, poiché quando si alzò dalla posizione curva in cui l'avevo vista all'inizio, nella sua figura eretta vi era una sorta di finezza imponente. Dopo uno o due minuti si chinò di nuovo, come se cercasse qualcosa per terra, si allontanò a capo chino dal luogo in cui mi ero fermato a osservarla e scomparve al mio sguardo. Credo di essermi perso e di aver fatto un gran giro, nonostante le indicazioni dell'oste; difatti, quando arrivai alla casa di Bridget, lei era già lì, senza dar segno di essersi affrettata per strada, o di essere alterata in alcun modo. La porta era socchiusa. Bussai e la figura maestosa mi fu dinanzi, in silenziosa attesa di una spiegazione sul motivo della mia presenza. Era senza denti, e così naso e mento erano molto ravvicinati; le sopracciglia grigie e diritte quasi incombevano sugli occhi cupi e infossati, e una folta massa di capelli bianchi incorniciava la fronte larga bassa e rugosa. Per un attimo fui incerto su come formulare la mia risposta alla solenne domanda contenuta nel suo silenzio.

«Il vostro nome è Bridget Fitzgerald, vero?»

Fece un cenno di assenso.

«Ho qualcosa da dirvi. Posso entrare? Mi dispiace tenervi qui in piedi».

«Non mi stancate», disse, e dapprincipio sembrò intenzionata a negarmi l'accesso. Ma subito dopo – durante quell'attimo i suoi occhi mi avevano scrutato fin nell'anima – mi fece entrare e si levò il cappuccio dell'ampio mantello grigio, che celava in parte il suo viso, e impediva di vederne l'espressione. La casa era piuttosto rustica e spoglia. Ma davanti al quadro della Vergine, a cui ho già accennato, c'era una piccola tazza piena di primule appena colte. Mentre rivolgeva una preghiera alla Madonna, capii cos'era stata a cercare tra il verde, sotto gli alberi. Poi si girò e mi invitò a sedere. L'espressione del viso, che avevo osservato attentamente per tutto quel tempo, non era malvagia, come invece ero propenso ad aspettarmi dopo le storie dell'oste, la notte precedente; era un viso selvaggio, duro, fiero, indomito, segnato e solcato dal tormento di lacrime solitarie; ma non vi era traccia di astuzia o di malignità.

«Il mio nome è Bridget Fitzgerald», disse, come per iniziare la conversazione.

«E vostro marito era Hugh Fitzgerald, di Knock-Mahon, vicino Kildoon, in Irlanda?»

Un tenue bagliore apparve nella buia tristezza degli occhi.

«Sì».

«Posso chiedervi se avete avuto figli da lui?»

Il bagliore si intensificò di colpo. Vedevo che cercava di parlare; ma qualcosa le salì in gola, e le soffocò il respiro, e quando fu di nuovo in grado di parlare con calma, avrebbe preferito non farlo affatto in presenza di un estraneo. Passò circa un minuto prima che dicesse:

«Avevo una figlia – si chiamava Mary Fitzgerald...»; ma a quel punto la sua natura impetuosa sopraffece la forza di carattere, ed emise un grido tremulo e lamentoso: «Oh dite!

Che ne è stato? Che ne è stato?»

Si alzò in piedi, si accostò, mi afferrò il braccio e mi guardò negli occhi. Vi lesse, suppongo, la mia assoluta ignoranza su quanto fosse accaduto a sua figlia; infatti tornò meccanicamente alla sua seggiola e rimase seduta dondolandosi e gemendo sottovoce, come se non ci fossi; né io osavo parlare a quella donna solitaria e terribile. Dopo un po' si inginocchiò davanti al quadro di Nostra Signora del Sacro Cuore e le rivolse tutti i nomi fantasiosi e poetici della litania.

«O Rosa di Sharon! O Torre di David! O Stella del Mare! Non puoi dar conforto al mio cuore dolente? Devo sperare per sempre? Concedimi almeno la disperazione!» E andò avanti così, senza curarsi della mia presenza. Le sue preghiere divennero sempre più selvagge, sinché mi parve che sfiorassero i confini della follia e della bestemmia. Quasi senza volerlo parlai, per cercare di fermarla.

«Avete qualche ragione per supporre che vostra figlia sia morta?»

Si alzò in piedi, si avvicinò e mi rimase ferma davanti.

«Mary Fitzgerald è morta», disse. «Non la vedrò mai più su questa terra. Nessuno me l'ha detto, ma io so che è morta. Con quale struggimento ho desiderato vederla! e il mio cuore ha una volontà ferrea e spaventosa, che l'avrebbe trascinata da me, foss'anche andata errando dall'altra parte del mondo. Mi stupisco a volte che non l'abbia trascinata fuori dalla tomba, per portarmela qui davanti, a sentire quanto l'amavo. Perché noi, signore, non ci siamo lasciate da amiche».

Le uniche informazioni che avevo, concernevano gli scarni particolari necessari alle mie ricerche legali, ma non potei fare a meno di provar simpatia per quella donna triste; e i suoi occhi ansiosi sicuramente lessero nei miei l'inconsueta solidarietà.

«Sì, signore, andò proprio così. Non ha mai saputo quanto l'amavo; e non ci siamo lasciate da amiche; e purtroppo ho sperato che il suo viaggio non andasse bene, ma volevo soltanto – Oh, Vergine benedetta! tu lo sai che volevo soltanto che tornasse a casa, tra le braccia di sua madre, come al posto più bello di tutta la terra; ma i miei desideri sono tremendi, più potenti dei miei pensieri, e non c'è speranza per me se le mie parole hanno recato danno a Mary».

«Ma comunque», dissi io, «non avete la certezza che sia morta. Proprio un attimo fa speravate che potesse esser viva. Statemi a sentire», e le raccontai la storia che vi ho già riferito, esponendola nel modo più asciutto, perché volevo richiamarla al buon senso che, ne ero quasi sicuro, doveva aver posseduto da giovane, e perché, fermandone l'attenzione sui dettagli, volevo frenare l'indole vagamente selvaggia del suo dolore.

Ascoltò con profonda attenzione, ponendomi di tanto in tanto domande che mi persuasero di aver a che fare con un'intelligenza non comune, pur se offuscata e mutilata dalla solitudine e da una sofferenza segreta. Poi iniziò lei a raccontare; e in poche scarne parole mi disse del suo errare in paesi stranieri alla vana ricerca di sua figlia; seguendo eserciti, spostandosi da accampamenti a città. La signora che Mary era andata a servire, era morta poco dopo la data dell'ultima lettera; suo marito, l'ufficiale straniero, aveva militato in Ungheria e Bridget l'aveva seguito fin lì, ma vi era giunta quando se n'era già andato. Aveva sentito notizie vaghe sul gran matrimonio di Mary; e allora era venuto ad aggiungersi il tarlo di un'ulteriore incertezza – se per caso non fosse vicina alla figlia col suo nuovo nome, e forse ne sentisse perfino parlare tutti i giorni, senza poter mai riconoscere la sua creatura perduta sotto il nome che portava allora. Infine si era impossessato di lei il pensiero che forse per tutto quel tempo Mary era stata a casa a Coldholme, nella Forra di Bolland, nel Lancashire, in Inghilterra; e con quella vana speranza Bridget era tornata al focolare abbandonato, alla casa vuota. Aveva pensato che la cosa più saggia da fare era di rimanervi; se Mary era in vita, era lì che avrebbe cercato sua madre.

Annotai uno o due punti del racconto di Bridget, ritenendo che mi potessero tornare utili; poiché mi sentivo stranamente, prodigiosamente spinto a intraprendere ulteriori indagini. Era come se mi si fosse impresso dentro di dover riprendere le ricerche da dove Bridget le aveva lasciate; senz'esservi influenzato da nessuna delle mie precedenti ragioni (come ad esempio il profondo interesse di mio zio per quella faccenda, la mia reputazione di avvocato, e così via), ma unicamente per uno strano potere che solo quella mattina si era impossessato della mia volontà, e che la forzava nella direzione voluta.

«Andrò via», dissi. «Nelle mie indagini non risparmierò alcun mezzo. Fidatevi di me. Scoprirò tutto quello che c'è da scoprire. Saprete tutto ciò che il denaro, la fatica o l'intelligenza possano venire a conoscere. È vero che può esser morta da lungo tempo: ma potrebbe aver lasciato un bambino».

«Un bambino!», gridò, come se quell'idea si affacciasse alla sua mente per la prima volta. «Ascoltalo, Vergine benedetta! Dice che può aver lasciato un bambino. E tu non me l'hai mai detto, anche se ti ho supplicata di darmi un segno, nella veglia o nel sonno!»

«No», dissi, «io so solo quello che mi dite voi. E voi dite di aver sentito del suo matrimonio».

Ma non afferrò nulla di quanto dissi. Pregava la Vergine in una sorta d'estasi che sembrava renderla totalmente inconsapevole della mia presenza.

Lasciata Coldholme, mi recai da sir Philip Tempest. La moglie dell'ufficiale straniero era una cugina di suo padre e pensavo che forse avrebbe potuto riferirmi dei particolari sull'esistenza del conte de la Tour d'Auvergne, e su dove potesse trovarsi; sapevo infatti che di solito le domande *de vive voix* aiutano i ricordi affievoliti, ed ero deciso a non perdere una sola occasione per mancanza d'impegno. Ma sir Philip si trovava all'estero e sarebbe passato del tempo prima che potessi ricevere una sua risposta. Sicché seguii il consiglio di mio zio, a cui avevo accennato quanto quel mio inseguimento di fuochi fatui mi avesse logorato, fisicamente e psichicamente. Mi disse di recarmi senz'altro a Harrogate, e di attendervi la risposta di sir Philip. In questo modo mi sarei trovato nei pressi di Coldholme, uno dei luoghi legati alla mia ricerca, e nello stesso tempo non sarei stato lontano da sir Philip Tempest, nel caso fosse ritornato e avessi voluto rivolgergli qualche domanda; insomma, mio zio voleva che cercassi di dimenticare per qualche tempo l'intera faccenda.

Ma era più facile a dirsi che a farsi. Mi è capitato di vedere un bambino su un prato, in balia di un vento impetuoso, incapace di tenersi saldo e di opporsi alle raffiche della tempesta. Il mio stato mentale rispecchiava in certo modo quella situazione. Un impulso irresistibile sembrava incalzare i miei pensieri in ogni possibile direzione, alla ricerca di un modo per raggiungere lo scopo. Quando me ne andavo a passeggio non vedevo la brughiera sconfinata; quando leggevo le parole del libro che tenevo in mano, il loro significato non penetrava nella mia mente. Mentre dormivo, i pensieri erano sempre gli stessi, e seguivano sempre la stessa direzione. Tutto questo non poteva durare a lungo senza avere effetti nocivi sul mio fisico. Mi ammalai, e sebbene il male mi tormentasse, ne fui decisamente sollevato, poiché ero costretto a vivere nella realtà della sofferenza, abbandonando le ricerche visionarie che avevo ossessivamente perseguito. Mio zio venne a curarmi premurosamente; e quando il pericolo immediato cessò, la mia vita sembrò scorrere languidamente per due o tre mesi. Non chiesi se sir Philip aveva risposto alla mia lettera – tale era la paura che i pensieri riprendessero il loro antico corso. Fermamente distolsi la mia immaginazione da quell'argomento. Mio zio rimase con me sin quasi all'estate e poi ritornò ai suoi affari a Londra, lasciandomi perfettamente ristabilito, anche se ancora non del tutto in forze. Avrei dovuto raggiungerlo dopo due settimane; e solo allora, mi disse, «avremmo scorso certe lettere, e affrontato vari argomenti». Sapevo a cosa alludeva questo breve discorso, e mi ritrassi dall'associazione di idee che suggeriva e che così strettamente si legavano all'inizio della mia malattia. Comunque, mi restavano due settimane per rimettermi, vagabondando per le brughiere dello Yorkshire.

A Harrogate, vicino alle acque termali, in una grande casa irregolare, c'era a quel tempo una locanda; ma già allora stava diventando insufficiente ad accogliere la grande affluenza di visitatori che spesso soggiornavano nelle fattorie dei dintorni. La stagione era ancora agli inizi, e la locanda era praticamente a mia disposizione; durante la lunga malattia, l'intimità con l'oste e sua moglie era diventata così stretta, che in realtà mi sentivo proprio come un ospite in una casa privata. Con aria materna lei mi sgridava perché mi attardavo nella brughiera e perché non mangiavo abbastanza spesso; lui mi consultava sulla vendemmia e sul vino e mi rivelava parecchie astuzie sui cavalli, in uso nello Yorkshire. Nelle mie passeggiate mi capitava di incontrare altri forestieri. Sin da prima che mio zio se ne andasse, avevo notato, con una sorta di trepida curiosità, una giovane di aspetto davvero rimarchevole, costantemente accompagnata da una donna anziana – non direi proprio una signora, ma con una certa espressione particolare, che mi dispose favorevolmente nei suoi confronti. La giovane abbassava il velo sugli occhi appena si avvicinava qualcuno; sicché non più di una o due volte mi era accaduto, capitandole davanti all'improvviso dopo una curva del sentiero, di intravederne il viso per un attimo. Non sono sicuro che fosse bello, anche se negli anni che seguirono me ne convinsi. Ma a quel tempo era oscurato da un'ombra di tristezza che non mutava: un'aria pallida, quieta, rassegnata, che esprimeva una intensa sofferenza, e che mi attraeva in modo irresistibile... non era amore, ma un senso di pena infinita per una giovinezza così disperatamente infelice. Anche sul viso della sua compagna vi era disperazione quieta e malinconica, eppure rassegnata. Chiesi all'oste chi fossero. Disse che si chiamavano Clarke e si facevano passare per madre e figlia; ma che comunque lui non ci credeva che quello fosse il loro vero nome, e che fossero parenti. Era da un po' che stavano dalle parti di Harrogate, in una fattoria fuori mano. La gente di lì non voleva parlarne, si limitavano a dire che pagavan bene e non facevano male a nessuno; e allora perché parlare di cose strane che forse accadevano? Il che, come l'oste notò sagacemente, indicava che comunque qualcosa di inconsueto c'era: aveva sentito che la donna anziana era cugina del padrone della fattoria in cui stavano, sicché probabilmente il rispetto tra parenti metteva a tacere le chiacchiere.

Ma allora, gli chiesi, quale poteva essere secondo lui il motivo della loro reclusione?

Beh, lui non lo sapeva, no di certo. Aveva sentito dire che la giovane, con tutto che sembrava così calma, a volte ne combinava di cotte e di crude. Ma quando gli chiesi altri particolari, scosse la testa e si rifiutò di parlare, il che mi fece sospettare che non ne sapesse niente, visto che solitamente era un tipo socievole e loquace. Dopo la partenza di mio zio, in mancanza di altri interessi, cominciai a tener d'occhio le due donne. Gironzolavo dove passeggiavano di solito, attratto da una strana fascinazione, che non calava per il loro evidente fastidio d'incontrarmi così spesso. Un giorno mi capitò l'improvvisa fortuna di trovarmi nei paraggi, mentre erano spaventate dalla carica di un toro, un'evenienza particolarmente pericolosa in quei pascoli senza recinti. Ma ho ben altre cose da riferire, di gran lunga più importanti del racconto di quell'incidente che mi offrì l'opportunità di venire in loro aiuto; basti dire che l'avvenimento segnò l'inizio di una conoscenza a cui loro si sottomisero con riluttanza, e che io perseguii avidamente. Mi è difficile distinguere il momento in cui la mia intensa curiosità divenne amore, ma prima che fossero passati dieci giorni dalla partenza di mio zio, mi ero innamorato appassionatamente della signorina Lucy, come la chiamava la sua compagna quando le si rivolgeva, evitando accuratamente – e questo lo notai bene – ogni possibile fraintendimento su una loro parità di condizione. Osservai anche che la signora Clarke, la donna anziana, dopo la sua iniziale riluttanza nei confronti delle mie attenzioni, finì per rallegrarsi del mio palese attaccamento alla ragazza, come se ne fosse alleggerito il suo pesante fardello di pena, e mi incoraggiava apertamente nelle visite alla fattoria dove abitavano. Per Lucy non era così. Non ho mai visto una persona più attraente di lei, anche se era costantemente abbattuta e cercava di evitarmi. Capii immediatamente che, qualunque fosse l'origine del suo dolore, non dipendeva da una colpa di cui fosse responsabile. Era difficile coinvolgerla in un discorso, ma a volte, se per brevi attimi riuscivo a farla parlare, le coglievo in viso un'espressione di rara intelligenza, e uno sguardo serio e fiducioso negli occhi grigi e miti, che per un istante si sollevavano a guardarmi. Trovavo tutti i pretesti possibili per andar da lei. Per amor suo coglievo fiori di campo; per amor suo progettavo escursioni; di notte scrutavo il cielo nella speranza che una qualche magnificenza inconsueta mi fornisse una scusa per attirare la signora Clarke e Lucy sulla brughiera, a contemplare l'immensa volta violetta.

Mi sembrava che Lucy sapesse che l'amavo, ma che per un motivo che non riuscivo a intuire, avrebbe voluto respingermi; ma poi vedevo anche, o immaginavo di vedere, che il suo cuore parlava in mio favore, e che la sua mente era lacerata da un conflitto; tanto teneramente l'amavo, che a volte avrei voluto supplicarla di darsi pace, anche se la felicità di tutta la mia vita ne fosse stata sacrificata; perché il viso le si era fatto più pallido, l'espressione del dolore più disperata, la figura sottile ancora più fragile. Devo anche dire che in quel periodo avevo scritto a mio zio chiedendogli, senza alcun motivo, di lasciarmi prolungare la permanenza a Harrogate; ma il suo affetto era così profondo, che in pochi giorni ebbi la risposta, in cui di buon grado mi concedeva di restare, raccomandandomi soltanto di aver cura di me, e di non affaticarmi troppo nella calura estiva.

Una sera afosa mi stavo avvicinando alla fattoria. Le finestre del salotto erano aperte, e quando girai l'angolo della casa e passai davanti alla prima finestra (la piccola stanza al pianterreno ne aveva due), sentii delle voci. Vidi distintamente Lucy; ma dopo aver bussato – la porta era sempre socchiusa – lei non c'era più e vidi solo la signora Clarke che, senza un apparente motivo, spostava nervosamente gli arnesi da lavoro sul tavolo. Sentii istintivamente che stava per aver luogo una conversazione di una certa importanza, in cui ci si aspettava che dichiarassi lo scopo delle mie frequenti visite. Ero contento dell'opportunità offertami. Mio zio aveva alluso spesso alla gradita eventualità che mi sposassi e portassi una giovane moglie a rallegrare e abbellire la vecchia casa di Ormond Street. Mio zio era ricco ed ero destinato a succedergli, e la mia reputazione – ne ero consapevole – era di tutto rispetto per un avvocato giovane com'ero io. Sicché da parte mia non vedevo ostacoli. È vero che Lucy era avvolta nel mistero; ne ignoravo il nome (ero persuaso che non fosse Clarke), l'origine, la famiglia, la vita precedente. Ma ero sicuro della sua bontà d'animo, della sua dolce purezza, e anche se immaginavo che vi fossero delle comunicazioni dolorose da fare, inerenti alla sua desolata tristezza, ero tuttavia desideroso di condividere con lei la pena, qualunque fosse.

La signora Clarke iniziò a parlare, palesemente sollevata di immergersi in quel discorso.

«Abbiamo pensato, signore – o perlomeno io ho pensato – che in realtà sapete ben poco di noi, e noi di voi; non abbastanza da giustificare l'intima conoscenza che è ormai divenuta consueta. Vi chiedo scusa, signore», continuò con un certo nervosismo; «non sono che una donna semplice, e non intendo assolutamente esser scortese, ma devo dirvi francamente che io – noi – pensiamo che sarebbe meglio se non veniste a trovarci così spesso. Lei è così indifesa e..».

«Ma perché non dovrei venire a trovarvi, cara signora?», chiesi ansiosamente, felice di potermi spiegare. «È vero, vengo qui perché ho imparato ad amare la signorina Lucy, e vorrei insegnarle ad amarmi».

La signora Clarke scosse la testa e sospirò.

«No, non lo fate; non amatela e, per tutto ciò che considerate sacro al mondo, non insegnatele ad amarvi! Ma se ormai è troppo tardi e già l'amate, dimenticatela! dimenticate queste ultime brevi settimane. Mai avrei dovuto permettervi di venire qui!», continuò con passione; «ma che debbo fare? Ci hanno abbandonato tutti, tranne Dio onnipotente, e anche Lui permette che uno strano potere maligno ci perseguiti... che debbo fare? Come andrà a finire?» Si torceva le mani, disperata; poi si rivolse a me:

«Andate via; andate via prima di attaccarvi ancora di più a lei. Vi prego, vi supplico per il vostro bene. Siete stato buono e gentile con noi, e vi ricorderemo sempre con gratitudine; ma ora andatevene e non tornate mai più sul nostro fatale cammino!»

«No davvero, signora», dissi, «non farò niente del genere. Me lo chiedete per il mio bene. Ma non è certo questo un motivo che mi può suscitar paure o desideri, tranne quello di saperne di più – di saper tutto. Nell'intimità di queste ultime due settimane mi è stato inevitabile constatare la bontà, la purezza della signorina Lucy; e vedere – vi chiedo scusa, signora – che per una qualche ragione siete due donne molto sole, tormentate da una pena segreta. Ora, sebbene io non abbia alcun potere, ho tuttavia degli amici che ne hanno, grazie alla loro saggezza e bontà d'animo. Ditemi qualcos'altro. Perché soffrite... qual è il vostro segreto... perché siete qui. Dichiaro solennemente che nulla di quanto avete detto ha scoraggiato il mio desiderio di diventare il marito di Lucy; né mi ritrarrò da qualsiasi difficoltà in cui mi venga a trovare per questa mia aspirazione. Dite di non avere amici – e allora perché respingete un amico sincero? Vi dirò i nomi delle persone a cui scrivere, che risponderanno a tutte le vostre domande sul mio carattere e sulle mie prospettive future. Non mi sottraggo a nessun tipo di investigazione».

Scosse di nuovo la testa. «Fareste meglio ad andarvene, signore. Non sapete nulla di noi».

«So i vostri nomi», dissi, «e vi ho sentito alludere alla parte del paese da cui provenite, e so per caso che è un luogo solitario e selvaggio. Ci vive così poca gente, che se decidessi di andarci, verrei a sapere ogni cosa senza difficoltà; ma preferisco sentirla da voi».

Come vedete, cercavo di indurla a fornirmi dei dati precisi.

«Non sapete i nostri veri nomi, signore», disse in fretta.

«Beh, è probabile che a questa supposizione ci sia arrivato anch'io. Ma allora ditemeli, vi prego. Spiegatemi perché mettete in dubbio la mia determinazione a mantenere l'impegno preso nei confronti di Lucy».

«Oh, che posso fare?», esclamò. «E se davvero, come pensa lui, stessi respingendo un amico sincero?... Aspettate!» (prendendo una decisione improvvisa) «Vi dirò qualcosa... non posso dirvi tutto .. non mi credereste. Ma forse sarà abbastanza per impedirvi di perseverare in questo attaccamento senza via d'uscita. Non sono la madre di Lucy».

«Lo avevo supposto», dissi, «proseguite».

«Non so neppure se è la figlia legittima o illegittima di suo padre. Comunque, le si è crudelmente rivoltato contro; e sua madre è morta da tanto tempo; e per un motivo terribile non ha nessuno che le rimanga accanto, tranne me. E solo due anni fa era il tesoro e l'orgoglio della casa di suo padre! Vedete, signore, c'è un mistero legato a lei che potrebbe verificarsi in qualsiasi momento; e allora ve ne andreste anche voi come tutti; e al solo sentirla nominare, ne provereste ripugnanza. Prima d'ora altri, che l'hanno amata più a lungo di voi, hanno fatto la stessa cosa. La mia povera bambina, senza la pietà di nessuno, né di Dio, né degli uomini... ne morirebbe, di sicuro!»

La buona donna non poté proseguire per le lacrime. Confesso che ero rimasto stordito dalle sue ultime parole; ma solo per un attimo. In ogni caso, sinché non avessi saputo esattamente cos'era il mistero che macchiava Lucy, apparentemente così semplice e pura, non l'avrei lasciata, e fu questo che le dissi; rispose:

«Se dopo aver avuto la possibilità di conoscere così a fondo la mia bambina il vostro cuore osa pensar male di lei, non potete essere un uomo buono; ma nel mio grande dolore sono così stupida e inerme, che davvero vorrei trovare un amico in voi. Non posso fare a meno di sperare che, per quanto possiate perdere il vostro amore per lei, almeno abbiate pietà di noi; e forse, voi che siete istruito, potrete dirci dove cercare aiuto».

«Vi supplico di dirmi cos'è questo mistero», gridai, quasi pazzo per la tensione di quell'attesa.

«Non posso», disse seriamente. «Ho giurato solennemente di mantenere il segreto. Se ve lo deve dire qualcuno, quella è lei». Uscì dalla stanza e io rimasi lì a riflettere sullo strano dialogo. Meccanicamente sfogliai qualche libro, ed esaminai i segni della frequente presenza di Lucy in quella stanza con occhi che in quel momento non vedevano nulla.

Tornando a casa la sera, avrei ricordato come tutte quelle

piccole cose parlavano di un cuore gentile e di una vita innocente. La signora Clarke tornò. Si vedeva che aveva pianto.

«Sì», disse «è proprio come temevo: vi ama a tal punto che è disposta a correre il rischio spaventoso di dirvi tutto... sa che si tratta di una possibilità esigua, ma la vostra simpatia, se la concederete, sarà un balsamo. Venite qui domattina alle dieci; e se sperate che vi sia pietà per voi nell'ora del dolore, reprimete ogni possibile manifestazione di paura o ripugnanza di fronte a una che soffre così intensamente».

Accennai un sorriso. «Non abbiate timore», dissi. Mi sembrava assurdo supporre che potessi provare disgusto per Lucy.

«Suo padre l'amava teneramente», disse, seria, «eppure la scacciò come una cosa mostruosa».

Proprio in quell'attimo si sentì una risata squillante levarsi dal giardino. Era la voce di Lucy; sembrava che si trovasse proprio a lato della finestra aperta, e che improvvisamente le parole o gli atti di qualcuno ne avessero suscitata l'ilarità – un'ilarità quasi sguaiata. Non so spiegarne il perché, ma quel suono mi colpì come indicibilmente stridente. Conosceva l'argomento della nostra conversazione, e lei che solitamente era così calma e gentile doveva perlomeno essersi resa conto della profonda agitazione in cui si trovava la sua amica. Feci per alzarmi e andare alla finestra, per soddisfare la mia istintiva curiosità su quale potesse esser la causa di quell'inopportuno scoppio di risa; ma la signora Clarke, trattenendomi con la mano, ci mise tutto il suo peso e tutta le sua forza, per non farmi alzare.

«Per amor di Dio!», disse, pallida e percorsa da un tremito, «restate seduto; state calmo. Oh! siate paziente. Domani saprete tutto. Ora andate, perché siamo in un grande tormento. Non cercate di sapere altro».

Di nuovo quella risata – quel suono così melodioso, eppure così stridente sul mio cuore. Mi tenne stretto – più stretto; non sarei riuscito ad alzarmi, se non usando la violenza. Sedevo con la schiena rivolta alla finestra, ma sentii un'ombra passare tra me e il calore del sole; uno strano brivido percorse il mio corpo. Dopo uno o due minuti allentò la stretta.

«Andate», disse di nuovo. «Vi voglio mettere in guardia ancora una volta. Non credo che possiate sopportare la conoscenza che cercate. Se avessi potuto fare a modo mio, Lucy non avrebbe mai acconsentito alla promessa di dirvi tutto. Chi lo sa cosa potrebbe accadere?»

«La mia volontà di sapere è ferma. Torno domattina alle dieci, e allora spero proprio di vedere lei».

Me ne andai, nutrendo dei dubbi, lo confesso, sulla sanità mentale della signora Clarke.

Mi riempivano la mente varie congetture sul significato delle sue allusioni, e pensieri inquieti associati a quella strana risata. Quasi non chiusi occhio. Mi alzai presto, e molto prima dell'ora convenuta mi ritrovai sul sentiero tra i campi che portava alla vecchia casa in cui vivevano. Credo che Lucy non avesse passato una notte migliore della mia, perché anche lei era già lì; camminava lentamente, con il suo passo regolare, gli occhi bassi, un'aria angelica e pura. Trasalì quando le fui vicino e si fece più pallida quando le ricordai il nostro appuntamento e le parlai con un ardore impetuoso che il rivederla mi aveva immediatamente ridestato nella mente. Avevo dimenticato del tutto le strane, terribili allusioni, l'allegria sfrenata. Dal mio cuore prorompevano parole di fuoco, e la mia lingua le pronunciava. Mentre ascoltava, il colore andava e veniva dal suo viso, ma quand'ebbi terminato i miei discorsi appassionati, sollevò gli occhi e disse:

«Ma voi lo sapete che dovete ancora ascoltare una rivelazione che mi riguarda. Voglio dirvi solo una cosa: che se anche voi mi abbandonerete quando saprete tutto, non per questo diminuirà la mia considerazione di voi – la mia buona considerazione, intendo. Zitto!», disse, come se temesse un'altra esplosione di parole folli. «Ascoltatemi. Mio padre è un uomo molto ricco. Non ho mai conosciuto mia madre; deve esser morta quand'ero molto piccola. Il mio primo ricordo si lega a una grande casa solitaria, in cui vivevo con l'amata, fedele signora Clarke. Non c'era neanche mio padre; era... è... un militare e il suo dovere lo chiama all'estero. Ma di tanto in tanto tornava e credo che ogni volta mi amasse di più. Dai paesi stranieri mi portava oggetti rari, che solo ora mi fanno capire quanto doveva pensare a me quand'era lontano. Soltanto adesso sono in grado di misurare, su segni come questi, la profondità del suo amore perduto. A quel tempo non mi chiedevo mai se mi amava o no; era tutto così naturale, come l'aria che respiravo; eppure anche allora, di tanto in tanto, era violento; ma mai con me. Era anche molto audace; e una o due volte sentii che i domestici parlavano a bassa voce di un destino funesto che lo aspettava, e di cui lui era a conoscenza, ed era per questo che cercava di soffocare la consapevolezza nell'attività più sfrenata e talvolta, signore, anche nel vino. In questo modo crebbi in quella dimora sontuosa, in quel luogo solitario. Sembrava che tutto fosse a mia disposizione, e credo che tutti mi amassero; so che io li amavo. Sinché, circa due anni fa – lo ricordo così bene – mio padre tornò da noi, in Inghilterra; sembrava talmente felice e orgoglioso di me e di ogni cosa che facevo. E un giorno il vino sembrò sciogliergli la lingua, e mi disse molte cose che non avevo mai saputo prima – come avesse amato mia madre e come, nonostante ciò, la sua ostinazione caparbia l'avesse condotta alla morte; e poi continuò dicendo che mi amava più di qualsiasi creatura al mondo; e che un giorno sperava di portarmi all'estero, poiché quasi non riusciva più a sopportare quelle lunghe assenze dalla sua bambina. Ma improvvisamente sembrò cambiare, e disse in modo strano, selvaggio, che non dovevo credere a quanto aveva detto; che vi erano tante altre cose che amava di più – il suo cavallo, il suo cane – e non so che altro.

E solo la mattina dopo, quando entrai nella stanza a chiedere la sua benedizione come al solito, mi accolse con parole irate e violente. Per quale motivo, chiese, mi ero divertita a combinare una furfanteria così meschina – a ballare nelle aiuole, a calpestare tutti i teneri germogli dei bulbi rari che lui stesso aveva portato dall'Olanda? Ma io non ero uscita di casa quella mattina e non riuscivo a capire di cosa parlava, e glielo dissi; allora mi insultò urlando che ero una bugiarda e che disonoravo il suo sangue, perché la mia malefatta l'aveva vista lui con i suoi stessi occhi. Cosa potevo dire? Non mi voleva sentire, e sembrava che anche le mie lacrime non facessero che irritarlo. Quel giorno segnò l'inizio del mio grande dolore. Non molto tempo dopo mi rimproverò per la mia eccessiva familiarità con gli stallieri, assolutamente inopportuna in una signora. Mi disse che ero stata nelle stalle, a parlare e a ridere. Ma vedete signore, per natura sono un po' vile e ho sempre avuto paura dei cavalli; e inoltre i servitori che mio padre si era portato dall'estero erano gente sfrenata che avevo sempre evitato, né avevo mai parlato con loro, se non nei termini in cui una signora deve di tanto in tanto rivolger la parola ai servi di suo padre. Ma mio padre mi chiamò con nomi di cui a malapena intuisco il significato; però il cuore mi disse che eran tali da suscitar vergogna in ogni donna onesta; e da quel giorno mi divenne profondamente ostile; sì, alcune settimane dopo quel fatto, entrò con un frustino in mano; e accusandomi brutalmente di cattive azioni di cui ero al corrente quanto voi, stava per colpirmi, ed io, sconvolta e in lacrime, ero pronta a ricevere le sue frustate come una gran gentilezza, se paragonate alla violenza delle sue ingiurie, quando improvvisamente bloccò la mano a mezz'aria, annaspò e vacillò, urlando: «la maledizione... la maledizione!» Sollevai gli occhi terrorizzata. Nel grande specchio che mi stava di fronte vidi me, ed esattamente dietro, vidi un'altra maligna e spaventosa me stessa, così identica, che un brivido mi percorse l'anima, non riuscendo a capire di quale corpo fosse l'immagine. Mio padre vide il mio doppio nello stesso istante nella sua realtà, quale che fosse, o nello spaventoso riflesso dello specchio, quasi ugualmente orrendo. Ma cosa accadde in quell'attimo non so, poiché svenni di colpo; quando ripresi conoscenza ero distesa a letto e la fedele Clarke era seduta accanto a me. Rimasi a letto per molti giorni; e persino allora, tutti videro il Doppio dovunque, in casa e nei giardini, sempre intento ad atti abietti e spregevoli. Non c'è da stupirsi se tutti si ritraevano da me atterriti, e se infine mio padre mi cacciò di casa, non riuscendo più a sopportare la vergogna di cui ero la causa. La signora Clarke venne con me; e la vita di devozione e preghiera che qui tentiamo di vivere, col tempo, forse mi libererà dalla maledizione».

Mentre parlava, continuavo a riflettere sulla sua storia. Sin qui non avevo mai dato peso ai casi di stregoneria, considerandoli pura e semplice superstizione; e più volte ne avevamo discusso con mio zio, che citava a sostegno della sua tesi l'opinione del suo grande amico sir Matthew Hale. Ma questa sembrava proprio la storia di una stregata; oppure invece si trattava più semplicemente dell'effetto di una vita estremamente isolata, che aveva scosso i nervi di una ragazza sensibile? Il mio scetticismo mi spingeva verso la seconda ipotesi, e quando tacque dissi:

«Immagino che un medico avrebbe potuto far ricredere vostro padre sulla realtà delle sue visioni».

Proprio in quell'istante, mentre stavo in piedi di fronte a lei nella luce piena e radiosa del mattino, vidi un'altra figura alle sue spalle – un'immagine spaventosa, perfettamente somigliante nella figura, nei lineamenti, sin nei minimi particolari dell'abito; ma un'anima ripugnante e demoniaca si affacciava agli occhi grigi, in cui lo scherno si alternava alla lascivia. Il mio cuore cessò di battere; sentii drizzarmisi i capelli; la mia carne rabbrividì dall'orrore. Non riuscivo a guardare la seria, tenera Lucy... i miei occhi erano attratti dalla creatura alle sue spalle. Non so perché, ma allungai una mano per afferrarla; non strinsi che l'aria, e il mio sangue divenne di ghiaccio. Per un attimo non vidi più nulla; quando riacquistai la vista, distinsi Lucy di fronte a me, sola, mortalmente pallida e quasi, mi parve, rimpicciolita.

«Era qui accanto a me?», disse, ma come se me lo stesse chiedendo.

La mia voce sembrava aver perduto il suono; era roca come le note di un vecchio clavicembalo le cui corde non vibrino più. Mi lesse la risposta in viso, penso, perché non riuscivo a parlare. L'intenso terrore del suo sguardo svanì lentamente in un'espressione di umile, estrema rassegnazione. Infine, quasi forzandosi, volse gli occhi indietro e intorno a sé: vide la brughiera rosata, i colli turchini nella lontananza, palpitanti nella luce del sole, ma non vide altro.

«Mi accompagnate a casa?», disse in modo mite.

La presi per mano e la condussi in silenzio attraverso l'erica in boccio... non osavamo parlare; infatti non potevamo esser certi che la creatura spaventosa, pur se invisibile, non fosse in ascolto, che l'Altra non comparisse a strapparci l'uno dall'altra.

Mai l'avevo amata come in quel momento, quando – ed era questa l'inesprimibile angoscia – la mia idea di lei si andava inestricabilmente fondendo con il pauroso pensiero dell'Altra. Sembrava che intuisse i miei sentimenti. Quando raggiungemmo il cancello del giardino e andammo incontro alla sua amica che, in piedi accanto alla finestra, la cercava con sguardo ansioso, mi lasciò andare la mano, che sino allora aveva tenuta stretta. Non ce la feci ad entrare in casa: avevo bisogno di silenzio, gente, tempo, novità – non sapevo esattamente di cosa – per allontanare da me la sensazione di quella presenza. Eppure mi trattenni in giardino... non so proprio perché; in parte, suppongo, perché temevo di riincontrare l'immagine nei campi solitari dov'era svanita, e poi anche per un senso inesprimibile di pietà per Lucy. Dopo qualche minuto la signora Clarke uscì e mi raggiunse. Camminammo in silenzio per un breve tratto.

«E adesso sapete tutto», disse solennemente.

«L'ho vista», dissi a bassa voce.

«E adesso vi facciamo paura», disse con un tale senso di irreparabilità, che in me si risvegliò tutto quanto vi era di buono o di intrepido.

«Nient'affatto», dissi. «È la carne che ha paura dell'incontro con i poteri delle tenebre: e, per un motivo che mi è ignoto, la pura, l'angelica Lucy, ne è la vittima».

«Le colpe dei padri ricadranno sui figli», disse.

«Chi è suo padre?», chiesi. «Visto che so già tanto, potrei anche saperne di più – saper tutto. Signora, vi prego, ditemi ogni vostra congettura sul perché di questa persecuzione demoniaca ai danni di un essere così buono».

«Sì, ma non ora. Ora devo andare da Lucy. Tornate nel pomeriggio, vi incontrerò da sola; e con tutto il cuore confiderò che possiate ancora trovare il modo di aiutarci in questa nostra pena tremenda!»

Il terrore logorante che si era impossessato di me, mi lasciò completamente esausto. Quando giunsi alla locanda mi trascinai dentro come un ubriaco. Me ne andai nella mia stanza. Passò qualche tempo prima che mi rendessi conto che tra la posta della settimana c'erano delle lettere per me. Una era di mio zio, una dei miei dal Devonshire, e un'altra, sigillata da uno stemma araldico, mi era stata inoltrata al mio nuovo indirizzo. Era di sir Philip Tempest: la lettera in cui chiedevo informazioni su Mary Fitzgerald lo aveva raggiunto a Liegi, dove per caso proprio allora si trovava acquartierato il conte de la Tour d'Auvergne. Ricordava la bella cameriera di sua moglie, che aveva avuto delle violente discussioni con la defunta contessa, a causa di una sua relazione con un gentiluomo inglese di elevata classe sociale, anch'egli ufficiale in servizio all'estero. La contessa non prevedeva niente di buono dalle sue intenzioni, mentre Mary, orgogliosa e appassionata, era convinta che l'avrebbe sposata presto e si risentiva degli avvertimenti della sua signora, ritenendoli un insulto. Di conseguenza, aveva lasciato il servizio presso Madame de la Tour d'Auvergne e, secondo l'opinione del conte, era andata a vivere con l'Inglese; non sapeva se l'aveva sposata o no. «Ma», aggiungeva sir Philip Tempest, «potrete venire a sapere senza difficoltà i particolari che vi interessano su Mary Fitzgerald da quell'Inglese in persona se, come credo, si tratta del mio vicino e conoscente di un tempo, il signor Gisborne, di Casa Skipford, nel Riding dell'Ovest. Che si tratti proprio di lui, mi inducono a crederlo parecchi elementi, nessuno decisivo di per sé, ma che, globalmente presi, costituiscono una serie di prove quasi definitive. Infatti, per quanto mi è stato possibile interpretare dalla pronuncia straniera del conte, il nome dell'Inglese era proprio Gisborne; so che Gisborne di Skipford era a quel tempo ufficiale all'estero, e una bravata del genere era più che probabile per un tipo come lui, e soprattutto mi tornano in mente certe sue espressioni a proposito di Bridget Fitzgerald di Coldholme, che una volta aveva incontrato mentre era mio ospite a Casa Starkey. Ricordo che quell'incontro sembrava aver provocato su di lui un effetto straordinario, come se avesse improvvisamente scoperto una possibile connessione tra quella donna e il suo passato. Vi prego di farmi sapere se vi posso ancora essere utile. Vostro zio una volta mi ha reso un servigio e per quanto sta in me, sarei felice di sdebitarmi con suo nipote».

Apparentemente mi trovavo sul punto di sapere ciò che da tanti mesi mi ero sforzato di scoprire. Ma il successo aveva perso le sue attrattive. Posai le mie lettere, e fu come se me ne dimenticassi, pensando alla mattina appena trascorsa. Nulla era reale tranne la presenza irreale che era passata davanti ai miei occhi come il soffio del male e si era impressa a fuoco nel mio cervello. Mi portarono il pranzo ma non lo toccai. Nelle prime ore del pomeriggio mi avviai verso la fattoria. Trovai la signora Clarke sola e ne fui felice e sollevato. Mi fu chiaro che era pronta a dirmi tutto quello che avessi voluto sapere.

«Mi avete chiesto il vero nome della signorina Lucy; è Gisborne», esordì.

«Gisborne di Skipford?», esclamai col fiato mozzo, prevedendo la risposta.

«Sì», disse quietamente, senza notare la mia agitazione. «Suo padre è un uomo importante; anche se, essendo cattolico, non può ricoprire in questo paese la posizione che per ceto gli compete. Di conseguenza trascorre lunghi periodi all'estero... ho sentito dire che è stato un militare».

«E la madre di Lucy?», chiesi.

Scosse la testa. «Non l'ho mai conosciuta», disse. «Lucy aveva circa tre anni quando ebbi l'incarico di occuparmene. Sua madre era morta».

«Ma sapete il suo nome? Potete dirmi se era Mary Fitzgerald?»

Era sbalordita. «Era proprio quello il suo nome. Ma voi, come fate a saperlo con tanta sicurezza? A Skipford era un mistero per tutti. Era una donna bella e giovane, che lui aveva indotto a lasciare i suoi protettori mentre era all'estero. Ho sentito dire che la raggirò con un terribile inganno, e quando lei lo venne a sapere non ci fu niente da fare, e neanche stringendola tra le braccia riuscì a trattenerla dal gettarsi in un fiume impetuoso e annegare. Il suo rimorso fu acuto, ma mi ero convinta che il ricordo della morte atroce della madre rendesse più intenso l'amore per la bambina».

Le dissi, più brevemente che potei, delle mie ricerche sul discendente ed erede dei Fitzgerald di Kildoon, e aggiunsi – per un attimo si era risvegliato in me l'antico spirito dell'avvocato – che ero convinto di poter provare che Lucy era l'erede legittima di vaste proprietà in Irlanda.

Il colore grigio del suo viso non mutò, gli occhi non le si illuminarono. «Ma che importanza può avere tutta la ricchezza del mondo per quella povera ragazza?», disse. «Non riuscirà a liberarla dalla spaventosa persecuzione che la tormenta. E il denaro è poca cosa, senza effetto su di lei».

«Ma neanche la creatura maligna può nuocerle», dissi. «La sua anima casta vive appartata, e non vi è arte demoniaca al mondo che la possa violare o profanare».

«È vero! Ma com'è doloroso per lei sapere che la sua sorte è di esser sfuggita da tutti prima o poi, quasi fosse invasata... maledetta».

«Ma come è potuto accadere?», chiesi.

«Non lo so. Di vecchie storie ce n'è, che circolavano tra la servitù a Skipford».

«Raccontatemele», le chiesi.

«Ne parlavano i domestici, che credono di poter spiegare tutto. Si dice che molti anni fa il signor Gisborne uccise il cane di una vecchia strega di Coldholme; che lei maledisse con parole tremende e misteriose la creatura, qualunque essa fosse, che lui avrebbe amato di più e quella maledizione penetrò così a fondo nel suo cuore, che per anni si tenne lontano da qualsiasi tentazione di amare. Ma come poteva non amare Lucy?»

«Avete mai sentito il nome della strega?», chiesi a fatica.

«Sì, la chiamavano Bridget; e pare che Gisborne non volesse più avvicinarsi a quel luogo perché ne era terrorizzato. Eppure era molto coraggioso!»

«Ascoltatemi», dissi, prendendola per il braccio per catturarne tutta l'attenzione; «se è vero quello che penso, quell'uomo ha sottratto a Bridget la sua unica figlia, cioè Mary Fitzgerald, cioè la madre di Lucy; e se è così, Bridget l'ha maledetto ignorando il torto ben più grave che le aveva fatto. Non ha mai cessato di struggersi per la sua figlia perduta, e interroga i santi per sapere se è viva o morta. Le radici della maledizione sono più profonde di quanto lei stessa non immagini: senza saperlo, lo ha condannato per un peccato ben più grave dell'uccisione di una bestia inerme. Le colpe dei padri davvero ricadono sui figli».

«Ma lei», disse ansiosamente la signora Clarke, «potrebbe mai abbandonare sua nipote in balia del male? Signore, se ciò che dite è vero, sicuramente Lucy può ancora sperare. Andiamoci... andiamoci subito; dovete rivelare a quella donna terribile le vostre supposizioni e supplicarla di liberare la nipote innocente dalla persecuzione di cui è responsabile».

Mi sembrava davvero che qualcosa del genere fosse la miglior via da seguire. Ma innanzitutto era necessario avere informazioni più precise di semplici voci e dicerie avventate. Mi venne in mente mio zio ... avrebbe potuto darmi i consigli giusti ... dovevo dirgli ogni cosa. Decisi di recarmi da lui senza indugio, ma risolsi di non rivelare alla signora Clarke tutti i piani chimerici che mi passavano per la testa. Le dissi semplicemente che intendevo partire subito per Londra, per andare ad occuparmi degli affari di Lucy. La pregai di credere che il mio interessamento per la sua giovane signora era più forte che mai, e che tutto il mio tempo sarebbe stato dedicato alla sua causa. Mi resi conto che non si fidava di me, poiché la mia mente, troppo gremita di pensieri, non permetteva alle parole di fluire liberamente. Sospirò scuotendo la testa, e disse:

«D'accordo, va bene così!» con un tono che era implicitamente un rimprovero. Ma il mio cuore era saldo e deciso, e questo mi dava fiducia.

Cavalcai verso Londra. Cavalcai per giorni che si protraevano a lungo, sino al calare di piacevoli notti estive: non riuscivo a fermarmi a riposare. Giunsi a Londra. Raccontai ogni cosa a mio zio, anche se nella confusione della grande città l'orrore era svanito e mi riusciva difficile pensare che avrebbe prestato fede al resoconto sul pauroso doppio di Lucy che avevo visto nella brughiera solitaria. Ma mio zio aveva vissuto una lunga vita, e imparato molte cose; e dalle più segrete storie di famiglia che gli avevano confidato, era venuto a sapere di casi di gente innocente, stregata e invasata, ancor più tremendi della vicenda di Lucy. Secondo lui infatti, a giudicare da quanto gli avevo detto, l'immagine non aveva alcun potere su di lei, perché era troppo buona e pura per esser contaminata da quella presenza maligna e ossessiva. Con tutta probabilità, pensava mio zio, aveva tentato di suggerirle pensieri impuri, di indurla ad azioni immonde; ma lei, nella sua casta verginità, era rimasta integra da pensieri e atti malvagi. Non poteva intaccarle l'anima, è vero, ma le precludeva la tenerezza dell'amore, la consuetudine dei rapporti umani. Mio zio si lanciò nell'esame dell'intera questione con l'energia di un ventiseienne, non di un sessantenne. Si fece carico di dimostrare la discendenza di Lucy, e si offrì di andare a scovare il signor Gisborne innanzitutto per ottenere le prove legali della sua consanguineità con i Fitzgerald di Kildoon, e secondariamente, per cercare di scoprire tutto il possibile sull'operare della maledizione e per sapere se e quali mezzi fossero stati adottati per esorcizzare la terribile apparizione. E infatti mi disse di situazioni in cui, attraverso la preghiera e il digiuno prolungato, si era riusciti a scacciare, tra urla e ululati, l'essere maligno dal corpo di cui si era impossessato; mi parlò di quegli strani casi verificatisi in Nuova Inghilterra non molto tempo prima; fece riferimento al libro del signor Defoe, in cui erano menzionati molti modi di soggiogare le apparizioni, e ricacciarle nel luogo da cui eran venute; e infine, a bassa voce, mi parlò di mezzi spaventosi per costringere le streghe ad annullare i loro malefici. Ma non riuscii a sopportare quelle storie di torture e roghi. Dissi che Bridget non era tanto una strega maligna, quanto una donna selvaggia e spietata; e soprattutto, che Lucy era del suo stesso sangue, e sottoponendola alla prova del fuoco o dell'acqua, avremmo torturato – forse a morte – la donna da cui discendeva colei che cercavamo di salvare.

Mio zio meditò per qualche tempo e poi disse che su quell'ultimo punto avevo ragione, e che comunque non si sarebbe ricorsi a quei mezzi, lui consenziente, sinché tutti gli altri possibili rimedi non si fossero rivelati inutili; e acconsentì alla mia proposta di andare io stesso da Bridget a dirle tutto.

Di conseguenza, mi recai ancora una volta alla locanda sulla strada, nei pressi di Coldholme. Era notte fonda quando arrivai, e durante la cena chiesi all'oste qualche altra informazione sulle abitudini di Bridget. Aveva avuto a lungo una vita solitaria e selvaggia. Se incontrava qualche rara persona sul suo cammino, parole e modi erano dispotici e aspri. La gente di campagna si uniformava ai suoi comandi imperiosi perché aveva paura di disobbedire. Chi la compiaceva aveva fortuna; chi al contrario non si curava dei suoi ordini o vi si opponeva, era colpito – lui o la sua famiglia – da disgrazie grandi o piccole. Più che odio, suscitava negli altri un terrore indefinibile.

La mattina seguente andai a trovarla. Era sul prato davanti alla casa, e mi ricevette con la grave maestà di una regina spodestata. Le lessi in viso che mi aveva riconosciuto e che la mia visita non le era sgradita; ciononostante, rimase in silenzio sinché non spiegai il motivo della mia venuta.

«Ho notizie di vostra figlia», dissi, deciso a fare direttamente appello a quel suo unico sentimento d'amore – di cui sapevo – senza risparmiarla. «È morta!»

La figura austera non vacillò, ma la mano cercò il sostegno dello stipite della porta.

«Sapevo che era morta», disse a voce bassa e profonda, e poi rimase in silenzio per un attimo. «Le lacrime che dovrei piangere, si sono inaridite tanto tempo fa. Ragazzo, dimmi di lei».

«Non ancora», dissi, assaporando lo strano potere di fronteggiare una donna che, nonostante tutto, nel segreto del mio cuore, temevo.

«Un tempo avevate un cagnolino», continuai. A quelle parole manifestò più segni di emozione che alla notizia della morte di sua figlia. Mi interruppe:

«Sì, ce l'avevo! Era suo – era tutto quello che mi restava di lei – ed è stato ucciso così, senza motivo. Mi è morto tra le braccia. L'uomo che ha ucciso quel cane lo rimpiange ancor oggi. Per il sangue di quell'animale inerme, vive maledetta quella che lui ama di più».

I suoi occhi si dilatarono e, come in estasi, sembrò vedere la sua maledizione all'opera. Parlai di nuovo:

«O donna!», dissi. «La più amata, maledetta agli occhi degli uomini, è la figlia di vostra figlia morta».

Vita, energia, passione, tornarono negli occhi che mi trapassarono con lo sguardo, per vedere se dicevo il vero; poi, senza un'altra parola, senza un'altra domanda, si gettò a terra con violenza spaventosa e strinse convulsamente con le mani le margherite innocenti.

«Ossa delle mie ossa! carne della mia carne! ho maledetto te... sei tu che sei maledetta?»

Così gemeva, mentre giaceva prostrata nel suo grande dolore. Rimasi atterrito di fronte a quello che avevo fatto. Non sentì le mie frasi spezzate; non chiese nient'altro, dopo la muta conferma che il mio sguardo abbattuto aveva dato a quel solo fatto – che la maledizione perseguitava la figlia di sua figlia. Crebbe in me la paura che potesse morire in quella tremenda lotta di anima e corpo; e in quel caso Lucy poteva restar vittima del maleficio per il resto dei suoi giorni.

In quello stesso momento vidi Lucy avanzare sul sentiero tra gli alberi, che conduceva alla casa di Bridget; la signora Clarke era con lei: fu il cuore a dirmi chi era, per il soave senso di pace che mi fece provare il vederla, mentre lentamente si avvicinava e dai miti occhi gentili traspariva un senso di lieta sorpresa. Questo, quando il suo sguardo incontrò il mio. Quando lo abbassò sulla donna che giaceva in terra rigidamente contratta, gli occhi le si riempirono di pietà e commozione e venne avanti per tentare di aiutarla ad alzarsi. Si sedette sulle zolle erbose e prese in grembo la testa di Bridget; con gesti gentili le ricompose i capelli grigi, arruffati e folti che uscivano disordinatamente da sotto la cuffia.

«Che Dio l'aiuti!», mormorò Lucy. «Quanto soffre!»

Ci chiese di portarle dell'acqua; ma quando tornammo, Bridget aveva ricuperato il controllo sulla sua mente smarrita, ed era inginocchiata a mani giunte, con gli occhi fissi su quel viso mite e triste, come se contemplandolo la sua anima turbata succhiasse ad ogni attimo salute e pace. Solo dal lieve rossore sul pallido viso di Lucy, capii che si era accorta del nostro ritorno; per il resto, sembrava che intuisse la sua influenza positiva sulla donna appassionata e afflitta inginocchiata davanti a lei, e non volesse distogliere lo sguardo serio e amorevole da quel viso rugoso e inquieto.

All'improvviso, in un baleno, apparve la creatura, proprio lì, alle spalle di Lucy, paurosamente identica a lei nell'aspetto, ma inginocchiata nella stessa posizione di Bridget, in un'imitazione beffarda delle sue mani giunte mentre dall'estasi passava alla preghiera fervente. La signora Clarke gridò. Bridget si alzò piano, senza distogliere lo sguardo dalla creatura dietro Lucy: emettendo un respiro sibilante, non muovendo mai gli occhi terribili, fissi come pietre, si slanciò sul fantasma e afferrò, come avevo fatto anch'io, una manciata d'aria. La creatura scomparve ai nostri occhi – improvvisamente, com'era apparsa – ma Bridget continuò a guardare, come se stesse fissando una forma che si allontanava. Lucy sedeva immobile, pallida, tremante, fragile – credo che sarebbe svenuta se non fossi stato lì a sostenerla. Mentre mi occupavo di lei, Bridget ci passò accanto, senza rivolger la parola a nessuno, entrò in casa e sprangò la porta, lasciandoci fuori.

A quel punto, tutti i nostri sforzi eran tesi a riportare Lucy alla casa dove aveva trascorso la notte precedente. La signora Clarke mi disse che, non avendo più notizie di me (sicuramente qualche lettera era andata smarrita), era stata presa da impazienza e disperazione, e aveva spinto Lucy a tentare l'impresa di trovare sua nonna; naturalmente senza dirle che aveva quella reputazione tremenda, o che la sospettavamo colpevole di aver così spaventosamente rovinato la ragazza innocente; ma allo stesso tempo riponendo tutte le speranze nella misteriosa voce del sangue, a cui la signora Clarke si affidava per la rimozione del maleficio. Prendendo una strada diversa dalla mia, erano giunte, solo la notte precedente, a una locanda di paese non lontana da Coldholme. E quello era stato il primo incontro tra nonna e nipote.

Per tutto il pomeriggio afoso vagai per i sentieri inselvatichiti della vecchia foresta dimenticata, meditando a chi chiedere aiuto in una vicenda così difficile e misteriosa. Incontrato un contadino, gli chiesi dove potevo trovare un sacerdote e ci andai, sperando che mi desse un consiglio. Ma si rivelò un uomo rozzo e ordinario, incapace di prestare attenzione o dedicare del tempo a una vicenda intricata, buono solo a proporre avventatamente un'azione immediata e decisa. Ad esempio, non appena nominai Bridget Fitzgerald, esclamò:

«La strega di Coldholme! la papista irlandese! Le avrei fatto fare un bel bagno da un pezzo, se non fosse per quell'altro papista di sir Philip Tempest. Ce ne son volute di minacce contro la nostra gente onesta, perché non la portassero davanti ai magistrati per le sue pratiche occulte! Lo dice la legge del paese che le streghe devono andare al rogo. Sì, e anche le Scritture, signor mio! Eppure vedete, se un papista è un ricco proprietario, la vince lui su legge e Scrittura. Porterei la legna su queste spalle, se potessi liberare il paese da quella là!»

Da un tipo così non poteva venirmi alcun aiuto. Tentai in qualche modo di ritirare quanto avevo già detto, e cercai di farlo dimenticare al pastore, offrendogli parecchi boccali di birra nella locanda del paese, dove su suo consiglio ci eravamo trasferiti per tenere la nostra conversazione. Me ne andai non appena mi fu possibile, e tornai a Coldholme, decidendo di passare da Casa Starkey, a quel tempo deserta, che raggiunsi dal lato posteriore. Da quella parte c'erano i resti del lungo fossato, la cui acqua ristagnava placida e ferma sotto i raggi purpurei del sole al tramonto; con gli alberi della foresta che si ergevano sui bordi, e specchiavano nel fossato giù in basso il verde cupo della chioma, nero sulla superficie brunita – e la meridiana spezzata sull'estremità più vicina al portone, e l'airone fermo su una zampa sul bordo dell'acqua, pigramente intento alla ricerca di pesci – la casa solitaria e desolata non sembrava aver bisogno dei vetri rotti, delle erbacce sulla soglia, dell'imposta sgangherata che lentamente sbatteva avanti e indietro nella brezza del crepuscolo, per completare il quadro di abbandono e decadenza. Indugiai lì intorno, sinché l'infittirsi delle tenebre non mi rimise in cammino. E passai per il sentiero ricavato nella foresta per ordine dell'ultima signora di Casa Starkey, che mi condusse all'abitazione di Bridget. Decisi improvvisamente di vederla; nonostante la porta chiusa – forse per sua espressa intenzione – avrebbe dovuto incontrarmi. Cosicché bussai con gentilezza, con forza, con furia. Scossi la porta con tale violenza che alla fine i vecchi cardini cedettero e precipitò rumorosamente all'interno, lasciandomi di colpo faccia a faccia con Bridget: io, affannato accaldato irritato per i miei sforzi così a lungo frustrati; lei, rigida come un sasso, dritta di fronte a me, con gli occhi dilatati dal terrore, le labbra livide percorse da un tremito, ma con il corpo assolutamente immobile. Tra le mani teneva un crocifisso, come se con quel sacro simbolo tentasse di impedirmi di entrare. Quando mi vide, tutta la sua figura si rilassò e sprofondò in una sedia. Una qualche tremenda tensione aveva ceduto. Gli occhi impauriti continuavano a guardar fuori, nell'oscurità resa più opaca dalla luce fioca della lampada accesa, che aveva posato davanti al quadro della Vergine.

«È lì?», chiese Bridget con voce roca.

«No! Chi? Sono solo. Vi ricordate di me».

«Sì», rispose, ancora terrorizzata. «Ma lei – quella creatura – mi ha guardata per tutto il giorno attraverso la finestra. L'ho coperta col mio scialle; e allora, finché c'è stata luce, ho visto i suoi piedi da sotto la porta, e sapevo che poteva sentire persino il mio respiro – no, peggio, persino le mie preghiere; e io non riuscivo a pregare, poiché il suo essere in ascolto mi soffocava le parole prima che salissero alle labbra. Ditemi, chi è? che significa quella ragazza doppia che ho visto stamattina? Una sembrava la mia Mary morta; ma l'altra mi agghiacciava il sangue, eppure era identica!»

Mi aveva afferrato il braccio, come per trattenere accanto

a sé una presenza umana. Era percorsa dal tremito lieve e continuo del terrore intenso. Le raccontai la mia storia come l'ho raccontata a voi, senza tacere alcun particolare.

Le dissi che la signora Clarke mi aveva riferito che l'immagine aveva scacciato Lucy dalla casa del padre; che ero stato scettico sinché con i miei stessi occhi non avevo visto un'altra Lucy ritta dietro la mia, identica nei lineamenti e nella figura, ma con l'anima di un demone affacciata ai suoi occhi. Le dissi tutto, ripeto, convinto che lei – la cui maledizione operava così profondamente sulla vita innocente di sua nipote – fosse l'unica persona che potesse trovare il rimedio e la liberazione. Quand'ebbi finito, rimase a lungo seduta in silenzio.

«Amate la figlia di Mary?», chiese.

«Sì, l'amo, nonostante le conseguenze spaventose della maledizione. Eppure, da quel giorno sulla brughiera, mi ritraggo da lei. Gli uomini devono ritrarsi da chi ha una simile compagna; amici e innamorati devono starle lontani. Oh, Bridget Fitzgerald! sciogliete la maledizione! datele la libertà!»

«Dov'è?»

Ansiosamente mi aggrappai all'idea che la sua presenza fosse indispensabile per sciogliere il maleficio, con preghiere o esorcismi.

«Andrò a prenderla e la porterò qua», esclamai. Ma Bridget mi strinse più forte il braccio.

«No», disse a voce bassa e roca. «Morirei, se la vedessi di nuovo come l'ho vista stamattina. E devo vivere sinché avrò compiuto la mia opera. Lasciatemi!», disse improvvisamente, raccogliendo di nuovo il crocifisso. «Io sfido il demone che ho evocato. Lasciatemi qui a combatterlo!»

Si alzò, come in uno stato di ispirazione estatica da cui ogni paura era scomparsa. Indugiai – non so dire perché – sinché di nuovo mi ingiunse di andarmene. Mentre mi avviavo per il sentiero della foresta, mi voltai a guardare, e la vidi che piantava la croce sulla soglia vuota, dove prima c'era stata la porta.

La mattina successiva, Lucy ed io andammo a cercarla per chiederle di unirsi a noi in preghiera. La casa era aperta e si spalancava al nostro sguardo. Non vi era anima viva: la croce era ancora sulla soglia, ma Bridget non c'era più.

III

Che fare a quel punto? era la domanda che mi ponevo. Lucy era incline a rassegnarsi al suo destino. Oppressa da una vita così orribile, mi sembrava davvero troppo remissiva, con tutta quella sua gentilezza e bontà. Non si lamentava mai. La signora Clarke invece si lamentava sempre. E io ero più che mai innamorato della Lucy in carne ed ossa; ma mi ritraevo dalla sua falsa immagine con un'intensità proporzionale al mio amore. Istintivamente sentivo che di tanto in tanto la signora Clarke era tentata di lasciare Lucy. I nervi della buona donna erano scossi e dalle sue parole mi pareva di capire che lo scopo del Doppio era di allontanare da Lucy l'amica, che era stata quasi la prima in ordine di tempo, ed era l'ultima che le restava. A volte, anche se mi era insopportabile doverlo riconoscere, io stesso mi sentivo propenso a rinnegarla; e allora accusavo Lucy di esser troppo paziente, troppo rassegnata. Uno dopo l'altro, si attaccarono a lei i bambini di Coldholme. (La signora Clarke e Lucy avevano deciso di fermarvisi, dato che per gente come loro un posto valeva l'altro; e poi tutte le nostre vaghe speranze erano riposte in Bridget, e anche se non ne sapevamo più nulla, confidavamo che sarebbe tornata, o comunque avrebbe dato qualche segno di sé.) E così, come dico, i bambini si affollarono uno dopo l'altro intorno a Lucy, attratti dalla sua voce soave, dai sorrisi gentili, dai gesti affettuosi. Ahimè! uno dopo l'altro si allontanarono e presero ad evitarla, sbiancati dal terrore; e sin troppo bene ne sapevamo la ragione. Fu l'ultima goccia. Non potevo andare avanti così. Decisi di non trattenermi più da quelle parti, di ritornare da mio zio, e di cercare un mezzo per annullare la maledizione tra i dotti teologi della città di Londra.

Mio zio, nel frattempo, aveva ottenuto tutti i documenti comprovanti la discendenza e la nascita di Lucy, dagli avvocati irlandesi e dal signor Gisborne. Quest'ultimo aveva scritto dall'estero (militava di nuovo nell'esercito austriaco) una lettera in cui si alternavano profondo rimorso e repulsione impassibile. Era chiaro che quando pensava a Mary – alla sua breve vita, al torto che le aveva fatto, alla sua morte violenta – quasi non riusciva a trovare parole abbastanza dure per definire la propria condotta; e in questo senso considerava la maledizione che Bridget aveva inflitto a lui e a sua figlia, una condanna profetica, ispirata da un Potere più alto, operante ai fini di una vendetta scatenata da una causa più profonda della morte del cagnolino. Ma poi d'altra parte, quando affrontava il discorso su Lucy, la ripugnanza che la creatura demoniaca gli provocava era dissimulata a fatica sotto una pretesa totale indifferenza al destino di sua figlia. Sembrava quasi che sarebbe stato ben lieto di farla sparire, come lo sarebbe stato di uccidere un rettile schifoso penetrato nella sua camera o nel suo letto.

Le vaste proprietà dei Fitzgerald appartenevano a Lucy; quest'era tutto – niente, cioè.

In una buia sera londinese di novembre, ero con mio zio nella nostra casa di Ormond Street. Non stavo bene e mi sentivo stretto in una spira inestricabile di infelicità. Con Lucy ci scrivevamo, ma non mi bastava; e non osavamo vederci per il terrore di quell'orribile Altra, che più volte aveva preso il suo posto nei nostri incontri. In quel giorno di cui sto parlando, mio zio aveva disposto che in parecchie chiese e luoghi di riunione di Londra la domenica successiva si innalzassero preghiere per una persona crudelmente tormentata da uno spirito maligno. Lui aveva fede nelle preghiere – io no; rapidamente stavo perdendo la fede in tutto. E così ce ne stavamo seduti – lui, cercando di interessarmi ai vecchi discorsi del tempo passato; io, ossessionato da un unico pensiero, quando Anthony, il nostro vecchio domestico, aprì la porta e senza parlare introdusse un uomo dall'aspetto signorile e aperto, con un che di particolare nell'abito, che ne tradiva l'appartenenza al clero cattolico. Guardò prima mio zio, poi me; e fu a me che rivolse un inchino.

«Non mi sono fatto annunciare col mio nome», disse, «perché probabilmente vi è sconosciuto; a meno che, signore, su al nord non abbiate sentito parlare di Padre Bernard, cappellano a Stoney Hurst».

In seguito mi ricordai di averlo sentito nominare, ma in quel momento me ne ero dimenticato del tutto; sicché affermai di non conoscerlo; nel frattempo mio zio, ospitale come sempre, pur esecrando un papista quanto glielo permetteva la sua natura, prese una sedia per il visitatore, e disse ad Anthony di portare dei bicchieri e una caraffa di chiaretto.

Padre Bernard accolse queste gentilezze con la piacevole disinvoltura e la cortesia affabile tipiche dell'uomo di mondo. Poi cominciò a scrutarmi con occhi penetranti. Dopo qualche frase di una conversazione superficiale, cui aveva partecipato, ne son certo, solo per scoprire quali fossero i termini della mia intimità con mio zio, fece una pausa e disse gravemente:

«Vi porto un messaggio, signore, da una donna con cui siete stato gentile, e che è una delle mie penitenti di Anversa – una certa Bridget Fitzgerald».

«Bridget Fitzgerald!», esclamai. «Ad Anversa? Signore, ditemi di lei tutto quello che sapete».

«Ci sono molte cose da dire», rispose. «Ma posso chiedere se questo signore... se vostro zio è al corrente delle informazioni che possediamo voi e io?»

«Sa tutto quello che so io», dissi, affrettandomi a mettergli una mano sul braccio, mentre accennava a voler lasciare la stanza.

«Allora mi trovo a parlare a due gentiluomini che, pur professando una fede diversa dalla mia, sono perfettamente consci dell'esistenza di poteri malvagi che vagano senza sosta sulla terra, cercando di cogliere i nostri cattivi pensieri; e, se il loro Padrone lo concede, di manifestarli all'esterno in azioni concrete. È questa la mia teoria sulla natura di quel peccato, che son costretto a riconoscere – anche se certi scettici ci vorrebbero increduli: il peccato di stregoneria. Voi e io sappiamo che Bridget Fitzgerald si è macchiata di questo peccato mortale. Da quando l'avete vista l'ultima volta, nelle nostre chiese sono state offerte molte preghiere, cantate molte messe, compiuti molti atti di penitenza perché fosse cancellata la sua colpa, se Dio e i Santi benedetti lo concedevano. Ma non lo hanno concesso».

«Ditemi chi siete», dissi, «e come fate a conoscere Bridget. Perché è ad Anversa? Vi prego signore, ditemi ancora qualcosa. Scusate la mia impazienza; sono malato, febbricitante, e quindi confuso».

Quando iniziò a narrare, per così dire dall'inizio, la storia della sua conoscenza con Bridget, il tono della sua voce ebbe su di me un effetto indicibilmente calmante.

«Avevo incontrato i signori Starkey durante la loro permanenza all'estero, e quindi fu naturale che la nostra conoscenza si rinnovasse, quando mi trasferii a Stoney Hurst, in qualità di cappellano degli Sherburne; divenni così il confessore dell'intera famiglia che, dato il suo isolamento, non partecipava alle funzioni religiose e aveva in Sherburne l'unico vicino dei dintorni che professasse la vera fede. Sapete di certo che i fatti rivelati in confessione sono suggellati come in una tomba; ma venni a sapere abbastanza del carattere di Bridget, da convincermi di avere a che fare con una donna fuori dal comune; straordinaria nel bene come nel male. Credo di essere riuscito di tanto in tanto a darle conforto spirituale, e di esser stato considerato da lei un servo di quella santa Chiesa, che ha il potere meraviglioso di commuovere i cuori degli uomini, e di sollevarli dal peso dei loro peccati. L'ho vista attraversare la brughiera nelle più spaventose notti di tempesta, per venire a confessarsi e avere l'assoluzione; e dopo ritornava al lavoro quotidiano accanto alla sua signora, quieta e sottomessa, senza che nessuno sospettasse dov'era stata nelle ore che i più passavano nel proprio letto a dormire. Dopo la partenza di sua figlia – dopo la misteriosa scomparsa di Mary – le dovetti imporre spesso delle lunghe penitenze per purificarla dal peccato di impazienza smaniosa, che la stava rapidamente portando al peccato più grave di blasfemia. Partì per quel lungo viaggio – di cui forse avete saputo – quel viaggio inutile alla ricerca di Mary, e durante la sua assenza i superiori mi ordinarono di ritornare ad Anversa ai miei vecchi doveri, e per molti anni non ne seppi più nulla.

Qualche mese fa, mentre tornavo al convento la sera, passando vicino a St. Jacques per una strada che porta alla Meer Straet, vidi una donna rannicchiata in terra, sotto la cappella della Santa Madre dei Dolori. Il cappuccio le copriva la testa, sicché, per la luce della lampada su in alto, tutto il suo viso era in ombra; le braccia si stringevano intorno alle ginocchia. Era evidente che la sua pena era disperata, e dunque era mio dovere fermarmi a parlarle. Mi venne spontaneo rivolgermi a lei in fiammingo, ritenendola un'appartenente alla classe sociale più umile. Scosse la testa, senza alzarla. Allora provai in francese, e mi rispose in quella lingua, ma così mediocremente, che fui sicuro che fosse irlandese o inglese, e perciò le parlai nella mia lingua madre. Riconobbe la mia voce, e, alzandosi di scatto, mi afferrò per l'abito e mi trascinò davanti alla cappella benedetta; cadendo in ginocchio e costringendomi – non solo con le sue azioni, ma anche per l'intenso desiderio che manifestava – a inginocchiarmi accanto a lei, esclamò:

«O santa Vergine! non ascolterai mai più me, ma ascolta lui; tu lo sai che da tanto compie la tua volontà e lotta per guarire i cuori spezzati. Ascoltalo!»

Si voltò verso di me.

«Vi ascolterà, se solo vorrete pregare. Non ascolta mai me: lei e tutti i santi del cielo non possono sentire le mie preghiere, poiché il Maligno se le porta via, come s'è portato via quella prima supplica. O Padre Bernard, pregate per me!»

Pregai per colei ch'era afflitta da una pena tremenda – di che natura non sapevo; ma l'avrebbe saputo la santa Vergine. Bridget mi teneva stretto, bramosa e ansante al suono delle mie parole. Quand'ebbi finito mi alzai, e facendo il segno della croce su di lei, stavo per benedirla nel nome della santa Chiesa; ma si tirò indietro, come una creatura impaurita, e disse:

«Ho commesso peccato mortale, e non mi sono confessata».

«Alzati, figlia mia», dissi, «e vieni con me». E la condussi a un confessionale di St. Jacques.

Si inginocchiò; ero in ascolto. Non disse parola. I poteri del male l'avevan resa muta, come già molte altre volte – lo appresi in seguito – quando si era accostata alla confessione.

Era troppo povera per pagare le consuete pratiche esorciste; e sino allora i sacerdoti ai quali si era rivolta, erano stati incapaci di capire il senso del suo francese stentato o del suo anglo-irlandese, oppure l'avevano considerata pazza – come invero i suoi modi eccitati e selvaggi potevano facilmente indurre chiunque a credere – sicché avevano tralasciato l'unico mezzo per scioglierle la lingua, che le avrebbe dato la possibilità di confessare il peccato mortale e, dopo la dovuta espiazione, di essere assolta. Ma io conoscevo Bridget da tanto tempo, e sentivo che era una penitente mandata a me. Compii i sacri riti previsti dalla nostra Chiesa per alleviare un caso come il suo. Mi sentii tanto più obbligato a farlo, quando mi resi conto che era venuta ad Anversa con l'unico scopo di cercarmi per confessarsi. Mi è proibito parlare della natura di quella spaventosa confessione. Voi ne sapete molto; forse tutto.

E ora deve ancora liberarsi dal peccato mortale e liberare gli altri dalle sue conseguenze. Non potranno effettuarlo né messe né preghiere, anche se le potranno dare quella forza che sola permette di compiere gli atti dell'amore più profondo e del sacrificio più puro. Mai raggiunsero i Santi benedetti le parole di passione, le implorazioni di vendetta, le preghiere empie! Altri poteri le intercettarono, facendo in modo che le maledizioni lanciate verso il cielo, precipitassero sulla sua carne e sul suo sangue; trafiggendo e spezzandole il cuore proprio attraverso la forza del suo amore. D'ora innanzi il suo io di un tempo dev'essere sepolto – sì, sepolto vivo, se fosse necessario – senza più possibilità di fare un cenno, di emettere un grido su questa terra! È entrata nell'ordine mendicante delle clarisse affinché, attraverso la penitenza continua e la costante cura degli altri, possa arrivare ad agire in modo da ottenere l'assoluzione finale e la pace dell'anima. Sino ad allora, l'innocente deve soffrire. Vengo a voi ad intercedere per l'innocente; non a nome della strega Bridget Fitzgerald, ma della penitente e serva di tutti gli uomini, la clarissa Suor Maddalena».

«Signore», dissi, «ascolto con rispetto la vostra richiesta; ma vi posso solo dire che non c'è bisogno che mi si spinga a fare tutto il possibile per una donna verso cui nutro un amore che è parte della mia stessa vita. Se le sono stato lontano per qualche tempo, è per dedicare i miei pensieri e la mia opera alla sua salvezza. Io, membro della Chiesa d'Inghilterra, e mio zio, puritano, preghiamo mattina e sera per lei nominandola espressamente: le congregazioni di Londra, domenica prossima, pregheranno per una sconosciuta, perché si possa liberare dai poteri delle tenebre. E inoltre, signore, vi dico che quegli spiriti maligni non riescono neanche a sfiorare la serenità immensa della sua anima. Continua a vivere una vita di purezza e carità, integra e immacolata, anche se gli esseri umani se ne vanno da lei. Vorrei poter avere la sua fede!»

Poi prese la parola mio zio.

«Nipote», disse, «mi sembra che questo gentiluomo, pur professando un credo che ritengo falso, abbia agito giustamente esortando Bridget a compiere atti d'amore e pietà, per cancellare il suo peccato di odio e vendetta. Cerchiamo di lottare con i nostri mezzi, facendo la carità e visitando i bisognosi e gli orfani, per render gradite le nostre preghiere. E intanto, io stesso andrò al nord, a prendermi cura della ragazza. Son troppo vecchio per essere intimidito da uomini o demoni. La porterò qui, come fosse casa sua; e che il Doppio venga pure, se vuole! Un gruppo di teologi devoti gli darà il benvenuto, e vedremo come andrà a finire».

Che vecchio coraggioso e buono! Ma Padre Bernard rimase seduto a riflettere.

«Nel suo cuore», disse, «non può essersi estinto tutto l'odio; tutto il perdono cristiano non può esser penetrato nella sua anima, altrimenti il demone avrebbe perso il suo potere. Avete detto, mi sembra, che sua nipote è ancora perseguitata».

«Sì, lo è ancora!», risposi con tristezza, pensando all'ultima lettera della signora Clarke.

Si alzò per andarsene. Venimmo a sapere in seguito che l'occasione della sua visita a Londra era stata una missione politica segreta a favore degli Stuart. Ciononostante, era un uomo buono e saggio.

I mesi passarono senza alcun cambiamento. Lucy supplicò mio zio di lasciarla dov'era – temendo, secondo quanto appresi, che se fosse venuta a vivere insieme alla spaventosa compagna nella mia stessa casa, l'amore per lei non avrebbe resistito alle ripetute violente emozioni cui sarei stato sottoposto. Lo pensava, non perché nutrisse dei dubbi sull'intensità del mio attaccamento, ma per una sorta di comprensione pietosa per l'effetto terrorizzante sul sistema nervoso, che vedeva prodursi in tutti a causa dell'apparizione demoniaca.

Ero inquieto e infelice. Mi dedicai a opere pie; non le compivo con spirito d'amore, ma soltanto nella speranza di ricompense e retribuzioni, che naturalmente non venivano mai concesse. Infine chiesi a mio zio il permesso di viaggiare; e me ne andai errando, con lo stesso scopo di tanti altri esseri erranti – quello, cioè, di allontanarmi da me stesso. Uno strano impulso mi condusse ad Anversa, nonostante le guerre e i tumulti che imperversavano in quel tempo nei Paesi Bassi; o forse, fu proprio l'ansia di ricuperare un interesse a fatti esterni a guidarmi nel cuore della mischia, dove infuriavano i combattimenti con gli Austriaci. Le città delle Fiandre erano sconvolte da sommosse e rivolte popolari, che solo la forza e la presenza di guarnigioni austriache dovunque, potevano sedare.

Arrivai ad Anversa e cercai Padre Bernard. Era fuori città per uno o due giorni. Allora mi feci indicare la strada per il convento delle clarisse; ma essendo sano e benestante, non mi riuscì di veder altro che le cupe mura grigie senza varchi, cinte strettamente da vicoli angusti, nella parte bassa della città. Il proprietario della locanda a cui ero sceso mi disse che se mi avesse colpito un morbo ripugnante, o se mi fossi trovato in una qualsiasi situazione disperata, le clarisse mi avrebbero accolto e curato. Mi spiegò che erano suore di carità, osservanti una regola delle più rigorose, scalze, vestite poveramente dei tessuti più rozzi, mantenute in vita da quanto gli abitanti di Anversa decidevano di donare (e persino quei frammenti e quelle briciole eran divise con i poveri e gli inermi che si affollavano lì intorno); impossibilitate a ricevere lettere o comunicazioni dal mondo esterno; morte a tutto, tranne che al conforto dei bisognosi. Sorrise quando gli chiesi se mi sarebbe stato possibile avere un colloquio con una di loro, e mi disse che avevano la proibizione di parlare persino se si trattava di mendicare il pane quotidiano; eppure erano ancora in vita e sfamavano gli altri con le elemosine ricevute.

«Ma supponendo che tutti si dimenticassero di loro!», esclamai, «si preparerebbero a morire quietamente, senza far trapelare la loro situazione disperata?»

«Se questa fosse la regola, le clarisse sarebbero pronte a farlo; ma il loro fondatore, in situazioni estreme, come quelle previste da voi, ha stabilito che vi fosse una possibilità di salvezza. Hanno una campana – molto piccola, ho sentito dire – che a memoria d'uomo non è mai stata suonata: se le clarisse rimangono senza cibo per ventiquattr'ore, possono suonarla, e sperare che la nostra buona gente di Anversa si precipiti a salvarle, dopo che santamente si son prese cura di noi in tutte le nostre angustie».

Pensai che quel soccorso sarebbe sicuramente stato tardivo; ma non lo dissi. Diedi invece una nuova piega alla conversazione, chiedendogli se conosceva, o aveva sentito parlare, di una certa Suor Maddalena.

«Sì», disse a voce piuttosto bassa; «le notizie si spargono, filtrando persino da un convento di clarisse. Suor Maddalena è una grande peccatrice oppure una grande santa. Ho sentito dire che fa più lei di tutte le altre suore messe insieme; eppure, quando il mese scorso volevano farla madre superiora, ha supplicato invece di poter occupare la posizione più bassa e di essere tra tutte la serva più umile».

«Non l'avete mai vista?», chiesi.

«No, mai», rispose.

Ero stanco di aspettare Padre Bernard, e tuttavia mi trattenevo ad Anversa. La situazione politica si andò aggravando sempre più, e giunse al culmine per la carenza di cibo, causata da parecchi raccolti scarsi. Ad ogni angolo di strada vedevo gruppi di uomini inferociti e miserabili che fissavano la mia pelle liscia e i miei abiti eleganti con occhi di lupo.

Alla fine Padre Bernard tornò. Parlammo a lungo e mi disse che per un fatto curioso il signor Gisborne, il padre di Lucy, militava in un reggimento austriaco proprio allora di stanza ad Anversa. Chiesi se poteva farci incontrare; acconsentì ma dopo uno o due giorni mi disse che il signor Gisborne, sentendo il mio nome, si era rifiutato di accogliere qualsiasi proposta venisse da me, affermando di aver rinnegato il suo paese e di odiare i suoi compatrioti.

Probabilmente ricordava il mio nome associato a quello di sua figlia. Comunque, era evidente che non avevo alcuna possibilità di farne la conoscenza. Padre Bernard confermò i miei sospetti sul fermento sotterraneo, foriero di mali futuri, che covava tra le «bluse» di Anversa, e cercò di convincermi a lasciare la città; da parte mia invece, mi sentivo eccitato all'idea del pericolo e ostinatamente mi rifiutai di partire.

Un giorno, mentre attraversavo con lui la Place Verte, fece un inchino a un ufficiale austriaco diretto alla cattedrale.

«Quello è il signor Gisborne», disse, appena fu passato.

Mi girai a guardare la figura alta e sottile dell'ufficiale. Aveva un portamento altero, pur avendo superato la mezza età, ed avendo quindi tutte le scusanti per camminare un po' curvo. Mentre lo guardavo, si voltò, i suoi occhi incontrarono i miei, e lo vidi in viso. Era un volto scavato, terreo, devastato; segnato dalla passione e dalle battaglie. I nostri occhi non si incontrarono che per un istante. Ci girammo subito e proseguimmo per le nostre strade diverse.

Ma il suo era un aspetto che non si poteva dimenticare facilmente; il vestiario inappuntabile e la cura evidente che vi prestava, l'espressione cupa e tetra del viso, costituivano le due parti di un intero incongruo. Essendo il padre di Lucy, istintivamente cercavo di incontrarlo dappertutto. Dovette infine accorgersi della mia pertinacia, poiché mi rivolgeva uno sguardo torvo e altezzoso ogni volta che gli passavo accanto. In uno di questi incontri tuttavia, mi capitò di essergli utile.

Stava svoltando a un angolo di strada, quando si imbatté all'improvviso in uno di quei gruppi di Fiamminghi malcontenti di cui ho parlato. Scambiarono qualche parola, e poi il mio gentiluomo sguainò la spada, e con un colpo leggero ma abile, ne ferì uno, supponendo che l'avesse insultato; ma io ero troppo lontano per sentire le loro parole. Gli si sarebbero sicuramente gettati addosso se non fossi accorso lanciando l'urlo di adunata – ben noto a quei tempi – ai soldati austriaci che pattugliavano le strade senza sosta e che vennero in soccorso in gran numero. Credo che la mia intromissione non riuscisse gradita né al signor Gisborne né al gruppo di ribelli. Si era messo contro un muro, fermo in una posizione di schermidore provetto, pronto a dar battaglia con la spada splendente e veloce, a quei sei o sette uomini maldestri, feroci e disarmati. Ma quando sopraggiunsero i suoi soldati, rimise la spada nel fodero, e li congedò con degli ordini noncuranti, riprendendo la passeggiata solitaria nella via, seguito dai mormorii ringhiosi dei popolani, più che propensi a slanciarsi su di me per il mio grido di aiuto. Non me ne curai; a quel tempo la vita era un triste peso per me; e forse fu proprio il mio temerario indugio in mezzo a loro che mi salvò dall'aggressione; anzi si misero a parlare con me, e così appresi parte delle loro lagnanze. Era un carico grave e faticoso da portare, e non v'era da stupirsi se gli oppressi erano selvaggi e disperati.

L'uomo che Gisborne aveva sfregiato cercava di sapere da me il nome del suo aggressore, ma mi rifiutai di dirlo. Un altro del gruppo sentì la domanda e rispose:

«Lo conosco. È un certo Gisborne, aiutante di campo del generale comandante. Lo conosco bene».

Con voce bassa e sorda si mise a parlare di Gisborne; e mentre raccontava una storia che, a quanto vedevo, eccitava il loro malanimo e che palesemente non volevano farmi sentire, me ne andai in tutta tranquillità e tornai al mio alloggio.

La notte stessa ad Anversa scoppiò la rivolta. Gli abitanti si sollevarono contro i dominatori austriaci; questi, avendo sotto controllo le porte della città, rimasero dapprincipio relativamente tranquilli nella fortezza; e il rombo del cannone solo di tanto in tanto risuonava cupamente sulla città. Ma sbagliavano aspettandosi che la rivolta si infiacchisse e si consumasse in qualche ora di furia. Dopo uno o due giorni i rivoltosi avevano occupato i più importanti edifici municipali. A quel punto le schiere gagliarde e sfolgoranti degli Austriaci si riversarono all'esterno, sorridendo placidamente mentre marciavano verso i posti assegnati, come se la folla feroce non fosse nient'altro che uno sciame ronzante di mosche estive. Le loro manovre esperte, i colpi ben mirati, provocavano effetti tremendi; ma per un rivoltoso ucciso ne scaturivano tre dal suo sangue a vendicarne la perdita. Un mortale nemico però, uno spettrale alleato degli Austriaci, era all'opera. Il cibo, scarso e caro per molti mesi, a quel punto era praticamente introvabile a qualsiasi prezzo. Si facevano sforzi disperati per portare provviste in città, dato che gli insorti avevano appoggi all'esterno. Vi fu una grande battaglia al porto, molto vicino alla Schelda. Mi ci trovavo anch'io a dar man forte ai rivoltosi, di cui avevo sposato la causa. Lo scontro con gli Austriaci fu tremendo. Ci furono grandi perdite da entrambe le parti; vedevo i feriti per un attimo, in un lago di sangue; poi una tempesta di fumo li occultava e quando si dissipava, eran morti – calpestati o soffocati, schiacciati e coperti da altri corpi, caduti sotto gli ultimi colpi di cannone. E allora una figura velata, vestita di grigio, passava in mezzo alle artiglierie sfavillanti, chinandosi sui feriti la cui vita declinava; a volte vedevo porgere dell'acqua da una fiasca di latta appesa al fianco; altre, vedevo la croce alzata su un uomo morente, mentre si recitavano brevi preghiere, che in quel frastuono confuso e infernale gli uomini non sentivano, ma che Uno lassù in alto ascoltava. Vidi tutto come in sogno: l'unica realtà di quel tempo amaro era la battaglia e la carneficina. Ma sapevo che quelle figure grigie, con i piedi nudi bagnati di sangue, i volti nascosti dal velo, erano le clarisse, uscite all'esterno perché il dolore atroce era dappertutto e il pericolo imminente. Per questo avevano lasciato il rifugio claustrale ed eran venute nella mischia fitta e crudele.

Vicino a me – sospinto dagli scontri di molti combattenti – passò il cittadino di Anversa con la cicatrice fresca sul viso; e un attimo dopo, nella gran ressa, fu buttato addosso all'ufficiale austriaco Gisborne, e prima che l'uno o l'altro si riavesse dallo sconcerto, il cittadino riconobbe il suo avversario.

«Ah! l'inglese Gisborne!», gridò e gli si gettò sopra con furia raddoppiata. L'aveva colpito violentemente e l'Inglese era a terra; proprio allora tra il fumo si intravide una figura vestita di grigio scuro, che si slanciò sotto la splendente spada alzata. Il braccio del cittadino si arrestò. Né i soldati austriaci, né gli abitanti di Anversa eran propensi a far del male alle clarisse.

«Lascialo a me!», disse una voce bassa e severa. «È il mio nemico... mio da tanti anni».

Quelle furono le ultime parole che udii. Anch'io fui colpito da una pallottola. Di giorni e giorni non ricordo più nulla. Quando tornai in me, ero allo stremo delle forze e avevo un disperato bisogno di cibo per potermi riprendere. L'oste stava seduto a guardarmi. Anche il suo aspetto era affamato e smunto; era venuto a sapere che ero stato ferito e mi aveva cercato. Sì, si continuava a combattere, ma la carestia era spaventosa, e aveva sentito che certi eran morti di fame. Mentre parlava, aveva gli occhi pieni di lacrime. Ma dopo un po' si riscosse dalla tristezza, e ritrovò il suo consueto buonumore. Padre Bernard era venuto a trovarmi; nessun altro. (E chi altri sarebbe dovuto venire?) Padre Bernard sarebbe tornato nel pomeriggio, l'aveva promesso. Ma non venne, anche se ero alzato e vestito, impaziente e ansioso di vederlo.

L'oste mi portò una pietanza cucinata da lui stesso: non volle dirmi di cosa si trattava, ma era squisita, e a ogni boccone mi sembrava di riacquistare le forze. Il buon uomo se ne stava seduto, contemplando con un sorriso beato e affettuoso la mia evidente soddisfazione; ma quando mi si fu placata la fame, cominciai a notare un certo sguardo vorace, come se bramasse il cibo che avevo quasi divorato – e infatti a quel tempo mi rendevo conto a malapena della gravità della carestia. Improvvisamente sentimmo il rumore di molti piedi che passavano correndo sotto la finestra. L'oste aprì un battente per capire cosa stesse succedendo. E allora sentimmo il tintinnio debole, incerto e acuto di una campanella, che si diffondeva nell'aria chiaro e distinto da tutti gli altri suoni.

«Madre santa!», esclamò l'oste, «le clarisse!»

Agguantò gli avanzi del mio pasto e me li ficcò in mano, dicendomi di seguirlo. Corse giù per le scale, afferrando dell'altro cibo che le donne di casa gli porgevano trepidanti, e in un attimo fummo in strada, in mezzo al flusso della folla, sospinti insieme agli altri al convento delle clarisse. E sempre risuonava il tintinnio acuto, trafiggendoci le orecchie con il suo grido inarticolato. In quella strana folla c'erano vecchi tremanti e scossi dai singhiozzi, che recavano una piccola elemosina di cibo; donne col volto rigato di lacrime, che avevano afferrato le loro scarse provviste con tutti i recipienti, ben più pesanti del contenuto; bambini con visi eccitati, che stringevano tra le mani un pezzetto rosicchiato di pane o focaccia, ansiosi che arrivasse in aiuto alle clarisse; uomini vigorosi – sia cittadini di Anversa che soldati austriaci – che avanzavano in silenzio, a denti stretti; e nell'aria, tra la folla, si diffondeva quel tintinnio penetrante, quel disperato grido di aiuto.

Incontrammo la prima fiumana di gente che tornava con visi sbiancati e pietosi: uscivano dal convento per far posto alle offerte degli altri. «Svelti, svelti!», dicevano. «Una clarissa sta morendo! Una clarissa sta morendo di fame! Che Dio perdoni noi e la nostra città!»

Continuammo a spingerci in avanti. Il fiume umano ci portava dove voleva. Fummo sospinti attraverso refettori spogli, dove non vi era neppure una briciola di pane; dentro celle sulle cui porte era scritto il nome conventuale delle occupanti. Fu così che insieme ad altri, fui spinto dentro la cella di Suor Maddalena.

Sul suo giaciglio era adagiato Gisborne, vivo, ma pallido come un morto. Vicino a lui c'era una tazza d'acqua e un pezzetto di pane ammuffito, che era finito in un punto dove lui non riusciva a raggiungerlo, non potendosi muovere. In alto, di fronte al letto, stavano scritte queste parole nella versione inglese: «Pertanto, se il tuo nemico ha fame, nutrilo; se ha sete, dagli da bere».

Alcuni di noi gli diedero del cibo, e lo lasciammo che mangiava voracemente, come una belva affamata. Ma non era più il tintinnio acuto a risuonare, era il rintocco solenne che in tutti i paesi cristiani annuncia il passaggio dello spirito dalla vita terrena all'eternità; e di nuovo un mormorio, come un suono di tante voci sommesse e riverenti, si diffuse e crebbe d'intensità: «Una clarissa sta morendo! Una clarissa è morta!»

Sospinti di nuovo dal moto della folla, finimmo nella cappella delle clarisse. Su un feretro davanti all'altar maggiore, giaceva una donna... giaceva Suor Maddalena... giaceva Bridget Fitzgerald. In piedi accanto a lei vi era Padre Bernard in abito talare; teneva alto il crocifisso mentre pronunciava l'assoluzione solenne della Chiesa, come concedendo il perdono a una penitente che avesse appena confessato il suo peccato mortale. Cercai disperatamente di farmi largo, sinché mi trovai accanto alla donna morente, che riceveva l'estrema unzione nel silenzio ansioso e riverente della folla intorno. I suoi occhi si stavano facendo vitrei, le membra rigide; ma quando il rito fu concluso, lentamente sollevò la figura scarna, e i suoi occhi si illuminarono di una strana intensità di gioia, mentre, nel movimento delle dita, nella luce estatica dello sguardo, sembrava una che guardasse scomparire una creatura ripugnante e paurosa.

«È libera dalla maledizione!», disse, mentre cadeva indietro morta.

Susan Dixon

I

Tanto tempo fa, in una valle del Westmoreland viveva una donna sola, chiamata Susan Dixon. Era la proprietaria della piccola fattoria in cui abitava e dei trenta o quaranta acri che la circondavano. Godeva anche di un diritto ereditario di pascolo nei campi che si estendevano sino ai monti selvaggi sovrastanti Blea Tarna. Nel linguaggio del posto era definita una padrona. Si può ancora vedere la sua casa sulla strada che porta a Oxenfell, tra Skelwith e Coniston. Si passa nella brughiera, lungo un sentiero tracciato dai carri, che di tanto in tanto si rifornivano di torba a Oxenfell. Il bisbiglio gorgogliante di un ruscello fa compagnia e allevia il senso di profonda solitudine che di solito accompagna chi percorre quella strada. A poche miglia di distanza da Coniston vi è un casale – una grigia casa di pietra e un complesso di edifici che formano un quadrato intorno a uno spazio verde non coltivato, al cui centro si erge un imponente tasso frondoso e funereo che getta un'ombra solenne, come di morte, sul cuore ardente della più luminosa giornata estiva. Sul lato lontano dalla casa, il cortile declina verso uno stagno color bruno in cui affluisce l'acqua che trabocca da una cisterna di pietra, rifornita dai rivoli del ruscello di cui parlavo, che senza sosta vi si riversano gorgogliando melodiosamente. Le bestie si abbeverano alla cisterna, la gente riempie le brocche di acqua potabile con un sistema lento ma pieno di grazia. La donna che va a prendere l'acqua porta con sé una foglia di felce e, inserendola nella crepa della roccia grigia, ne fa una grondaia verde e fresca per lo zampillo scintillante.

La casa non riflette oggigiorno ciò che era al tempo di Susan Dixon. Allora, le finestre a piccoli rombi brillavano da quant'eran linde. Nella sala si poteva mangiare dal pavimento e ci si poteva specchiare nei piatti di peltro e nella madia, o credenza, di lucido legno di quercia. Pochi forestieri riuscivano a oltrepassare quella stanza. Capitò una o due volte che dei turisti, attratti nei loro vagabondaggi dalla pittoresca solitudine e dall'estrema pulizia della casa, vi entrassero e offrissero denaro abbastanza (secondo loro) da tentare la proprietaria ad accoglierli come pensionanti. Non avrebbero recato alcun disturbo, dicevano; se ne sarebbero stati in giro tutto il giorno a passeggiare o a disegnare; sarebbero stati pienamente appagati di mangiare quello che mangiava lei; o si sarebbero procurati il necessario alla locanda di Waterhead a Coniston. Ma non vi erano somme generose o belle parole, che la potessero smuovere dal suo atteggiamento gelido, o dal tono monotono e indifferente dei suoi rifiuti. Non vi era modo di persuaderla a mostrare altre parti della casa oltre quella prima stanza; non vi era segno di stanchezza che procurasse agli esausti un invito a sedersi e riposare; e se qualcuno, più audace e meno sensibile degli altri lo faceva spontaneamente, Susan restava lì in piedi, fredda e apparentemente sorda, o rispondendo a monosillabi sinché l'ospite sgradito se ne andava. Ma coloro che avevano delle relazioni commerciali con lei, che compravano il suo bestiame o i prodotti della fattoria, dicevano che aveva il senso degli affari, che era un osso duro; e non si risparmiava sforzi o fatiche, al mercato o nei campi, per ottenere il massimo dai suoi prodotti. Guidava i falciatori con i colpi rapidi e decisi del rastrello, con la regolarità silenziosa dei suoi movimenti. Era al mercato tra i primi, saggiando campioni d'avena, chiedendone il prezzo, e tornando poi con soddisfazione compiaciuta al suo cereale più mondo.

Più che sottoposti, eran compagni di lavoro quelli che per lunghi anni l'avevano servita fedelmente. Li trattava con equità e giustizia. Anche se era strana e silenziosa, loro la conoscevano e sapevano che di lei ci si poteva fidare. Alcuni la conoscevano dall'infanzia, e in fondo al cuore provavano per lei una pietà non detta, quasi inconsapevole; poiché loro sapevano la sua storia, anche se non ne parlavano mai.

Sì; vi era stato un tempo in cui quella donna alta, magra, angolosa, dai lineamenti duri, che non sorrideva mai e non diceva che l'indispensabile, era stata una bella ragazza, rosea e radiosa; un tempo in cui il focolare al Nido del Tasso era radioso come lei, allietato da una famiglia che si amava, dalle speranze e dall'allegria della giovinezza. Cinquanta o cinquantun anni fa, William Dixon e sua moglie Margaret erano ancora vivi, e Susan, la loro figlia, aveva circa diciott'anni – dieci in più dell'altro figlio, un bambino con lo stesso nome di suo padre. William e Margaret Dixon erano gente di natura superiore, caratteristica – per quanto ne so – esclusivamente della classe dei proprietari terrieri del Westmoreland e del Cumberland: giusti, indipendenti, onesti; di poche parole; di buon cuore, senz'essere espansivi; ostili ai cambiamenti, alle nuove abitudini, alla gente nuova; intelligenti e sagaci; eran gruppi familiari riservati, privi di curiosità nei confronti dei vicini con cui avevano rare occasioni di incontri, oltre le ricorrenze stabilite della tosatura e del Natale; che manifestavano un certo gusto sobrio nell'ammassar denaro, che occasionalmente da vecchi li rendeva pittime (come chiamano gli avari su al nord); che non leggevano alcun tipo di letteratura leggera o effimera, anche se di libri seri e gravi, portati in giro dai venditori ambulanti (come *Paradiso Perduto* e *Riconquistato*, *La morte di Abele*, *Il Chisciotte spirituale*, e *Il viaggio del pellegrino*), se ne potevan trovare quasi in ogni casa; gli uomini che a volte se ne andavano in cimbali, ovvero a suonare, ovvero a bere per giorni di fila, cercati da mogli ansiose, riluttanti ad esporli ai rischi delle ripide strade selvagge, disposte a camminare per miglia e miglia nel cuore della notte con le lanterne in mano, per scovare e guidare verso casa i mariti solennemente ubriachi; che il giorno dopo accusavano un tremendo mal di testa, e il giorno dopo ancora comparivano con un'aria grave, sobria e virtuosa, quasi che non vi fossero al mondo cose come alcolici e liquori al malto; e a cui le mogli raramente ricordavano le loro malefatte, considerando questi sporadici sfoghi – dopo che la preoccupazione immediata che provocavano era scomparsa – come un fatto normale. Tali erano – tali sono – le caratteristiche di una classe che sta scomparendo dalle campagne, com'è accaduto ai piccoli proprietari che li hanno preceduti.

William Dixon era uno di loro; un fattore esperto e sagace, per quel tempo e quella generazione, quando la sagacia si misurava sull'allevamento di pecore e mucche, piuttosto che sulla coltivazione della terra. Grazie a queste sue qualità, i proprietari di poderi lontani, oltre Kendal, o persino di Borrowdale, ben più ricchi di lui, gli mandavano i figli per uno o due anni perché ne apprendessero i metodi prima di avviare una fattoria per conto proprio. Quando Susan aveva circa diciassette anni, un certo Michael Hurst era un lavorante del Nido del Tasso. Lavorava col padrone e viveva con la famiglia; in tutto, tranne che nei campi, era trattato come un pari. Suo padre era un ricco proprietario di Wythburne, più su di Grasmere; grazie all'apprendistato di Michael, le famiglie avevano fatto conoscenza, e i Dixon andavano a Rio del Monte per la tosatura, e gli Hurst scendevano per Red Bank e Loughrig Tarn, oltre Oxenfell, fino al Nido del Tasso, per le festività natalizie. I due padri girovagavano nei campi, esaminando i greggi e gli armenti, osservando con occhi da intenditori l'uno i cavalli dell'altro. Le madri ispezionavano le cascine e l'organizzazione domestica, entrambe ammirando palesemente i metodi altrui, ma preferendo segretamente i propri. Sia i padri che le madri talvolta guardavano di sfuggita Michael e Susan, concentrati esclusivamente sul lavoro nei campi o nella latteria; ma il sottinteso attaccamento tra i due giovani era così naturale e conveniente sotto ogni aspetto, che i genitori di entrambi se ne rallegravano, anche se nel loro tipico riserbo non ne parlavano mai, neppure tra marito e moglie.

Susan era sempre stata una ragazza forte, indipendente, sana; un aiuto prezioso per la madre, una compagna vivace per il padre; con qualità maschili (come lui notava spesso) che il suo delicato fratello minore non avrebbe mai avuto. Era lui il tesoro di sua madre, che comunque non faceva mancare amore a Susan. Tra Susan e Michael non si era mai parlato di fidanzamento – sono perfino incerta se si eran mai detti che si amavano – quando un inverno Margaret Dixon contrasse un'infiammazione polmonare conseguente a un'infreddatura trascurata. Era sempre stata forte e attiva e aveva avuto troppo da fare per occuparsi dei primi sintomi del male. Sarebbe passato, diceva alla donna che l'aiutava in cucina; oppure, se non si fosse sentita meglio dopo aver finito con i prosciutti e il lardo, avrebbe preso qualche tisana e si sarebbe curata per un po'. Ma la Morte non poteva attendere che si affumicassero i prosciutti e il lardo: si avvicinò a passi rapidi, scoccando frecce di atroce sofferenza. Susan non aveva mai conosciuto la malattia, mai saputo quanto amava sua madre sino a quel momento, in cui sentì una spaventosa, istintiva certezza che la stava perdendo. Nella sua mente si affollavano i ricordi delle volte in cui ne aveva trascurato i desideri; si affollavano gli echi delle sue risposte noncuranti e irate. Cosa non avrebbe dato in quel momento, per avere la possibilità di essere servizievole e obbediente, di provare la sua pazienza e il suo affetto a quella madre amata che giaceva nel letto ansando dal dolore! Eppure Susan era stata una brava ragazza e una figlia devota.

La sofferenza acuta passò e sopravvenne un delizioso benessere; ma sua madre continuava a deperire. In quella languida pace stava morendo. Accennò a Susan di avvicinarsi al letto, poiché riusciva solo a sussurrare; e allora, mentre il padre non era nella stanza, parlò agli occhi ansiosi e trepidi della figlia col moto delle labbra, e con i lenti, fievoli suoni della voce.

«Susan, ragazza mia, non ti crucciare. È la volontà di Dio, e avrai tanto da fare. Se puoi, fai rigar diritto tuo padre, e se se ne va dalle parti di Ulverstone, fa' in modo di raggiungerlo prima che arrivi alla Cava Vecchia. È un brutto pezzo di strada per un uomo che ha bevuto un goccio. Riguardo al piccolo Will» – il viso della povera donna cominciò a contrarsi, le sue dita abbandonate sulla trapunta, a muoversi nervosamente – «il piccolo Will sentirà la mia mancanza più di tutti. Tuo padre si arrabbia spesso con lui perché non è un ragazzo sveglio e robusto; no, non lo è, povero il mio bambinello. E tuo padre crede che sia insolente perché non sempre riesce a mandar giù la focaccia e la minestra. Nella vecchia teiera nera sull'ultimo ripiano della credenza ci sono più di tre sterline. Susan mia, cerca di aver sempre un pezzo di pane, a portata di mano, così Will può mangiarlo se non ha fatto colazione. Forse l'ho viziato; ma adesso non ci sarà più nessuno a viziarlo».

Cominciò a piangere un pianto sommesso e fievole, coprendosi il viso perché Susan non vedesse. Quel caro viso! Quei preziosi istanti in cui gli occhi potevano ancora guardare con intelligenza e amore. Susan mise la testa sul cuscino, con la bocca vicino al suo orecchio.

«Mamma, ci penserò io a Will. Mamma, mi senti? Non gli mancherà niente di quello che gli posso dare o trovare, e soprattutto le parole gentili che avevi sempre pronte per noi due. Che Dio ti benedica! che Dio ti benedica! madre mia!»

«Me lo prometti, Susan? Posso morire tranquilla, se a lui ci pensi tu. Non è come gli altri ragazzi; certe volte fa perder la pazienza a tuo padre, ma credo che gli vorrà bene per amor mio, quando non ci sarò più. Susan, c'è un'altra cosa. Il piccolo aveva paura che dicessero che faceva la spia, e così non ne ho mai parlato, l'ho consolato e basta. Certe volte fa arrabbiare Michael e lui lo picchia. Non volevo far venir fuori una baruffa; ma non è un bambino robusto e una tua parola, Susan, può far molto con Michael».

Il viso di Susan, che in precedenza era stato pallido, in quell'istante arrossì violentemente; era la prima volta che il suo ascendente su Michael veniva riconosciuto apertamente da una terza persona, e un lampo di gioia attraversò la solenne tristezza del momento. Sua madre aveva parlato troppo a lungo; sopravvenne una debolezza penosa. Di lì in poi non riuscì più a parlare con coerenza; ma quando il marito e i figli furono accanto al suo letto, prese la mano di Willie e la mise in quella di Susan, guardandola con occhi imploranti. Susan lo strinse tra le braccia e appoggiò la testa sulla testolina ricciuta, e giurò a se stessa di essere una madre per lui.

Da allora in poi fu tutto per suo fratello. Era una compagna più vivace e divertente di quanto non fosse stata la madre, perché aveva un carattere più attivo e forse anche più originale, che spesso le suggeriva di compiere le azioni abituali in modo nuovo e insolito. Se con Willie era tenera, con tutti gli altri, e soprattutto con Michael, era aspra e risoluta; infatti in certo modo la ragazza percepiva che, priva della protezione di sua madre, doveva tener alta la propria dignità, senza permettere all'innamorato di accorgersi quanto fosse grande l'ascendente che aveva sul suo cuore. Le diceva che era dura e crudele e se ne andava; ma quando girava le spalle, lei sorrideva piano fra sé, pensando a quanto fosse ignaro della profondità del suo amore. Difatti Susan era semplicemente graziosa e gradevole, mentre Michael era particolarmente attraente, ammirato da ogni ragazza per miglia intorno; e, da quel bellimbusto di paese che era, lo sapeva e se ne pavoneggiava di conseguenza.

Michael era il secondogenito, e naturalmente il fratello maggiore avrebbe ereditato la fattoria di Rio del Monte, ma alla banca di Kendal c'era un bel gruzzolo depositato per lui. Quand'ebbero finito col raccolto, se ne andò a Chapel Langdale a prendere lezioni di ballo; e la sera, nella cucina del Nido del Tasso, quand'era di buon umore, provava i suoi passi sul pavimento di pietra, di fronte alla segreta ammirazione di Susan, che non aveva mai imparato a ballare, ma che, pur ammirandolo, lo sbeffeggiava, uniformandosi alla decisione che sembrava aver preso, di mantenerlo a distanza per tutto il tempo che avrebbero passato sotto lo stesso tetto. Una sera era imbronciato per una sua qualche impertinenza; lui, seduto nell'angolo del focolare con le mani sulle ginocchia e la testa china in avanti, lo sguardo pigramente fisso sulla legna che bruciava nel camino, godendo del riposo dopo una giornata di duro lavoro; lei, seduta tra i gerani nel vano della finestra sulla panca lunga e bassa, tentando di cogliere gli ultimi raggi obliqui di luce autunnale per finir di cucire il colletto di una camicia di Will, il quale stava oziosamente allungato per terra sull'altro lato del camino, smuovendo di tanto in tanto la legna che bruciava con un lungo ramoscello di nocciuolo, per farne guizzar fuori le scintille infuocate.

«E a che ti serve saper ballare il *reel?»,* chiese Susan guardando di traverso Michael, che aveva appena finito di vantarsi della propria abilità. «Ti aiuta ad arare, a falciare, o anche ad arrampicarti sulle rocce a prendere i nidi di corvo? Se fossi un uomo, mi vergognerei di cedere a queste mollezze».

«Se tu fossi un uomo, ti andrebbe di fare qualsiasi cosa per farti guardare e ammirare dalle ragazze».

«Proprio come te, no? Oh Michael, non sarebbe quello il mio modo di essere un uomo!»

«E quale sarebbe?», chiese dopo una pausa, durante la quale aveva atteso invano che continuasse la sua frase. Nessuna risposta.

«Non mi piaceresti come uomo, Susy; saresti troppo duro e testardo.

«Sono dura e testarda?», chiese nel tono più indifferente che le riuscì di assumere, ma che comunque conteneva una sfumatura di risentimento. L'orecchio pronto di lui colse l'inflessione.

«No, Susy! A volte sei ostinata, ma va bene così. Non mi piacciono le ragazze senza carattere. Alle lezioni di ballo c'è una ragazza proprio graziosa; ma è tutta lattemiele. I suoi occhi non mandano lampi come i tuoi quando ti arrabbi; pensa che riesco a vederli sfolgorare attraverso la cucina, come gli occhi di un gatto nel buio. Ora, se tu fossi un uomo, non mi sentirei a mio agio sotto uno sguardo come il tuo; ma per come stanno le cose, mi piace perché...»

«Perché cosa?», chiese alzando lo sguardo e rendendosi conto che si era avvicinato a lei senza far rumore».

«Perché posso aggiustare tutto così», disse baciandola all'improvviso.

«Ah, davvero?», disse svincolandosi dalla sua stretta, ansante e mezza arrabbiata. «Prendi questo, e ricordati che aggiustare non è così semplice».

E gli diede un paio di ceffoni ben assestati. Tornò al suo posto contrariato e incollerito. Non c'era abbastanza luce per vedere, anche senza avere il viso in fiamme e gli occhi abbagliati come lei, ma rimase lo stesso seduta dov'era, senza mutare la sua posizione ricurva, come se stesse ancora cucendo.

«Eleanor Hebthwaite sarà anche lattemiele», borbottò lui, «però... accidenti a te, ragazzo! Ma che fai?», esclamò Michael, colpito da un pezzo di brace che un movimento maldestro di Will gli aveva scagliato in viso. «Razza di sfaticato balordo, te la faccio vedere io!» e allungandogli uno o due bei calci, lo spedì piagnucolante nel lavatoio. Quando la sua collera si fu un po' calmata, vide Susan ritta accanto a sé, con un'aria strana e quasi spettrale per le ombre capovolte sul viso, prodotte dal bagliore della fiamma che si levava dal camino sottostante.

«Ti dico una cosa, Michael», disse, «quel ragazzo ha perso sua madre, ma ha ancora degli amici».

«Perfino suo padre lo picchia, e perché non dovrei farlo io, con questa bella bruciatura sulla faccia?», disse Michael, coprendosi la guancia con la mano, come se gli facesse male.

«Suo padre è suo padre, e non c'è altro da dire. Ma se t'ha bruciato è stato per caso, non apposta come te che l'hai preso a calci; è una fortuna che non gli hai spezzato le costole».

«Con gli urli non scherza di sicuro! Ce n'è di ragazzi che si sarebbero presi calci anche due volte più forti, senza dire altro che 'va' al diavolo'; ma quello là deve gridare come un maiale scannato se uno lo tocca», rispose Michael di malumore.

Susan tornò alla sua panca e per uno o due minuti guardò con aria assente dalla finestra le nuvole vaganti, mentre gli occhi le si riempivano di lacrime. Poi si alzò dirigendosi alla porta esterna che dava sul lavatoio. Prima di raggiungerla, comunque, sentì sussurrare una voce, la cui melodia la fece fremere:

«Susan, Susan!»

Sentì che il cuore le si scioglieva dentro, ma le sembrò che ascoltare il suo innamorato mentre le guance di Will erano ancora bagnate di lacrime provocate da lui, fosse come tradire il suo povero ragazzo, come mancare alla parola data alla madre. E così, passandogli accanto, parve non prestargli attenzione, e uscì nel buio dove i singhiozzi la guidarono da Willie, rannicchiato tra recipienti e mastelli che nessuno usava più.

«Vieni, andiamo fuori»; e uscirono nel frutteto tra gli alberi spogli e spettrali nel loro involucro di muschio grigio a brandelli: il vento sussurrante di novembre veniva a folate dai monti e scrollava i rami scricchiolanti sotto i quali fratello e sorella sedevano al buio; lui in braccio a lei, lei cullandogli la testa sulla spalla.

«Non devi giocare col fuoco. È una brutta abitudine. Vedrai quante te ne capitano, se non la smetti. Te ne avrei date il doppio, se fossi stata al posto di Mike. Son sicura che non ti ha fatto male», disse, un po' affermando e un po' chiedendo.

«Sì! mi ha fatto male. Mi sento malissimo». E lasciò cadere languidamente la testa sul petto della sorella.

«Su, su», disse lei ansiosamente. «Sii uomo. Da quello che ho visto, non è proprio stato granché. Senti, i primi tempi che c'era la vacca rossa, mi ha scalciato molto più forte di così perché volevo mungerla senza legarle le zampe. Eccoti qua una caramella di menta, e stasera ti cucino un pasticcio; solo non lasciarti andare così, mi fa un gran male pensare che Michael ti ha fatto qualcosa, piccolo mio».

Willie si riscosse e mandò indietro i capelli umidi e arruffati dal viso accaldato; lui e Susan si alzarono e tenendosi per mano si avviarono verso casa, camminando lentamente e in silenzio, tranne che per una specie di singhiozzo che Willie non riusciva a trattenere. Susan lo portò alla pompa e gli lavò il viso rigato di lacrime, sinché le sembrò di aver cancellato tutte le tracce dell'agitazione precedente; gli accomodò i riccioli e poi lo baciò con tenerezza e lo condusse in cucina, sperando di trovarvi Michael, per poter aggiustare le cose tra loro. Ma lo splendore del fuoco si era spento; la legna era diventata un mucchio di cenere grigia, attraversata da scintille guizzanti; e persino avanzando a tentoni nel buio, da come le si strinse il cuore, Susan seppe che Michael non c'era. Mise un altro pezzo di legno sul fuoco, accese la candela e si sedette in silenzio a lavorare. Willie si rannicchiò sullo sgabello accanto al camino gettando di tanto in tanto un'occhiata alla sorella, dispiaciuto e triste senza saperne il perché, alla vista del suo volto serio, quasi severo. Non venne nessuno. Eran soli in casa. La vecchia che aiutava Susan nei lavori domestici era andata a dormire da un'amica. Il padre, William Dixon, era sui monti a badare alle pecore. Susan non si sentiva di preparare il pasto serale.

«Susan, tesoro, sei arrabbiata con me?», chiese Willie con la sua vocina pigolante e gentile. Pian piano si era avvicinato a sua sorella. «Non giocherò mai più col fuoco; e non piangerò se Michael mi prende a calci. Solo, ti prego, non assomigliare tanto alla mamma morta, ti prego, ti prego!», esclamò nascondendo il viso sulla sua spalla.

«Non sono arrabbiata, Willie», disse. «Non aver paura di me. Non hai ancora cenato; adesso preparo; e non aver paura di Michael, perché dovrà render ragione di ogni capello che ti tocca... proprio così».

Quando William Dixon tornò a casa, trovò Susan e Willie seduti insieme, mano nella mano e apparentemente allegri. Disse loro di andare a letto, che lui avrebbe aspettato Michael; e quando Susan scese la mattina seguente, sentì che Michael se n'era andato col carro un'ora prima a prender calce. Era un lavoro che portava via molto tempo; Susan sapeva che si sarebbe fatto tardi prima che tornasse, forse anche più tardi della sera precedente – in ogni caso, più tardi dell'ora in cui lei andava a dormire; e per nessun motivo intendeva fermarsi in cucina un minuto di più, indipendentemente da quello che avrebbe fatto in camera sua. Qui rimase seduta ad aspettare sin oltre la mezzanotte; e quando lo vide risalire con i carri sul bordo del sentiero, si rese pienamente conto, persino nella fioca luce lunare, che il suo passo era quello di chi aveva bevuto. Ma per quanto fosse infastidita e mortificata di scoprire in che modo aveva deciso di dimenticarla, la cosa in sé non le provocò il disgusto e lo sconcerto che avrebbe potuto suscitare, anche a quel tempo, in molte ragazze che non eran state allevate come Susan, secondo i principi di una classe che non considerava un crimine, ma piuttosto un segno di carattere, il fatto che un uomo occasionalmente si ubriacasse. Ciononostante decise di fare la sostenuta il giorno dopo, quando Michael fu costretto, di necessità, a evitare tutti i lavori pesanti e rimase a ciondolare, sconsolato e indisposto, intorno ai fabbricati della fattoria. Willie fu con lui molto più benevolo di Susan. Prima di sera, gli era fedelmente, ostentatamente amico. Willie portò i cavalli all'abbeveratoio; Willie lo aiutò a spaccare la legna. Susan se ne stava seduta a lavorare con aria scontenta, sentendo venire dalla stalla dove mungevano le vacche il suono di una conversazione indistinta ma allegra. Provò dell'irritazione per il fratello, come se fosse un traditore passato al nemico nel bel mezzo della battaglia che lei stava combattendo per la sua causa. Era sola, senza nessuno a cui parlare, mentre loro continuavano a chiacchierare senza curarsi se era triste o allegra.

Dopo un po' Willie si precipitò dentro. «Susan! Susan! vieni con me; devo farti vedere una cosa così bellina. Dietro l'angolo del granaio... corri! corri!» (La stava trascinando fuori, per metà riluttante e per metà desiderosa di un cambiamento in quella giornata monotona). Dietro l'angolo del granaio, tra le braccia di Michael che stava lì ad aspettarla.

«O Willie!», gridò, «bambino cattivo. Non c'è proprio niente da vedere... perché mi hai portata qui? Mollami! lasciami andare!»

«Solo una parola. Beh, se lo desideri così tanto, vattene pure», disse Michael, sciogliendo la presa mentre lei si divincolava. Ma ora che era libera, si limitò a indietreggiare di uno o due passi, mormorando qualcosa su Willie.

«Vai via, allora?», disse Michael apparentemente rattristato.

«Non vuoi stare a sentire neanche una parola su quello che ho in cuore».

«Come faccio a sapere se è quello che mi va di sentire?», rispose, indietreggiando ancora.

«È proprio questo che vorrei sapere da te; voglio che mi stai a sentire e poi mi dici se ti va bene o no».

«D'accordo, puoi parlare», rispose, voltandogli le spalle e mettendosi a pieghettare l'orlo del grembiule.

Le si avvicinò all'orecchio.

«Mi dispiace di aver fatto male a Willie l'altra notte. Lui mi ha perdonato. Mi perdoni anche tu?»

«Gli hai fatto molto male», rispose, «ma è bello che ti penti. Ti perdono».

«Aspetta! aspetta!», disse, mettendole la mano sul braccio. «Ho qualcos'altro da dirti. Voglio che tu sia mia... com'è che dicono, Susan?»

«Non lo so», disse, quasi mettendosi a ridere, ma a quel punto tentando con tutte le sue forze di andarsene; era una ragazza robusta, ma non vi riuscì.

«Sì che lo sai. Mia... cos'è che voglio che tu sia?»

«Ti ho detto che non lo so, ed è meglio che stai buono e mi lasci andar dentro, se no mi fai pensare che ti comporti male come ieri notte».

«E come fai a sapere che mi sono comportato male ieri notte? Era mezzanotte passata quando son tornato a casa. Eri alla finestra? Ah, Susan! diventa mia moglie, e non dovrai mai aspettare alla finestra un marito ubriaco. Se fossi tuo marito, verrei dritto a casa, e ogni minuto lontano dal tuo bel visino mi sembrerebbe un'ora. E adesso sai cosa voglio che tu sia. Ti chiedo di esser mia moglie. Vuoi, mia amata Susan?»

Non parlò per qualche tempo. Poi disse soltanto: «Chiedilo a mio padre». E allora davvero volò via come una pavoncella, dietro l'angolo del granaio, fin su nella sua piccola stanza, piangendo a dirotto, prima ancora che il sorriso di trionfo si spegnesse sul viso di Michael, fermo dov'era.

«Chiedilo a mio padre» era semplicemente una formalità da sbrigare. Molto prima di allora i due vecchi, Daniel Hurst e William Dixon, avevano discusso su cosa potevan dare ai rispettivi figli; ed era quello il modo in cui i genitori risolvevano simili faccende. Dopo che ciascun padre ebbe nominato l'ammontare approssimativo del patrimonio da poter dare al proprio figlio, i ragazzi, come dicevan loro, potevano impiegare tutto il tempo che volevano, per arrivare al punto dove i vecchi, nella loro esperienza, prevedevano che sarebbero finiti; non c'era bisogno di metter loro fretta, perché erano giovani entrambi e Michael, aveva detto il vecchio Daniel, pur sufficientemente laborioso, era ancora troppo irriflessivo perché gli si potesse affidare la conduzione di un'intera fattoria. Nel frattempo, suo padre si sarebbe guardato intorno, e ne avrebbe cercata una tra quelle che si affittavano.

Michael perspicacemente intuì che fra i padri esisteva quest'accordo preliminare, dimodoché, quando chiese la mano di Susan, si sentì meno intimidito di quanto sarebbe stato in caso diverso. Andò tutto bene, e non ci furono ostacoli di alcun tipo; solo buoni consigli in quantità che l'innamorato ritenne superflui e che, a dire il vero, non ascoltò con grande attenzione, pur assentendo a ogni singolo punto. Poi Susan fu chiamata dabbasso, e si affacciò gradualmente allo sguardo degli altri, mentre scendeva lentamente le scale che portavano dalle due stanze della famiglia nella sala. Tentò di mostrarsi calma e composta, senza riuscirvi. Era ferma accanto al suo innamorato, a testa china, le guance in fiamme, non osando neppure muoversi o alzare lo sguardo, mentre suo padre rivolgeva ai fidanzati novelli un discorso piuttosto formale, in cui, oltre al consenso, forniva una serie di massime di saggezza pratica. Susan ascoltò, per quanto glielo permisero i battiti del suo cuore; ma quando il padre, con solennità e tristezza, menzionò la propria moglie perduta, non riuscì più a trattenere i singhiozzi; coprendosi il viso col grembiule, si sedette sulla panca vicino alla credenza e permise alle lacrime a lungo trattenute di uscire liberamente. Che strana dolcezza provò nell'esser consolata in quel modo, con tenere carezze e tante sussurrate promesse d'amore! Suo padre sedeva accanto al fuoco, pensando ai giorni che eran passati; Willie era ancora fuori; ma Susan e Michael non si rendevan conto di presenze o assenze – sapevano solo di essere insieme, come sposi promessi.

Dopo una o due settimane, appresero formalmente quali provvedimenti sarebbero stati presi in loro favore. Capitò che una piccola fattoria dei dintorni si rendesse vacante; e il padre di Michael si offrì di prenderla per lui e di pagargli l'affitto per un anno, mentre William Dixon avrebbe fornito una certa quantità di bestie, ed entrambi avrebbero contribuito ad arredare la casa. Susan ascoltò tutte quelle informazioni quieta e indifferente; non provava molto interesse ai preparativi che l'avrebbero incalzata attraverso quelle ore felici; meno di ogni altra cosa, si curava dell'ammontare pecuniario della dote e dei beni che le venivano assegnati. Le dava fastidio di esser presa a confidente da Michael per certe sue occasionali lagnanze sul futuro suocero, che stava scegliendo una per una le vacche o i maiali da dare a Susan; e non sempre erano gli animali migliori della fattoria. Ma si lamentava anche della spilorceria del padre, e questo fatto, anche se solo parzialmente, alleviava l'insofferenza di Susan, risvegliata dal suo sogno di solo amore a considerazioni di ricchezza materiale.

Ma in mezzo a tutto quel trambusto, Willie pativa e si struggeva. Nella mente gli vibrava la stessa corda della sensibilità, che rendeva il suo corpo debole e fiacco. Si teneva in disparte in un qualche fabbricato della fattoria, apparentemente occupato a intagliare e incidere teste sgraziate su rami di nocciuolo. In realtà voleva evitare Michael e si teneva lontano persino da Susan. Dapprincipio fu troppo indaffarata per accorgersene. Glielo fece notare Michael, ridendo:

«Guarda Willie! Sembra un innamorato respinto, tutto geloso di me, tant'è nero e depresso quando mi guarda». Michael disse queste facezie ad alta voce, e Willie scoppiò in lacrime e corse fuori.

«Lasciami andare! lasciami andare!», disse Susan (poiché il braccio dell'innamorato le cingeva la vita). «Devo andare da lui se è crucciato. L'ho promesso a mia madre!» Si liberò con uno strattone e andò a cercare il bambino. Lo cercò nella stalla e nel granaio, per tutto il frutteto – dove in realtà, nello spoglio tempo d'inverno, non vi era molta possibilità di nascondersi – su nella stanza dove si conservava la lana nella tarda estate, e infine lo trovò, inerme, come una creatura braccata, accovacciato dietro la catasta di legna.

«Perché te ne sei andato, ragazzo, e io che ti cerco da ogni parte?», gli chiese senza fiato.

«Non sapevo che mi avresti cercato. Me ne sono andato tante altre volte, e non è venuto nessuno a cercarmi», disse, rimettendosi a piangere.

«Sciocchezze», rispose Susan, «non essere così stupido, piccolo buono a nulla che non sei altro». Ma strisciò fino a lui nel buco che si era fatto sotto le grandi scure fascine di legna e gli si strinse accanto. «Perché ti dovrebbero cercare, gli altri, se scappi via appena puoi?», gli chiese.

«Non mi ci vogliono con loro. Nessuno mi vuole. Se vado con papà, dice che invece di aiutarlo gli faccio confusione. A te piaceva avermi vicino. Ma adesso che ti sei messa con Michael non ti va più; e io posso anche starmene da un'altra parte, ma non lo sopporto, se Michael mi canzona. Ha te che lo ami, e può anche bastargli».

«Ma amo anche te, e tanto, bambino mio!», disse, cingendogli il collo col braccio.

«A chi di noi due vuoi più bene?», le chiese ansiosamente dopo una breve pausa, spostandole il braccio per poterla vedere in viso e capire se era sincera.

Arrossì violentemente.

«Non dovresti farmi queste domande. Non è giusto che tu me lo chieda, né che io ti risponda».

«Ma la mamma ha detto che devi amarmi!», disse piagnucolando.

«E io lo faccio. E lo farò sempre. Non ci sarà innamorato o marito che si possa mettere tra te e me... mai. Te lo prometto (come già l'ho promesso alla mamma) davanti a Dio e davanti a lei che ci ascolta, se può ancora sentire le parole che diciamo su questa terra. Solo non riesco a sopportare che ti crucci, proprio perché nel mio cuore c'è abbastanza spazio per due».

«E mi amerai sempre?»

«Sempre, per tutta la vita. E sempre di più... quanto più amerai Michael», disse, abbassando la voce.

«Ci proverò», disse il bambino con un sospiro, ricordando tante parole cattive e tante percosse di cui sua sorella non sapeva niente. Si sarebbe voluta alzare e andar via, ma lui la tenne stretta, perché lì in quell'attimo l'aveva tutta per sé, e non sapeva quando un simile momento sarebbe tornato. E così rimasero rannicchiati e silenziosi, sinché dal cancello che dava sui campi sentirono suonare il corno; per la gente della fattoria che era fuori, era quello il segnale di tornare a casa, e a quell'ora della sera significava che la cena era pronta. E allora rientrarono anche loro.

II

Susan e Michael si dovevano sposare in aprile. Lui era già andato a prender possesso della nuova fattoria a tre o quattro miglia di distanza dal Nido del Tasso – confinante, nell'accezione che la parola assume in quella zona scarsamente popolata – quando William Dixon si ammalò. Tornò a casa una sera, accusando mal di testa e dolore agli arti, ma parve nauseato dal decotto di melassa che Susan gli preparò e che era il rimedio usato in campagna per le infreddature incipienti. Si mise a letto con la sensazione di una tremenda stanchezza, e una strana, inconsueta reminiscenza di giorni lontani, quand'era bambino e viveva con i suoi genitori in quella stessa casa.

La mattina successiva aveva dimenticato tutta la sua vita da allora in poi, e non riconosceva i propri figli; piangendo come un bimbo appena svezzato per far venire la mamma a calmare il suo grande dolore. Il dottore di Coniston disse che si trattava di tifo e avvertì Susan che era contagioso e scosse la testa riguardo al suo paziente. Non vi erano amici nelle vicinanze che potessero andar da lei e condividere la sua preoccupazione; solo la buona, affettuosa, vecchia Peggy, e una o due mogli dei lavoranti, che l'avrebbero aiutata volentieri se non avessero avuto le mani legate dalla responsabilità verso le proprie famiglie. Ma in un modo o nell'altro, Susan non aveva paura e non si abbatteva. Alla paura non aveva davvero tempo di abbandonarsi, poiché le era indispensabile tutta la sua energia sia fisica che mentale. E poi i giovani ne sapevano troppo poco del pericolo di contagio per esserne seriamente intimoriti. A dire il vero, di tanto in tanto rimpiangeva che Michael non si fosse trovato a casa per portare Willie a Rio del Monte dal padre; ma in fondo il ragazzo era mite e servizievole, mentre la sua inettitudine in molte cose poteva farlo trattare bruscamente dagli estranei; e tutto sommato, forse era un bene che Michael fosse andato al mercato di Appleby, o persino più lontano, a comprar cavalli nello Yorkshire.

Suo padre peggiorò, e il dottore insistette per far venire un'infermiera da Coniston. Non un'infermiera professionista – Coniston non se la sarebbe potuta permettere – ma una vedova, pronta ad andare a pagamento dove la mandava il dottore. Dopo il suo arrivo, Susan crollò di colpo; fu colpita anche lei dalla febbre, e giacque priva di conoscenza per lunghe settimane. La conoscenza tornò in un pomeriggio di primavera; agli inizi di primavera; in aprile... il mese delle sue nozze. Il fuoco era acceso nel piccolo camino d'angolo e nella sua estenuazione, era già molto che notasse il tremolio della fiamma. Percepì che qualcuno era seduto dietro le cortine del letto dalla parte della finestra, ma non si preoccupò di sapere chi fosse; per la sua mente illanguidita era uno sforzo troppo grande persino il chiedersi di chi potesse verosimilmente trattarsi. Meglio richiudere gli occhi, e perdersi di nuovo nel dolce piacere del sonno. Quando si svegliò la volta successiva, l'infermiera di Coniston si accorse del suo movimento e le preparò una tazza di tè, che bevve avidamente; ma neanche stavolta parlarono, e Susan giacque di nuovo immobile, sveglia e stranamente, piacevolmente consapevole dei più piccoli suoni nella stanza e nella casa; il rumore di un pezzetto di brace che cadeva sul focolare, il fischio irregolare del bollitore mezzo vuoto, lo scalpitio delle bestie che tornavano al pascolo dopo la mungitura, il passo stanco sulle scale scricchiolanti – quello della vecchia Peggy, che lei riconosceva. Si avvicinò alla porta; si fermò; la persona all'esterno rimase in ascolto per un attimo, poi sollevò il saliscendi di legno e si affacciò. La donna che vegliava accanto al letto si alzò e andò da lei. Susan sarebbe stata felice di rivedere il viso di Peggy, ma era troppo debole per girarsi, e così rimase ferma ad ascoltare.

«Come sta?», sussurrò una voce vecchia e tremolante.

«Meglio», rispose l'altra. «Si è svegliata e ha preso una tazza di tè. Ora ce la farà».

«Ha chiesto di lui?»

«Zitta! No; non ha detto niente».

«Povera ragazza! povera ragazza!»

La porta si richiuse. Una tenue sensazione di sofferenza e di pietà per se stessa si risvegliò in Susan. Cos'era che non andava? Chi aveva amato? Lento e fioco sorse il sole della sua vita passata, e riuscì a distinguerne tutti i particolari. Sentì che le si stava avvicinando un dolore e ne pianse, prima ancora di sapere cosa fosse, o di avere la forza di chiederlo. Nel cuore della notte – non si era più addormentata – sottovoce chiamò la donna che vegliava e chiese:

«Chi?»

«Chi cosa?», rispose la donna, con paura consapevole e malcelata sotto la calma apparente. «Sta' tranquilla, brava la mia bambina, e dormi un po'. Ti fa più bene il sonno, di tutta quella roba del dottore».

«Chi?», ripeté Susan. «C'è qualcosa che va male. Chi?»

«O santo cielo! Non c'è niente che va male. Adesso è il turno di Willie, ma se la sta cavando bene».

«Mio padre?»

«Ormai sta bene», rispose, guardando da un'altra parte, come se cercasse qualcosa.

«Allora è Michael! Ahimè! ahimè!» E le uscirono tanti piccoli urli lamentosi, isterici e continui, prima che l'infermiera riuscisse a calmarla, dicendole che Michael era stato lì a chieder di lei non più di tre ore prima, e aveva l'aspetto più vivo e vegeto del mondo.

«E dopo non gli è successo niente, ne siete sicura?», chiese Susan.

«Ma no, benedetta ragazza! Non ho più sentito parlar di lui da quando l'ho visto andarsene sano come un pesce».

Come l'infermiera riferì in seguito a Peggy, fu un bene che Susan si fosse lasciata convincere così facilmente dalla risposta equivoca su suo padre. Se anche in quel caso l'avesse messa alle strette come con Michael, sarebbe venuta a sapere che era morto e sepolto da più di un mese. Fu anche un bene che, debole com'era durante la convalescenza (che durò a lungo, dopo quel primo giorno in cui aveva ripreso i sensi), le sue percezioni non fossero acute abbastanza da osservare il triste cambiamento che si era verificato in Willie. Aveva riacquistato il suo vigore fisico e aveva un appetito enorme, ma i suoi occhi vagavano in continuazione; il suo sguardo non riusciva a fissarsi e il suo linguaggio si fece lento, faticoso e incoerente. La gente prese a dire che la febbre s'era portato via anche quel poco di cervello che William Dixon aveva mai avuto e probabilmente sarebbe diventato un «semplice», che in quelle valli è il modo di chiamare un idiota.

L'obbedienza a Susan e l'affetto che il ragazzo aveva per lei, durarono più a lungo di qualsiasi altro sentimento precedente alla malattia; e forse per questo motivo fu l'ultima a rendersi conto di ciò che tutti gli altri avevano previsto da tempo. E quando arrivò, il risveglio fu brusco. Accadde in questo modo.

Una sera di giugno stava seduta sotto il tasso a lavorare a maglia. Era ancora pallida per la malattia recente; e il suo languore, accostato all'abito nero, la rendeva più interessante del solito. Non era più la Susan allegra, indipendente e sempre all'altezza di ogni situazione.

Gli uomini stavano riportando le vacche per la mungitura, e Michael andava avanti e indietro nel cortile dando ordini e disposizioni con un'aria in certo modo da padrone, poiché la fattoria apparteneva di diritto a Willie, e Susan era succeduta al padre nella tutela del fratello. Lei e Michael si dovevano sposare non appena fosse stata forte abbastanza – e dunque i suoi modi autoritari eran forse giustificati; ma ai lavoranti non piacevano, anche se parlavano poco. Lo ricordavano quand'era ancora un ragazzo che ne sapeva molto meno di loro ed era spesso ben felice di coprire la sua ignoranza in tutte le faccende agricole, sotto la loro più matura esperienza. Avrebbero gradito molto di più prendere ordini da Susan;

e persino lo stesso Willie avrebbe potuto comandarli; gli avrebbero ubbidito con molta più cordialità di quanta ne dimostravano a Michael, per l'antico rispetto ereditario che nutrivano verso i padroni della terra. Ma a Susan bastavano tre ferri a maglia per stancarsi e pareva non accorgersi, o curarsi, di come procedevano le cose intorno a lei; e Willie, il povero Willie, se ne stava a ciondolare sulla soglia di casa – enormemente cresciuto e irrobustito, è vero, ma con quei suoi occhi irrequieti e la bocca sempre aperta – emettendo di tanto in tanto una specie di strano urlo prolungato, e sorridendo poi tra sé con aria inebetita al suono prodotto. Quando i due vecchi lavoranti gli passarono accanto, si scambiarono uno sguardo lugubre scuotendo la testa.

«Willie, tesoro», disse Susan, «non fare quel rumore... mi fa venire il mal di testa».

Parlò piano e Willie parve non sentirla; in ogni caso, continuò a ululare di tanto in tanto.

«Vuoi star zitto?», disse Michael bruscamente, passandogli accanto e minacciandolo col pugno.

Susan volgeva loro le spalle. La vacuità del viso di Willie divenne paura; arrancando si avvicinò a Susan e si cinse col suo braccio; sentendosi al sicuro, così protetto, cominciò a far smorfie a Michael. Susan vide ciò che stava accadendo e come se per la prima volta la colpisse lo strano comportamento del fratello, guardò ansiosamente Michael per averne una spiegazione. Michael era irritato per la provocazione di Willie, e non mitigò le sue parole.

«È che la febbre lo ha lasciato scemo... non ha mai avuto un cervello come gli altri, e ridotto com'è, non so proprio se tornerà a posto».

Susan non disse nulla, ma si fece molto pallida mentre le sue labbra eran percorse da un tremito. A lungo fissò intenta il viso di Willie che guardava il movimento delle anitre nell'ampio stagno della stalla. Di tanto in tanto rideva piano tra sé.

«A Willie piace veder passare le anitre», disse Susan, adottando istintivamente il tono che avrebbe usato con un bambino piccolo.

«Willie, buu! Willie, buu!», rispose lui, battendo la mani senza guardarla.

«Parla bene, Willie», disse Susan, facendo un grande sforzo per controllarsi e tentando di fermarne l'attenzione.

«Sai chi sono io... dimmi il mio nome!» Gli afferrò il braccio quasi facendogli male, per farlo stare attento. Allora la guardò e un barlume di conoscenza palpitò sul suo viso per un istante; ma lo sforzo era evidentemente doloroso e incominciò a piangere per l'impossibilità di ricordare. Le nascose il viso sulla spalla col vezzo affettuoso di sempre. Lo allontanò con dolcezza ed entrò in casa, e salì nella sua piccola stanza da letto. Si chiuse a chiave e non rispose ai ripetuti richiami di Michael, quasi non parlò con la vecchia Peggy che tentava di attirarla fuori a ricevere un po' di comprensione umana, mentre dalla finestra aperta proveniva sempre lo stesso suono demente di «Willie, buu! Willie, buu!»

III

Dopo lo stordimento del colpo subito, arrivò la percezione delle sue conseguenze. Susan sedeva per ore tentando pazientemente di richiamare e rappezzare i frammenti del ricordo e della coscienza nella mente di suo fratello. Poi lo lasciava inseguire qualche piccolo gioco senza senso, aspettando di poterne cogliere di nuovo lo sguardo o l'attenzione per riprendere il compito che si era imposta. Michael si lamentava di non aver più per sé né un attimo del suo tempo, né una sua sola parola; ma lei rispondeva soltanto che doveva tentare di recuperare il senno perduto del fratello, finché ve n'era ancora la possibilità. Al matrimonio, in quello stato di incertezza, non si sentiva di pensare. Allora Michael si infuriò e si assentò per due o tre giorni; ma non servì a niente. Quando tornò, vide che aveva gli occhi gonfi dal gran piangere; e dai rimproveri che Peggy non gli risparmiò, comprese che non aveva mangiato da quando se n'era andato via. Ma l'inflessibilità di Susan non cambiò.

«Non ancora... solo non ancora. E non dire più che non ti amo!», disse, nascondendosi all'improvviso tra le sue braccia.

Le cose continuarono a procedere invariate per tutto agosto. Era stata raccolta l'avena e il grano non era ancora maturo, quando un giorno Michael si presentò con un calesse preso a prestito, e si offrì di far fare un giro a Willie. I suoi modi furon piuttosto confusi, quando Susan gli chiese dove voleva andare; ma la risposta che le diede fu sufficientemente franca e chiara.

Doveva sbrigare degli affari ad Ambleside. Non avrebbe mai perso di vista il ragazzo, e l'avrebbe riportato a casa sano e salvo prima che facesse buio. E così Susan lo lasciò andare.

Tornarono a casa prima di notte: Willie era in estasi per un piccolo, rumoroso mulino a vento di carta che Michael gli aveva comprato per strada, e il cui suono sconosciuto tentava di imitare ronzando in continuazione. Anche Michael sembrava compiaciuto. Susan conosceva quello sguardo, anche se in seguito ricordò che aveva tentato di dissimularlo, assumendo un'aria grave e addolorata ogni volta che incontrava i suoi occhi. Governò il cavallo; infatti, pur dovendo ancora percorrere tre miglia, la luna era alta – la tonda luna delle messi – e con quella luminosità non si curava di quanto tempo avrebbe impiegato a percorrere la strada in calesse. Quando fu finita la cena che Susan aveva preparato per i viaggiatori, Peggy andò di sopra a mettere Willie a letto; poiché bisognava dedicargli la stessa cura che richiede un bimbo di quattro anni.

Michael si avvicinò a Susan.

«Susan», disse, «ho portato Will dal dottor Preston, a Kendal. È il medico più bravo di tutta la contea. Ho pensato che era meglio per noi – per te – sapere subito che possibilità aveva».

«E allora!», disse Susan, alzando ansiosamente gli occhi. Rivide lo stesso strano sguardo soddisfatto, che si trasformò di colpo nella stessa aria apparentemente dispiaciuta e addolorata. «Cos'ha detto?», chiese. «Ma vuoi parlare?»

«Ha detto che non si rimetterà mai dalla sua debilitazione».

«Mai!»

«No, mai. È una parola che dura a lungo e che è difficile da accettare. E il peggio deve ancora venire, amor mio. Il dottore dice che peggiorerà di anno in anno. E ha detto che al nostro posto – al tuo posto – si sbrigherebbe a mandarlo all'Istituto di Lancaster. Lì sanno come metterla a posto, gente così, e anche come farla star bene. Ti dico solo quello che ha detto lui», aggiunse, vedendo la tempesta che le si addensava in viso.

«Non c'è niente di male se l'ha detto», rispose, sforzandosi di mantenere il controllo, costringendosi a frenare l'ira e a parlare con freddezza. «Ognuno è libero di dire quello che pensa».

Rimasero seduti in silenzio per uno o due minuti, mentre il petto di lei si sollevava per l'emozione rattenuta.

«Lo reputano un tipo in gamba», disse alla fine Michael.

«Padroni di farlo. Io no di sicuro, e non ho nessuna intenzione di starlo a sentire, comunque la pensi. E non mi metto a ringraziare chi gli ha portato il mio povero bambino, per fargli dire tutte quelle brutte cose su di lui. Se c'ero io, sarei riuscita a farlo ragionare».

«Bene! Per stasera non dirò altro, Susan. Vedo che non la prendi per il verso giusto; meglio che me ne vada e che ti lasci a pensarci. Non nego che son parole dure da accettare, ma secondo me sono anche sensate, e credo che ti ci dovrai rassegnare. Comunque, è un gran brutto modo per ringraziarmi della briga che mi sono presa, e non mi piace affatto, Susan», disse alzandosi, apparentemente offeso.

«Michael, sono fuori di me dalla pena. Non prendertela se ti parlo con durezza. Vedi, siamo rimasti solo noi due, e mia madre mi ha tanto raccomandato di aver cura di lui! E si è ridotto così, povero il mio bambino!» Lei cominciò a piangere, e Michael a confortarla accarezzandola.

«Fermo», disse. «Non serve a niente cercare di farmi dimenticare che il povero Willie è un semplice. Potrei odiarmi per esser felice con te anche un solo momento. Vattene a casa, e fammi affrontare questa cosa».

«E ci rifletterai, Susan, penserai a quello che dice il dottore?»

«Non me lo posso dimenticare», rispose. Intendeva dire che non poteva dimenticare ciò che il dottore aveva detto sulle condizioni disperate del fratello; lui, invece, si riferiva al suo piano di mandar Willie in un istituto, come allora chiamavano i manicomi in quella zona. Da qualche tempo quell'idea si era andata rafforzando nella mente di Michael; ne aveva parlato col padre e tacitamente si rallegrava della proprietà che in tal caso gli sarebbe appartenuta di fatto, anche se non di diritto, visto che legalmente era di sua moglie. Nel catalogo delle attrattive e delle seduzioni di Susan aveva sempre tenuto conto del patrimonio che suo padre poteva lasciarle. Ma di recente aveva preso a considerarla l'erede del Nido del Tasso. Anche lui avrebbe avuto della terra come suo fratello – terra da possedere, da coltivare, da sfruttare, da lasciare in eredità. Per qualche tempo si era stupito che Susan fosse talmente assorta nella situazione presente di Willie, da sembrare indifferente a ogni considerazione sul suo stato futuro. Era da un pezzo che Michael considerava Willie un fastidio, ma negli ultimi tempi aveva preso a detestarlo con tutte le sue forze. In lui ogni cosa lo irritava indicibilmente, i suoni farfuglianti, i gesti goffi, la camminata arrancante e scomposta. Non si fece vedere al Nido del Tasso per un paio di giorni. Voleva darle il tempo di farsi ansiosa di vederlo e ben disposta verso il suo piano. Per Susan furono giorni strani, solitari: i primi che passava faccia a faccia con la sofferenza che l'aveva trasformata da ragazza in donna; infatti, dal tempo della malattia, Michael non aveva mai lasciato passare ventiquattr'ore senza andare a trovarla. Da quando era assente, pareva che a Will fosse venuto a mancare un motivo di irritazione, essendo più gentile e trattabile di quanto non fosse stato per molte settimane. A Susan sembrò di vedere che si sforzava di ubbidirle; e vi era qualcosa di penoso nel modo in cui strisciava fino a lei e la guardava ansiosamente in viso, quasi chiedendole di rendergli le facoltà che percepiva mancanti.

«Non ti lascerò mai andare, bambino mio. Mai! Chissà dove ti porterebbero, cosa ti farebbero. Come dice la Bibbia, 'Nulla potrà separarci, tranne la morte'!»

A quel tempo, in campagna, si raccontavano molte storie sul trattamento brutale riservato ai pazzi; eran storie, in realtà, sin troppo fondate, e se ne fosse stata vera anche una soltanto, sarebbe bastata a giustificare l'ostilità radicata verso tutti i luoghi del genere. Ogni ora che Susan passava da sola o con l'unica compagnia del povero bambino affettuoso, serviva a rafforzare in lei la decisione solenne di non dividersi mai da lui. Cosicché, quando Michael tornò, fu infastidito e sorpreso dal modo calmo con cui gli parlò, come se seguire il consiglio del dottor Preston fosse assolutamente fuori questione. Non si era aspettato altro che un assenso; riluttante, probabilmente, ma pur sempre un assenso; e quindi era profondamente irritato. Avrebbe anche potuto reprimere l'ira, ma preferì lasciarla sfogare; ritenendo così di poter agire più efficacemente sull'amore di Susan per raggiungere il suo scopo. Ma in certo modo si spinse troppo in là, e stavolta fu lui a restar sbalordito dallo scoppio della sua indignazione furente.

«Non vuoi stare nella stessa casa con lui, dici? Non ce n'è bisogno, per quanto mi riguarda. Io ho gravi motivi per stare con la mia carne e col mio sangue, e mantenere la parola data a mia madre sul letto di morte; ma per quello che so, tu non hai una sola ragione per non andartene in America o a Botany Bay anche stanotte, se ti va. Sono stufa delle tue minacce per farmi mandar via il mio bambino. Se mi sposi, mi devi aiutare a badare a Willie. Se non ti va di sposarmi a queste condizioni... pazienza! Me ne infischio di te, sta' tranquillo. Non ti spasimo dietro fino a questo punto. Bada che non ti sposo se vieni a fare il gradasso e a dirmi che Willie deve andarsene da casa prima che ci entri tu – casa sua, poi. Willie sta qui, e io sto con lui».

«Forse hai detto una parola di troppo», disse Michael pallido dall'ira. «Se son libero, come dici tu, di andarmene in Canada o a Botany Bay, allora sono libero di vivere dove mi pare, e di sicuro non sarà con uno scemo, che può anche diventare pazzo furioso, per quanto ne so. Scegli tra lui e me, Susy, perché ti giuro che non ci avrai tutti e due».

«Ho scelto», disse Susan, perfettamente calma e controllata. «Qualsiasi cosa accada, io sto con Willie».

«Molto bene», rispose Michael, tentando anche lui di assumere un atteggiamento controllato. «Allora ti auguro una piacevole notte». Uscì dalla porta, quasi sicuro che l'avrebbe richiamato; invece sentì dei passi veloci all'interno, e il chiavistello che scorreva.

«Caspita!», si disse, «penso che dovrò lasciar sola la mia signora per una o due settimane, per darle il tempo di rimettersi a ragionare. Non sarà facile come crede, lasciarmi andare».

Così passò davanti alla finestra della cucina con aria indifferente, e non si rivide più al Nido del Tasso per qualche settimana. Come trascorse il suo tempo? Per uno o due giorni fu insolitamente irritato con persone e cose che gli capitavano davanti. Poi si iniziò a mietere il grano, e fu molto occupato e felice per l'abbondante raccolto. Poi venne un uomo da lontano per prendere in affitto la fattoria e fare la sua offerta: era stata messa in vendita, su consiglio di suo padre, dato che lui si sarebbe presumibilmente trasferito molto presto al Nido del Tasso. Era talmente lontana da lui la supposizione che Susan davvero restasse della sua idea, che si mise subito a mercanteggiare con l'uomo interessato alla fattoria, gli mostrò il grano appena raccolto, e con una certa abilità riuscì a concludere un buon affare. Naturalmente l'affare andava suggellato all'osteria, e i compagni che vi incontrò diventaron presto sufficientemente amici da tentarlo a recarsi a Langdale, dove incontrò nuovamente Eleanor Hebthwaite.

E come trascorse il suo tempo Susan? Durante i primi giorni, fu troppo adirata e offesa per piangere. Sbrigava le faccende domestiche in modo veloce, deciso e nervoso, eppure assente; un momento evitando Willie, il momento dopo subissandolo di carezze cariche di rimorso. Il terzo giorno dell'assenza di Michael, ebbe il sollievo di una crisi di pianto, dopo la quale divenne più mite e mansueta; si rese conto della durezza con cui gli aveva parlato, si ricordò di quant'era stata furiosa. Gli trovò delle scusanti. Non c'era da meravigliarsi, si disse, se si era irritato con lei; e neanche se non voleva cedere, visto che non aveva neppure tentato di parlargli con gentilezza o di ragionare con lui. Era tutta colpa sua, e gliel'avrebbe detto, e gli avrebbe ripetuto quello che sua madre le aveva chiesto di essere per Willie, e le storie orrende che aveva sentito sui manicomi, e lui sarebbe stato subito dalla sua parte.

E così si mise ad aspettarlo, intenzionata a chiedergli scusa non appena lo avesse visto. Si affrettò a finire i lavori, per potersi sedere a cucire in silenzio e sentire da lontano il suono conosciuto del suo passo e del suo fischio. Ma persino il rapido movimento dell'ago le sembrò far troppo rumore – poteva perdere un prezioso istante di piacevole anticipazione; allora smise di cucire e guardò ansiosamente oltre le foglie dei gerani, per cogliere il primo fremito nel bosco, sul sentiero che lui faceva di solito. Di tanto in tanto capitava che un uccello saltellasse fuori dai rami, ma altrimenti le foglie restavano immobili nell'aria pesante e afosa degli inizi d'autunno. Così riprese a cucire e in un accesso di fermezza si impose di portare a termine un certo compito, prima di permettersi di nuovo l'acuto piacere dell'attesa. Le doleva il cuore quando calò la sera e diminuirono le speranze del giorno. Ma restò alzata più a lungo del solito, pensando che se fosse venuto – se solo fosse passato sulla strada lontana – la vista di una finestra illuminata l'avrebbe incoraggiato forse a comparire persino a quell'ora tarda, mentre invece di fronte alla casa buia e sbarrata, ogni intenzione del genere sarebbe venuta a cadere.

Abbattuta e sfinita se ne andò a letto; troppo triste e desolata per piangere, o anche soltanto per gemere. Ma con la mattina tornò la speranza. Un altro giorno – un'altra possibilità! E così continuò per settimane. Peggy capiva molto bene il dolore della sua padrona, e lo rispettava non parlandone. Willie, placatasi l'irritazione che la presenza di Michael gli provocava, sembrava più felice; e infatti il povero idiota aveva una sorta di antipatia per Michael, che era una specie di eco emotiva della ripugnanza che l'altro provava per lui. Nell'insieme, in quel periodo, Willie fu il più felice dei tre.

Quando un sabato Susan si recò a Coniston a vendere il burro, una qualche sconsiderata le disse di aver visto Michael Hurst la sera prima. Ho detto sconsiderata, ma avrei fatto meglio a dire distratta; poiché chiunque avesse passato anche solo mezz'ora in compagnia di Susan Dixon avrebbe capito che la infastidiva qualsiasi riferimento a temi che le stavano a cuore, tristi o lieti che fossero. In quel momento si fece appena più pallida del solito (dopo la febbre non aveva più riacquistato il suo colorito) e cercò di star zitta. Ma una fitta irreprimibile forzò la domanda a uscire:

«Dove?»

«Da Thomas Applethwaite, a Langdale. C'era una specie di festa della mietitura, e c'era anche lui tra i giovani, tutto preso da Nelly Hebthwaite, la nipote del vecchio Thomas. Devi stargli un po' dietro, Susan!»

Non sorrise né sospirò. La vicina che le aveva parlato fu colpita dalla grigia immobilità del suo viso. Susan stessa sentì come ogni piccolo muscolo ubbidiva al suo controllo, e nel suo modo spartano si disse: «riesco a sopportarlo senza neanche trasalire o indietreggiare». Andò a casa per tempo, a passo spedito e impetuoso, calpestando il viluppo dei cespugli, aprendosi un varco nella macchia. Willie era avvilito per la sua assenza, e ciondolava pigramente vicino al cancello del cortile, aspettandola. Quando la vide, emise uno dei suoi strani urli inarticolati, che Susan stava gradualmente imparando a capire, e arrancò verso di lei con i suoi movimenti scomposti, scuotendo la testa e gli arti in un dimenìo di piacere eccitato. Improvvisamente lei guardò altrove e scoppiò a piangere. Si sedette su un sasso sul bordo del sentiero, a meno di cento iarde da casa, si coprì il viso con le mani, e diede libero sfogo alla passione del suo dolore: le grida soffocate erano così spaventose e cariche di angoscia che l'idiota, in piedi accanto a lei, taceva atterrito. In quel momento tutta la sua gioia era sparita, ma non si era trasformata in cenere, come quella di lei. Gli venne in mente qualcosa. Sì! la vista del suo dolore lo fece pensare, per quanto grande fosse lo sforzo. Si mise a correre, inciampando, arrancando verso casa, continuando con la bocca a ronzare. Lei non notò la sua assenza. Tornò in un baleno con l'amato mulino a vento di carta, che Michael gli aveva comprato nel giorno funesto in cui era stato a Kendal, a ricevere la sua sentenza di idiota incurabile. Lo spinse in viso a Susan, tra le mani, in grembo, noncurante dei danni che il fragile giocattolo subiva. Si mise a saltarle davanti, al pensiero di come aveva curato tutti i suoi dolori, ronzando più forte che mai. Susan alzò su di lui gli occhi tristi, e il suo sguardo lo acquietò. Cominciò a gemere, senza sapere perché; e allora fu per Susan la volta di consolare, e cercò di calmarlo facendo girare il mulino. Ma era rotto; non faceva più rumore; non girava. Quel fatto sembrò rattristar lei più di lui. Tentò di aggiustarlo, pur vedendo che era impossibile; e mentre tentava, lacrime inavvertite cadevano dal capo chino sul gioco di carta.

«Non va», disse alla fine. «Non andrà mai più». E in certo modo prese l'incidente e le proprie parole come presagi del suo amore andato in pezzi, e che temeva non si sarebbe aggiustato mai più. Si alzò e prese Willie per mano, e lentamente si avviarono verso casa.

Con sua grande sorpresa, trovò Michael Hurst seduto nella sala. La sala è una specie di cucina più fine, che non serve per cucinarvi, ma è riservata alle occasioni solenni. Michael era entrato lì poiché era accompagnato dall'unica sorella, una donna più vecchia di lui, che aveva fatto un buon matrimonio più in là di Keswick, e che allora si recava per la prima volta da Susan a fare la sua conoscenza. Michael l'aveva messa al corrente dei piani su Will e della posizione in cui lui si trovava rispetto a Susan; ed essendo arrivati al Nido del Tasso in sua assenza, non si era fatto scrupolo di introdurre la sorella nella stanza riservata agli ospiti, poiché nutriva rispetto e ammirazione per la posizione sociale della signora Gale, e desiderava che restasse favorevolmente impressionata da tutti i segni di proprietà, che da parte sua cominciava a reputare l'attrattiva maggiore di Susan. Aveva tacitamente riconosciuto a se stesso che se Eleanor Hebthwaite e Susan Dixon fossero state alla pari in quanto a ricchezza, avrebbe preferito di gran lunga prendersi Eleanor. Da qualche tempo considerava Susan una bisbetica, e ripensando alla loro relazione, il temperamento violento e impetuoso di lei gli tornava alla mente molto prima della sua natura generosa e calda.

E in quel momento gli stava davanti; gli occhi gonfi di lacrime, le vesti impolverate e strappate in più punti per la fretta con cui aveva attraversato l'intrico dei cespugli. Non fece una buona impressione sull'elegante signora Gale, che indossava il suo più bell'abito di seta ed era perciò particolarmente sensibile all'apparenza altrui. E neanche i modi di Susan furono gentili o cordiali. E come avrebbero potuto esserlo, visto che ricordava quanto era accaduto tra lei e Michael nel loro ultimo incontro? Infatti il suo pentimento era svanito sotto i colpi della delusione di ogni giorno di quelle ultime logoranti settimane.

Ma tutto sommato fu ospitale. Disse a Peggy di preparare il tè e si diede da fare con le tazze, sollevata dalla presenza di un'estranea che avrebbe impedito il ricorso immediato a quell'unico argomento, a cui sapeva che anche Michael, come lei, stava pensando. Ma la signora Gale non si lasciò frenare da un tale senso di delicatezza. Era arrivata lì ben edotta sulla faccenda e si era assunto l'incarico di riportare la ragazza alla ragione. Non c'era tempo da perdere. Fratello e sorella avevano concordato in precedenza che lui sarebbe dovuto uscire a gironzolare in cortile, prima che lei affrontasse il discorso; ma era talmente convinta della sua buona riuscita, che era impaziente di conseguire il trionfo prima possibile; e di conseguenza, iniziò a rovesciare sulla ragazza una grandinata di buone ragioni. Susan rimase a lungo in silenzio, indignata dall'intromissione di quell'estranea nel grande dolore, nella profonda vergogna della sua famiglia. La signora Gale era convinta di esser vicina alla vittoria e la sua insistenza divenne ancora più brutale. Lo stesso Michael si sentì rimescolare per Susan e si stupì del suo silenzio. Si ritirò in disparte, nell'ombra, sperando che la sorella l'avesse vinta, ma infastidito dalla sua persistente durezza nel porre la questione.

Improvvisamente Susan si girò, interrompendo l'occupazione da cui si fingeva presa, e gli disse con una voce bassa e fremente, che scosse persino l'ottusità degli ascoltatori.

«Michael Hurst! Pensi che tua sorella dica il vero?»

Entrambe le donne lo guardarono in attesa di una risposta; la signora Gale senza alcuna ansietà: e infatti, non aveva forse ripetuto le stesse parole che s'eran detti in precedenza, non aveva usato proprio gli argomenti che lui aveva suggerito? Susan invece, aspettava la risposta come se da essa dipendesse il destino della sua vita; e nella malinconia degli occhi vi era scritta più disperazione che speranza.

Michael si mosse a disagio. Parlò a disagio.

«Cos'è che mi chiedi? Mia sorella ha detto tante cose».

«Ti chiedo», disse Susan cercando di dare una trasparenza cristallina alle sue espressioni e di scandire le parole, «se sapendo come sai, quanto Will è malato, mi aiuterai a occuparmi di lui, come ho promesso di fare a mia madre sul letto di morte; il che significa che lo terrò sempre qui e farò quanto sarà in me per renderlo felice. Se farai questo, sarò tua moglie; se no, non mi sposo».

«Ma potrebbe diventare pericoloso; non può essere altro che una preoccupazione; il suo star qua, Susan, è una pena per te, non un piacere».

«Ti chiedo solo di dire sì o no», disse, mentre al suo tono si mescolava una sfumatura di disprezzo per come lui evitava di risponderle. Se ne accorse e si sentì punto sul vivo.

«E io te l'ho già detto. Ho risposto alla tua domanda l'ultima volta che ci siam visti. Ti ho detto che non avrei mai vissuto con un idiota; e non lo farò adesso. Eccoti qua la mia risposta».

«Sì», disse Susan. E sospirò profondamente.

«Su, ascolta», disse la signora Gale, incoraggiata dal suo sospiro; «si direbbe che non ami Michael, se ti intestardisci così e non vuoi accettare quella che di sicuro è la soluzione migliore per il ragazzo».

«Oh! di me non gliene importa proprio niente», disse

Michael. «Non credo che gliene sia mai importato».

«Ah, no? Non me ne importa? non me ne è mai importato?», chiese Susan, mentre i suoi occhi mandavano lampi. Uscì immediatamente dalla stanza, e mandò Peggy a fare il tè; e afferrando Will che vagava qua e là per la cucina, se ne andò di sopra con lui e si chiuse a chiave, stringendosi il bambino sul cuore; cercò quasi di non respirare, nel timore che producendo anche il suono più lieve, si scatenassero gli ululati e le urla che a nessun costo avrebbe voluto far sentire dabbasso.

Un colpo alla porta. Era Peggy.

«Lui ti vuole vedere per salutarti».

«Non posso venire. Oh Peggy, mandali via».

Fu la sua unica invocazione d'aiuto; e la vecchia domestica lo capì. In un modo o nell'altro li mandò via; senza gentilezza, come mi è stato fatto capire.

«E buon viaggio», disse Peggy, osservandoli con aria truce mentre si allontanavano. «Comunque, ci siamo liberati di un bel po' di porcheria». E se ne tornò in casa, intenzionata a preparare qualcosa per Susan dopo la sua faticosa giornata al mercato, e la sua ancor più faticosa serata. Ma entrando in cucina dalla sala deserta – aveva rivolto uno sguardo disgustato alle tazze sporche e agli avanzi del rinfresco ancora sul tavolo – trovò Susan con le maniche rimboccate e il grembiule da lavoro indosso, occupata a fare la pasta per le focacce, uno dei compiti domestici che costan più fatica e sudore alle donne del Westmoreland. Alzò lo sguardo, ma dopo aver incontrato per un attimo gli occhi di Peggy, guardò altrove, perché eran troppo pieni di comprensione. Anche i suoi occhi erano asciutti e arrossati, anche le sue guance erano in fiamme.

«Dov'è l'asse, Peggy? Non abbiamo più focacce; e penso di farcela a finire, stanotte». Il timbro della voce era aspro e asciutto, i movimenti avevano un che di angoloso e contratto.

Peggy andò a prendere quanto le serviva senza dir nulla. Sbatté la pasta con furia, sinché le schiacciate furono abbastanza sottili. Mentre era china al lavoro, indifferente anche al compito che sembrava tanto occuparla, fu sorpresa da qualcosa che le sfiorò la bocca – cosa fosse, non lo capì subito. Era una tazza di tè già zuccherato e tiepido, pronto da bere, avvicinata alle sue labbra dalla vecchia fedele. Susan l'allontanò di una spanna e guardò Peggy negli occhi, mentre i suoi si riempivano dello strano sollievo delle lacrime.

«Ragazza mia!», disse Peggy solennemente, «hai fatto bene. C'è solo un po' da aspettare, e poi viene la fine».

«Ma tu sei tanto vecchia, Peggy», disse Susan tremando.

«È passato solo un giorno da quand'ero giovane», rispose Peggy; ma interruppe il dialogo spingendo di nuovo la tazza verso le labbra riarse e assetate di Susan con gentile fermezza. Dopo aver bevuto, si riimmerse nella sua fatica, mentre Peggy riscaldava il focolare e compiva tutte le azioni necessarie, senza però dire nient'altro. Willie se ne stava disteso davanti al fuoco, godendosi il caldo con piacere animale, dato che le sere d'autunno si stavan facendo fresche. Era l'una di quella notte memorabile, quando decisero di andare a letto.

L'impeto con cui Susan Dixon si era lanciata nel lavoro, non poteva durare per sempre. Vi erano momenti di languore, di ricordi, quando tornava con struggimento ai giorni lontani, la cui reminiscenza era così viva e dolce che quella sembrava la realtà, e il presente desolato e spoglio, il sogno. Sorrideva di nuovo al magico piacere di una carezza o di una parola, provata e sentita nella memoria, e beveva alla coppa squisita del veleno, pur sapendo in quell'attimo quale atroce supplizio ne sarebbe venuto.

«Un anno fa di questi tempi», pensava, «andavamo a raccoglier nocciuole... proprio in questo giorno, un anno fa; in una giornata come oggi. Di rosso e oro splendevano le colline; le foglie cominciavano a cadere; qua e là sui pendii assolati si vedevano i campi di stoppie marroni; in una fenditura di quella roccia violetta scendeva il ruscello come un guizzante filo d'argento; proprio come oggi. E lui si arrampicava sui sottili nocciuoli che oscillavano e mi piegava i rami perché ci arrivassi; oppure apriva un passaggio nel groviglio di arbusti, pretendendo di tanto in tanto il pedaggio. Chi poteva pensare che mi amava così poco?... chi?... chi?»

Oppure, quando calava la sera, si concedeva il gusto di

immaginare il suono del suo passo che si avvicinava, solo per poter richiamare la sensazione squisita di piacere, che a quel tempo era passata senza il godimento struggente che le era dovuto. E allora si stupiva di aver avuto la forza, la forza crudele e lacerante di dire ciò che aveva detto; di pugnalarsi con quella dura determinazione, che le avrebbe lasciato la cicatrice fino all'ultimo giorno di vita. Forse era stato giusto; ma mentre sfioriva, avrebbe voluto non aver scelto istintivamente il giusto. Che lusso doveva essere una vita non perseguitata dal rigido senso del dovere! E molti vivevano così; e perché non lei? Oh, un'ora soltanto della sua dolce compagnia! Se fosse tornato in quel momento, avrebbe acconsentito a ogni sua proposta.

Fu una febbre della mente. Vi passò in mezzo e ne uscì guarita, anche se debole. Fu di nuovo capace di provar piacere seguendo una guida invisibile nel bosco, tra i cespugli di rose selvatiche. Tornò con affetto intensificato all'amorevole protezione di Willie. Disse a se stessa che lui per lei sarebbe stato tutto, nella vita. Ne fece il suo compagno costante. Nell'interesse del fratello, in quanto legittimo proprietario del Nido del Tasso, lei, responsabile dell'amministrazione e della tutela, iniziò a perseguire quel metodo di economia attenta, quella passione del possesso, che in seguito le procurò la reputazione di avara. Continuava a pensare che potesse riacquistare una pur minima parte di discernimento – quel tanto che sarebbe bastato a cercare dei piccoli piaceri, dei semplici divertimenti, che avrebbero richiesto denaro. E il denaro non doveva mancare. Peggy, più che frenare, contribuì a formare le sue abitudini parsimoniose; in quella regione, il risparmio era la regola, e un certo grado di rispettabile avarizia era tipico di quel tempo. Solo a Willie non erano mai imposte rinunce o privazioni per mancanza di denaro, se le due donne pensavano che alcuna cosa gli potesse dar gioia.

Dopo esser passata attraverso il turbine della febbre, quando il dovere non contava e regnava l'anarchia, rimaneva un unico piacere che Susan sentiva indispensabile al ripristino definitivo della sua salute mentale; un piacere che in certo modo doveva rappresentare l'ultimo scoppio di irrazionalità e da cui, lei lo sapeva bene, non poteva derivare che sofferenza. Doveva vederlo ancora una volta, senz'esser vista.

Nella settimana precedente il Natale di quell'anno memorabile, uscì nel crepuscolo della precoce sera invernale, ben coperta da cappotto e scialle. Lo scialle scuro, infilato sotto il cappotto, le copriva la testa invece del cappello, poiché sapeva che forse avrebbe dovuto aspettare a lungo nel suo nascondiglio. Poi si incamminò sull'umido sentiero dei monti, avvolto per miglia e miglia da una pioggia sottile e nebbiosa, sinché giunse al luogo dove Michael viveva, una fattoria a Langdale, a cui conduceva un viottolo ripido e sassoso: vi si accedeva da un cancello che dava sulla strada principale e accanto al quale vi erano dei cespugli – dei rovi; ma erano senza foglie e non offrivano possibilità di nascondersi; comunque, lì in mezzo si ergeva il tronco decrepito di un tasso, ai cui piedi Susan si rannicchiò, coprendosi il viso con un angolo dello scialle, poiché il suo colore poteva tradirla. A lungo dovette aspettare; era intirizzita dal freddo, contratta dai crampi, troppo bagnata e rigida per poter cambiare agevolmente posizione. E dopo tutto, poteva anche non venire! Ma avrebbe aspettato fino a giorno, se era necessario; tirò fuori un pezzo di pane vecchio, che previdentemente aveva portato con sé. Aveva smesso di piovere, il tempo si era fatto tetro, fermo e opprimente; era la notte giusta per sentire rumori lontani. Sentì zoccoli di cavalli che battevano sui sassi e pestavano l'acqua delle pozzanghere sulla via alle sue spalle. Due cavalli; e come si rese conto, cavalcati senza abilità e guidati senza fermezza.

Si avvicinarono Michael Hurst e un altro; né ubriachi né sobri. Si fermarono al cancello per scambiarsi un saluto con voci querule. Michael si chinò in avanti per agganciare il chiavistello col manico del bastone; ma il bastone gli cadde e finì vicinissimo a Susan – in effetti, con uno spostamento minimo, avrebbe potuto aprirgli il cancello. Bestemmiò ferocemente e colpì col pugno chiuso il cavallo, come se fosse stata colpa sua; poi smontò, aprì il cancello e cercò il bastone tastando per terra. Quando lo trovò (Susan l'aveva toccato all'altra estremità) gli servì innanzitutto per battere violentemente il cavallo, e lei ebbe il suo da fare per evitarne i calci e le impennate. Poi, continuando a bestemmiare, s'incamminò barcollando per il viottolo, visto che evidentemente non era abbastanza sobrio per rimontare in sella.

Quando fu giorno, Susan era tornata ai suoi lavori quotidiani al Nido del Tasso. A primavera, Michael Hurst sposò Eleanor Hebthwaite. Anche altri si sposarono, e i battesimi resero i loro focolari allegri e felici; oppure si misero in viaggio e tornarono dopo lunghi anni, pieni di racconti meravigliosi. Più di rado, forse, qualcuno cambiò casa. Ma in ogni luogo ci furono più mutamenti che al Nido del Tasso. Lì le stagioni si alternavano con monotona regolarità; oppure, se portavano dei cambiamenti, si trattava di una sorta di lenta, malinconica decadenza. La vecchia Peggy morì. La perdita del suo affetto silenzioso, celato dietro i modi bruschi, fu dolorosa per Susan Dixon. All'epoca non aveva ancora trent'anni, ma sembrava una donna di mezz'età, per non dire anziana. La gente diceva che la sua carnagione non era più stata la stessa, dopo quella febbre di dodici anni prima, che ne aveva ucciso il padre e reso idiota Will Dixon. Ma nel grigiore terreo del viso, anche i suoi lineamenti si eran fatti marcati, incavati e duri, lo sguardo lento e pesante, gli angoli della bocca e degli occhi, segnati da rughe indelebili; sulle ossa non v'era un'oncia di carne superflua, ogni suo muscolo scattava resistente e pronto per essere usato. Tutta quella forza fisica le era indispensabile, e nessun essere umano, morta Peggy, poteva sapere sino a che punto: Willie infatti era cresciuto, aveva un corpo robusto e massiccio e una mente di solito abbastanza mansueta. Ma vi erano volte in cui prima diventava cupo e poi violento. Quelle crisi non duravano che uno o due giorni, e la preoccupazione più grande di Susan era di tenerle nascoste e ignote a tutti. È vero, poteva capitare che passando per quella strada deserta di notte, si sentissero rumori di mobili rovesciati, colpi, urla, come se nella fattoria solitaria si fosse scatenato un demone; ma erano solitamente attacchi notturni, e quali che ne fossero le conseguenze, prima di giorno

Susan aveva riordinato e ripulito ogni traccia di fatti inconsueti. Poiché temeva sopra ogni cosa che qualcuno scoprisse in quale rischiosa situazione di pericolo si trovava a volte, e si assumesse il diritto di sottrarre il fratello alla sua custodia. Quell'unica determinazione di prendersi cura di lui, si era andata rafforzando sempre più col passare degli anni. Le si era impressa nella mente come scopo della vita. Il sacrificio compiuto lo rendeva uno scopo ancor più prezioso. Inoltre, scindeva l'idea di Will, docile, affettuoso, rozzo, indolente, e la teneva distinta dal terrore che le suscitava il demone che occasionalmente si impossessava di lui. L'uno era la sua carne, il suo sangue – il bambino di sua madre morta; l'altro era un nemico che veniva a torturare e straziare la creatura amata. Era convinta di combattere la battaglia del fratello, serrando tra le sue quelle mani devastanti, legando ogni volta che poteva quelle braccia alzate e senza pace, pronte e proclivi a far del male. Per tutto il tempo lo soggiogava con l'astuzia o con la forza, gli parlava in sussurri pietosi, oppure insultava violentemente quel terzo essere, l'avversario diabolico. Verso mattina la crisi si esauriva e lui si addormentava, per risvegliarsi a volte con vigore rinnovato e incline al male. Dopo averlo messo a letto, usciva a respirare l'aria fresca, e sfogare la sofferenza selvaggia gridando e mormorando tra sé. I lavoranti che arrivavano di buon mattino ne vedevano i gesti da lontano e la pensavano pazza come il fratello idiota, che rendeva nefasto quel luogo. Ma se per caso qualcuno passava dal Nido del Tasso a giorno inoltrato, trovava Susan Dixon calma, fredda e controllata; secchi i suoi modi, acuto il suo cervello.

Una volta la crisi di violenza durò più a lungo del solito. La forza fisica e mentale di Susan era sul punto di cedere; lottava pregando che in un modo o nell'altro finisse, prima di divenir pazza anche lei; o peggio, di poter essere obbligata a rinunciare allo scopo della sua vita, e a metter Willie in manicomio. Dopo quella preghiera (fu quanto superstiziosamente pensò in seguito) Willie si calmò, e poi deperì, e poi si consumò, e infine morì, di fatto per logoramento fisico.

Ma era così gentile e amoroso mentre giaceva sul letto di morte; e quando da molto tempo se ne fu andata l'energia per emettere i suoni ottusi e disarticolati, gli ritornarono in viso strani, infantili barlumi d'intelligenza, che attrassero Susan a lui con un legame più profondo di quanto non avesse mai sentito. Era già qualcosa esser amata da un idiota, con un attaccamento animale, muto e ansioso; era già qualcosa esser guardata da una qualsiasi creatura, con occhi così supplichevoli e imploranti protezione dal nemico insidioso che si avvicinava furtivamente.

Tuttavia sapeva che per lui la morte non era una nemica, ma un'amica sincera, che riportava luce e salute alla sua povera mente annebbiata. Per lei soltanto la morte era una nemica; per lei, la sopravvissuta, dopo che Willie morì; non c'era più nessuno ad amarla. E la sua sorte ancora più amara era che sulla terra non restava nessuno da amare.

Ora sapete perché non v'era turista che la potesse convincere ad accoglierlo come pensionante; perché non v'era viaggiatore esausto che potesse intenerirle il cuore e ricevere riposo e cibo; perché la lunga abitudine all'isolamento aveva incupito i suoi modi, e la sollecitudine per i bisogni di un altro l'aveva resa avida e avara.

Ma nel dramma della sua vita vi era ancora un terzo atto.

V

Nonostante Peggy avesse profetizzato che la vita non sarebbe parsa lunga a Susan, le sembrava tediosa e interminabile, mentre gli anni lentamente srotolavano le loro monotone spire. In realtà, avrebbe potuto apportarvi dei cambiamenti, ma non le importava di farlo. In effetti, era più che «non importare», che implica soltanto il superamento di una certa *vis inertiae* prima di poter raggiungere un obiettivo, e che coinvolge l'obiettivo stesso, non considerato abbastanza importante per compiere lo sforzo richiesto. Susan al contrario si adoprava per evitare cambiamenti e novità. Aveva un timore morboso di facce nuove, che traeva origine dalla sua ansia di mantener segrete le condizioni del povero Willie. Disprezzava le nuove abitudini; e in realtà, i vecchi metodi che usava producevano sotto le sue mani attive e gli occhi vigili tali risultati, che era difficile immaginare un loro possibile miglioramento. Si presentava regolarmente al mercato di Coniston col burro migliore e i primi polli della stagione. Eran quelli i prodotti consueti che ogni moglie di fattore aveva il compito di vendere; ma Susan, dopo aver collocato gli articoli prettamente femminili, passava a incombenze tipiche degli uomini. Non c'era in quelle campagne un miglior giudice di cavalli o mucche, e tutto lo Yorkshire avrebbe potuto cercare di imbrogliarla senza riuscirvi. Il suo grano era mondo e sano; le sue patate si mantenevano sino a primavera avanzata. Cominciarono a spargersi voci sulla gran quantità di denaro che Susan Dixon doveva conservare da qualche parte; e il giovane figlio di un fattore, un buono a nulla, pensò di corteggiare la donna di quarant'anni, che ne dimostrava cinquantacinque, se pure. Tentò l'approccio aprendole il cancello sul sentiero che portava a casa, quando arrivò in groppa a un cavallo senza sella che aveva appena acquistato. Ma lei lo precedette e smontò, rifiutando la sua cortesia; però risalire non era agevole, e piuttosto di non riuscirvi decise di non provarci nemmeno. Si mise a camminare e lui le camminò a fianco, approfittando dell'occasione che, pensava presuntuosamente, gli era stata offerta di proposito. Mentre si avvicinavano al Nido del Tasso, si arrischiò a manifestare un certo qual desiderio di corteggiarla. Le sue parole erano confuse e formulate goffamente. Susan si girò gelida e gli chiese di spiegarsi. Si fece coraggio pensando alla sua presunta ricchezza, e la seconda volta espresse i suoi desideri abbastanza chiaramente. Con gran meraviglia si sentì rispondere con una scarica di frustate sulla schiena, assestate con l'aiuto di un flessibile ramo di nocciuolo.

«Prendi questo!», disse quasi senza fiato, «così impari a farti beffe di una donna onesta, abbastanza vecchia da esser tua madre. Se fai ancora un passo avanti, bada che c'è l'abbeveratoio dei cavalli, e due bei tipi robusti che se la spasserebbero a buttartici dentro. Sparisci».

E si allontanò sulla sua proprietà a passi decisi, senza voltarsi a guardare se ubbidiva o no alla sua ingiunzione.

A volte passavano tre o quattro anni, senza che sentisse nominare Michael Hurst. Le capitava in quei periodi di chiedersi se fosse vivo o morto. Nelle sere d'inverno sedeva per ore davanti alle braci che si andavan spegnendo nel camino, cercando di far rivivere le scene della giovinezza; cercando di evocare le vivide immagini dei volti che conosceva allora – quello di Michael, più di tutti gli altri. Pensava che forse gli sarebbe potuta passare accanto per strada senza riconoscerlo e senz'esserne riconosciuta, tanto tempo era passato. Poteva darsi che non riconoscesse l'aspetto esteriore, ma lui, l'avrebbe sentito nei palpiti di tutto il suo essere. Non poteva passarle accanto inavvertito.

Quel poco che ne veniva a sapere rivelava un movimento discendente. Beveva; non nei periodi consueti quando non c'era lavoro, ma in continuazione, sia che fosse tempo di semina o di raccolto. I suoi bambini si ammalarono tutti insieme; poi uno morì e gli altri guarirono, ma erano povere cosine gracili. Nessuno osava fornire a Susan notizie dirette sull'innamorato di un tempo; molti evitavano anche di dirne il nome in sua presenza; ma alcuni parlavano senza reticenze, o perché noncuranti o perché ignari di quei giorni passati. Susan ascoltava ogni parola, ogni sussurro, ogni suono che si riferiva a lui. Ma il suo sguardo restava immutato, e neanche un muscolo del viso si muoveva.

In una notte di novembre, a tarda ora, Susan sedeva accanto al fuoco; non c'era nessun altro essere umano oltre a lei, in casa; nessuno, tranne lei, vi aveva dormito dalla morte di Willie. I lavoranti della fattoria avevano dato il foraggio alle bestie e se n'erano andati molte ore prima. C'erano grilli che frinivano tutt'intorno alle calde pietre del focolare; c'era l'orologio che ticchettava con il suo rumore particolare, che Susan conosceva dall'infanzia, e che allora e sempre in seguito, la faceva stranamente pensare a una madre e un bambino che parlavano insieme – un suono forte e veloce, uno lieve e acuto subito dopo.

Durante il giorno il freddo era stato aspro e pungente. L'intera volta del cielo sembrava una cupola di ferro. Nera e serrata nel gelo era la terra spazzata dal furioso vento dell'est. Poi il vento si era calmato e quand'era calato il buio, i vecchi lavoranti che sul tempo la sapevano lunga, profetizzarono neve. Mentre Susan sedeva quieta e silenziosa, nell'aria di nuovo vi furono suoni. Ma erano diversi da quelli che s'eran sentiti mentre soffiava il vento dell'est. Allora erano stati acuti e penetranti, poi divennero una specie di cupo brontolio nella lontananza; non privo di una sua musicalità, ma stranamente minaccioso. Susan andò alla finestra e scostò la tendina. Tutto il mondo era bianco, l'aria era accecata dalla neve che cadeva fitta e rapida. In quel momento cadeva diritta, ma Susan sapeva che i suoni lontani nei dirupi e nei burroni delle colline presagivano raffiche impetuose e un'ancor più violenta tempesta. Pensò alle sue pecore; erano tutte al riparo? il vitello appena nato era a posto? Prima che i cumuli di neve fossero troppo alti per farla entrare e uscire – e supponeva che al mattino sarebbero stati profondi sei o sette piedi – sarebbe uscita a controllare che le bestie stessero bene. Prese una lanterna, si legò uno scialle intorno alla testa e uscì all'aria aperta. Aveva amorevolmente accudito a tutti gli animali e stava tornando, quando, portato dalla bufera come l'urlo di uno spirito – sembrava provenire dal cielo, piuttosto che da una creatura all'altezza del suolo – sentì un grido di dolore; non poté distinguere parole; era come se un uccello rapace fosse stato preso nel turbine del vento gelido, e venisse torturato e fatto a pezzi dalla sua furia. Di nuovo! su in alto! Susan appoggiò la lanterna e urlò forte in risposta; fu un moto istintivo, perché se la creatura non era umana, come aveva dubitato solo un attimo prima, a cosa poteva servire il suo grido di risposta? E il suo grido fu afferrato dal vento tiranno e portato lontano, nella direzione opposta a quella da cui l'urlo di dolore era venuto. Si mise di nuovo in ascolto... nulla; poi di nuovo risuonò attraverso lo spazio; e quella volta fu sicura che era umano. Rientrò in casa, ammucchiò torba e legna sul fuoco che aveva lasciato affievolire e quasi spegnere, indifferente alle proprie sensazioni. Mise un'altra candela nella lanterna; sostituì lo scialle con una coperta e limitandosi a far scorrere il chiavistello, uscì fuori. All'aria aperta, nell'attimo in cui il suo udito incontrò i suoni strani della tempesta, le sembrò di sentire le parole «Mio Dio! Aiuto!» Furono una guida per lei, sempreché fossero parole, poiché provenivano da una rupe a meno di un miglio di distanza dal Nido del Tasso, che però, a causa della sua ripidezza, si poteva raggiungere solo girandole intorno. Vi si diresse, sfidando il vento e la neve; orientandosi ora con un'acacia, ora con una vecchia quercia scapezzata, che non avevano ancora perduto la loro identità del tutto sotto la maschera di neve che le copriva. Di tanto in tanto si fermava ad ascoltare; ma di suoni o parole non ne sentì, sinché proprio dal fitto groviglio del bosco ceduo ai piedi della rupe, che lei stava aggirando, sentì un lamento. Si slanciò nel bosco – solo neve, all'apparenza; quasi una distesa di neve, a guardarlo dall'altura su cui lei si trovava – spezzando i cespugli, inciampando, coprendosi di graffi, cercando di passare ad ogni costo; con la lanterna tra i denti, usando testa e mani per aprirsi un varco, incurante di procurarsi delle ferite. Mentre si arrampicava o brancolava a causa dell'irregolarità del terreno coperto di neve, dove per anni si erano intricati e aggrovigliati rovi e sterpi, il suo piede incontrò qualcosa di stranamente tenero e cedevole. Abbassò la lanterna; per terra c'era un uomo a faccia in giù, quasi coperto del tutto dalla neve che cadeva fitta; doveva esser precipitato dalla rupe soprastante, mentre tentava di scendere dalla parete ripida e scivolosa, non conoscendo il sentiero che le girava intorno. Chi poteva saperlo? Non era il momento di mettersi a pensare. Susan lo sollevò con la sua forza poderosa; lui non diede aiuto... né segno di vita; ma nonostante tutto, forse era ancora vivo; era ancora caldo; gli legò intorno la coperta; fissò la lanterna al laccio del grembiule; lo tenne stretto: un po' trasportandolo, un po' trascinandolo – cosa poteva significare per lui qualche ammaccatura, paragonata alla vita, alla cara preziosa vita! – riuscì a portarlo fuori dal bosco e giù per il sentiero. Lì si fermò un attimo a riprender fiato; ma come se la incalzassero le Furie, riprese ad avanzare con forza quasi sovrumana. Abbracciandolo per la vita, e appoggiando il peso morto contro l'architrave dell'uscio, tentò di far scorrere il chiavistello; ma proprio allora cominciò a tremare per la debolezza e una paura tremenda si impossessò di lei – che proprio lì, sulla soglia di casa la potessero trovare i lavoranti al mattino, morta e sepolta sotto la neve. Quel terrore le diede l'energia per fare l'ultimo sforzo. E poi lei e il suo compagno furono al caldo, nel quieto rifugio della cucina; lo adagiò sulla panca, poi crollò a terra accanto a lui. Non sapeva quanto a lungo fosse durato quel deliquio; non tanto, a giudicare dal fuoco che ancora rosseggiava di tetri bagliori, quando tornò in sé. Accese la candela e si chinò sul suo fardello di poco prima, per accertarsi se davvero fosse morto. Rimase a fissarlo a lungo. L'uomo era morto. Non vi poteva essere alcun dubbio. I suoi occhi torbidi la guardavano, aperti. Ma non era la faccia rigida della morte che spaventava una come lei. Non era quello; era l'amaro, doloroso ravvisamento di Michael Hurst!

Era sicura che fosse morto; ma dopo qualche tempo si rifiutò di credere alla propria convinzione. Gli levò gli abiti con mani tremanti e frettolose. Andò a prendere una coperta dal suo letto; attizzò il fuoco. Lo avvolse in panni puliti e caldi, e lo adagiò sul pavimento di pietra davanti al camino, sedendosi vicino alla sua testa; se la prese in grembo, mentre gli asciugava amorevolmente i capelli arruffati e fradici, ancora ricciuti, anche se dall'ultima volta che l'aveva visto il loro colore, da castano, era diventato grigio ferro. Di tanto in tanto tornava dolorosamente a chinarsi sul suo viso, illudendosi che il tremolio del fuoco fosse una debole contrazione. Ma gli opachi occhi sbarrati le agghiacciavano il cuore. Infine desistette dalle sue cure gentili e sollecite; ma continuò a tenergli piano la testa, come accarezzandola. Ripensò a tutte le possibilità, a tutte le occasioni nel filo arruffato delle loro vite, che con un cambiamento così piccolo, avrebbero potuto finire in modo tanto diverso. Se l'infreddatura di sua madre fosse stata curata per tempo, così da non far ricadere su di lei la responsabilità del fratello nel bene e nel male; se la febbre non avesse avuto una presa così violenta e crudele su Will; non solo, se quella sorella dura e interessata non lo avesse accompagnato nella sua ultima visita al Nido del Tasso – proprio l'ultima, prima di quella fatale notte di tempesta; se avesse sentito il suo grido – il grido urlato da quelle pallide labbra morte, con tutta l'angoscia selvaggia e disperata, meno di tre ore prima! – oh! se solo l'avesse sentito prima, avrebbe potuto salvarlo da quel passo falso, alla cieca, che l'aveva precipitato giù dalla rupe! Mentre percorreva la faticosa catena delle possibilità mai state, Susan capì la verità delle parole di Peggy. La vita era breve, guardandosi indietro. Sembrava che fosse passato solo un giorno da quando tutto l'amore del suo essere si era spanto ed era andato sprecato. Gli anni intermedi – i lunghi monotoni anni che l'avevano trasformata in una vecchia prima del tempo – non erano che un sogno.

I lavoranti che arrivarono all'alba del giorno invernale, si stupirono di vedere la luce del fuoco attraverso la bassa finestra della cucina. Bussarono, e sentendo rispondere lamentosamente, entrarono, temendo che fosse successo qualcosa alla padrona. L'unica spiegazione che ebbero, furono le seguenti parole:

«È Michael Hurst. È stato sorpreso dal buio ed è caduto dal Picco del Corvo. Dove sta Eleanor, sua moglie?»

Come era giunto al Nido del Tasso Michael Hurst nessuno, tranne Susan, seppe mai. Pensarono che si fosse trascinato sin lì con qualche grave contusione interna, che gli aveva succhiato gli ultimi istanti di vita. Non avrebbero potuto credere allo sforzo sovrumano che dapprima lo aveva trovato, e poi lo aveva trascinato a casa. Solo Susan sapeva.

Lo affidò alle cure dei domestici, uscì e sellò il cavallo. Dove il vento aveva spazzato la neve di lato, lasciando la strada libera e sgombra, cavalcava – e cavalcava in fretta; dove erano ammassati i soffici cumuli insidiosi, smontava e conduceva il cavallo, sprofondando nella neve, avanzando con energia feroce, mentre la pena che aveva in cuore la incalzava affondando il suo sperone acuminato.

Quel mezzodì d'inverno grigio e solenne, era più simile alla notte, delle più profonde notti estive; il cielo basso e violetto opprimeva la terra bianca, mentre Susan cavalcava verso la casa che era stata di Michael Hurst quand'era vivo. Era una piccola fattoria, trasandata all'esterno, trascurata all'interno. La graziosa Nelly Hebthwaite era ancora graziosa; il suo viso delicato non aveva patito per emozioni di lunga durata. Se mai, era la sua espressione ad esser triste, ma i soffici capelli biondi quasi non avevano sfumature di grigio; aveva ancora la pelle rosea di quand'era giovane, anche se non più luminosa come allora; la bocca piccola, il naso diritto, non erano stati sfiorati dal tempo. Susan si rese conto del contrasto, persino in quel momento. Sapeva che la sua pelle era scura, segnata dalle intemperie, solcata di rughe, che i suoi denti se n'erano andati, che i suoi capelli erano disordinati e grigi. Eppure non aveva neanche due anni più di Nelly – non li aveva avuti nella giovinezza, quando badava a cose simili. Nelly guardava stupita la strana amazzone che si era fermata ansante alla sua porta, tenendo il cavallo per le briglie e rifiutandosi di entrare.

«Dov'è Michael Hurst?», chiese Susan alla fine.

«Esattamente non lo so. Doveva tornare stanotte; è andato a vedere di un'osteria che affittano a Ulverstone, dato che la nostra fattoria non rende e pensavamo..».

«Stanotte non è tornato?», disse Susan interrompendo la sua storia, in parte affermando, in parte chiedendo, come per far filtrare un raggio dell'orribile luce, prima di lasciarla irrompere in tutta la sua furia distruttiva.

«No! si sarà fermato dalle parti di Ulverstone. E noi abbiamo un gran bisogno di lui a casa perché con le bestie non mi aiuta nessuno, tranne il piccolo Tommy. Le cose non ci sono andate bene, e non ci possiamo permettere un lavorante. Ma signora, tremate tutta. È meglio che entrate e prendete qualcosa di caldo, intanto che il cavallo si riposa. Quella a sinistra è la porta della stalla».

Susan vi portò il cavallo; slacciò le cinghie e lo strofinò con una manciata di paglia. Poi si guardò intorno cercando del fieno; ma lì di foraggio non ce n'era, e si sentiva un odore di umidità e di abbandono. Entrò in casa, grata della dilazione, e spappolò un pezzo di focaccia in un secchio di acqua tiepida. Ogni attimo era una dilazione, eppure ogni attimo aumentava il suo terrore del compito che l'aspettava. Sarebbe durato più a lungo di quanto non supponesse all'inizio. Levò la sella e indugiò vicino al cavallo, che in certo modo le sembrava più simile a un amico di qualsiasi altra cosa al mondo. Gli appoggiò la guancia sul collo e rimase così, prima di tornare in casa per l'ultima volta.

Eleanor aveva portato giù uno dei suoi vestiti, che era appoggiato su una sedia di fronte al fuoco, e aveva preparato per la visitatrice sconosciuta una tazza di tè bollente. Susan faceva fatica a sopportare tutte quelle piccole attenzioni: la soffocavano, eppure era così fradicia, così indebolita dalla fatica e dall'agitazione, che non riusciva ad opporsi né a parole né a gesti. Due bambini se ne stavano lì intorno a disagio, perplessi di fronte a quella scena, e persino Eleanor cominciò a sperare che la strana visitatrice spiegasse chi era.

«Forse l'avete sentito parlare di me. Mi chiamo Susan Dixon».

Nelly arrossì ed evitò di incontrare lo sguardo di Susan.

«Ho sentito altra gente parlare di voi. Lui non ha mai pronunciato il vostro nome».

Il rispetto di quel silenzio giunse a Susan come un balsamo: un balsamo trascurato e inavvertito al momento della sua applicazione, ma i cui effetti furono molto positivi, malgrado tutto.

«È a casa mia», continuò Susan, decisa a non fermarsi, a non tremare nell'esecuzione del suo compito – quella pena che doveva essere inflitta.

«A casa vostra? Al Nido del Tasso?», chiese Eleanor, sorpresa. «Com'è arrivato fin lì?» un po' gelosa. «Ha cercato un riparo dalla tempesta in arrivo? Ditemi... c'è qualcosa... dite, donna!»

«Non ha cercato riparo. Volesse Dio che l'avesse fatto!»

«Volesse Dio! volesse Dio!», urlò Eleanor, leggendo tutto nell'espressione dolorosa di quegli occhi asciutti. Le sue grida risuonarono per tutta la casa; i lamenti acuti dei bambini, gli strilli ansiosi di «papà! papà!» trafissero Susan fino al midollo. Ma non pianse; rimase immobile come il quadrante del grande orologio tondo.

Infine, in una pausa tra le lacrime, disse – non esattamente in forma di domanda, ma quasi parlando fra sé:

«Ma allora lo amavate?»

«Amarlo! era mio marito! Era il padre dei tre bambinelli paffuti che son sepolti nel cimitero di Grasmere. Vorrei che ve ne andaste, Susan Dixon, per poter piangere senza che mi guardiate! Vorrei che non foste mai venuta qui».

«Ahimè! ahimè! Non sarebbe servito a ridargli la vita. Avrei dato la mia per salvare la sua. È stata così triste, la mia vita! Non ci avrebbe badato nessuno, se fossi morta. Ahimè! ahimè!»

Il tono di quelle parole era così irrimediabilmente triste e accorato, che un senso di rispetto acquietò Nelly per qualche minuto. Ma poi disse: «Non sarei capace di buttar fuori neanche un cane per fargli del male; ma la notte è limpida, e Tommy vi guiderà fino alla Vacca Rossa. Vi prego, voglio restare sola. Se tornerete domani, starò meglio e vi ascolterò e vi ringrazierò per tutte le gentilezze che gli avete fatto – e son sicura che gliene avete fatte – anche se non so perché».

Susan si mosse pesantemente, stranamente.

Disse qualcosa; le sue parole uscirono impastate e incomprensibili. Era stata colta da una paralisi, dopo aver smesso di parlare. Anche volendo, non poteva andar via. Ed Eleanor, quando si rese conto della situazione, non volle più che se ne andasse. La mise nel suo letto, e piangendo tutto il tempo per il marito perduto, curò Susan come una sorella. Non sapeva quale fosse la condizione della sua ospite, e poteva anche non venire mai ripagata. Ma vendette molte piccole cose, per fornire a Susan quelle lievi comodità di cui aveva bisogno. Susan, distesa immobile e silenziosa, imparò molte cose. Non era stato un attacco serio; potevano esservene altri in seguito, ma solo a una certa distanza di tempo. Comunque, per allora guarì e riacquistò molta della sua forza. Nel suo letto di inferma maturarono i suoi piani. Quando ritornò al Nido del Tasso, portò con sé la vedova e i figli di Michael Hurst perché vivessero lì, e riempissero lo spazio inquieto del focolare di forme viventi, allontanando i fantasmi.

E fu così che gli ultimi giorni della vita di Susan Dixon furono migliori di quelli che li avevano preceduti.

Indice